怪物商人

江上 剛

PHP
文芸文庫

JN211591

○本表紙デザイン＋ロゴ＝川上成夫

怪物商人——目次

怪物商人

進むべき道

1

日本橋河岸《がし》は、相変わらずのにぎわいだ。商人や買い物客で溢《あふ》れる通りを、塩物や干物を山と積んだ大八車が、ものすごい勢いで行き交っている。

ごめんよ！

邪魔だ、邪魔だ！

どけ！　どけ！

当たって怪我《けが》をするのは、当たられる方の責任とでも言いたげだ。

江戸は生き馬の目を抜くところと言われているが、それはこの河岸の空気を評した言葉かもしれない。

「ここに金が落ちていると思ったが、たいした金じゃねぇ」

ぶつぶつと言いながら、喜八郎《きはちろう》は待ち合わせの茶飯屋に急いでいた。

「馬鹿野郎、あぶねえじゃねえか！」

喜八郎の目の前に大八車が急停止した。

喜八郎は、大八車を引いている男を、きっと睨《にら》んだ。

「おや、大倉屋じゃねえか。ぼやぼやしているから轢《ひ》き殺すとこだったぜ」

「馬鹿野郎、こんなところで死ぬような俺《おれ》じゃねえ」

「ちげぇねえや。しかし、珍しいな。もう、店じまいかい。いい干し烏賊《いか》があるぜ」

男は、積んだ干物を指差した。喜八郎は、一本を手に取ると、僅《わず》かに齧《かじ》り、元に戻した。

「もういいや」

「いらないのかい？」

「いらねえ。俺には用はねえ。行ってくれ」

喜八郎は、手で男を追い払うようにした。

「なんだか、思いに耽《ふけ》っているように見えるが、大倉屋らしくねえな。じゃあ、また。

男は、「さあっ」と勢いをつけると砂煙をあげて、あっという間に消えてしまったな」

喜八郎は、男の後ろ姿を眺《なが》めていたが、再び、歩き出した。

確かに、らしくない。

安政《あんせい》元年（一八五四年）に越後《えちご》国（新潟県）の新発田《しばた》から大望を抱《いだ》いて江戸に出て来た。新発田藩の時代遅れの、馬鹿な武士どもの風下《かざしも》に暮らすことをよしとしなかったからだ。なぜ商人に生まれたというだけで、武士の言いなりになる必要があるのか。そんな理不尽《りふじん》に耐えられなかった。

喜八郎は、天保《てんぽう》八年（一八三七年）九月二十四日に生まれた。生家は、地元の豪《ごう》家《か》だと言われているが、確かな記録はない。鶴吉《つるきち》と呼ばれていた幼少の頃から、学問をさせてもらっていたことから推測すると、相当の資産家であったことは事実だろう。

才気煥発《かんぱつ》な少年だった。小太閤《しょうたいこう》とあだ名され、将来を期待されていた。なにせ十代の早い時期から狂歌《きょうか》を習い、江戸の狂歌師と交流があったほどだ。

十六歳のある日、同じ塾で学ぶ友人の一家が「閉門《へいもん》」を申しつけられた。その理由は、極めて理不尽なものだった。

友人の父が、武士に出会った際、地面に手をつき、平伏したが下駄《げた》を履《は》いたままだったのだ。その日は、霙混《みぞれま》じりの不順な天気で、地面は泥でぬかっていた。

「下駄を履いたままとはなんたる無礼！」

武士は、友人の父を詰問《きつもん》した。謝っても、謝っても許してもらえず、友人の一家は一カ月の閉門を命じられた。この話を聞き、喜八郎は全身が震《ふる》えるほど怒りが込み上げてきた。

武士のどこが偉いというのか。何もしないで威張っているだけではないか。俺は、武士を超えてやる。いや、超えねばならない。そのためには、こんな馬鹿げた田舎町で、武士の顔色を見ながら汲々《きゅうきゅう》として暮らすことなどできない。新発田は、俺には狭すぎる。

時代は、江戸から遠く離れた雪国に住む少年の心を騒がすほど、動きつつあった。この事件の翌年、嘉永《かえい》六年（一八五三年）六月三日にはペリーが浦賀《うらが》にやって来た。「太平の　眠りを覚ます　上喜撰《じょうきせん》　たった四杯《しはい》で　夜も眠れず」の狂歌が巷間《こうかん》に流布《るふ》していた。宇治の高級茶・上喜撰に蒸気船（黒船）をかけたものだ。

喜八郎は江戸に飛び出した。

「確かに今の鬱々《うつうつ》とした思いは、俺らしくない。十八歳で江戸に出て来て、鰹節《かつおぶし》屋で修業し、二十一歳で独立して、大倉屋を創業した。それまでは順調だった。日

本一の商人になってやると決意し、『きょうよりは　おぼこも雑魚《ざこ》の　ととまじり
やがてなりたき　男一匹』と歌ったのだが……」

　喜八郎は、ぶつぶつと言い続けた。

なぜ、こんなにも面白くないのか。なぜ胸のわだかまりが取れないのか。その理由はわかっている。こんなもんじゃない。そう思っているからだ。鰹節屋になるために江戸に出て来たんじゃない。何かあるはずだ。俺にしかできないことがあるはずだ。

「あの時だって……」

　喜八郎の脳裏に浮かんだのは安政大地震だ。七千人以上が亡くなり、江戸城まで燃えた大地震が安政二年（一八五五年）に起きたが、その際、喜八郎は商用で大坂にいて難を逃れた。

　江戸に戻って来た時、倒壊したり、焼けてしまったりした街並みを見た。あの時、俺には、運がある、まだまだやることがあると思ったではないか。それが鰹節屋か。いやいや鰹節屋が悪いのではない。それに我慢《がまん》できない俺が悪いのだ。

　なぜ我慢ができないのか。

「小さい、小さすぎる。それが我慢できない。鰹節屋では武士の世を終わらすことはできない。俺は武士を超えるために江戸に来たのではなかったのか」

喜八郎は、誰にも聞かれないように言葉にはしなかった。江戸には、密偵《みってい》がたくさん放たれている。少しでも幕府に不満があるような言動をすれば、手が後ろに回る。

喜八郎は、武士社会の理不尽さに憤《いきどお》り、日本一の商人になり、武士に遠慮しないでもよい男になろうと思った。今にも窒息《ちっそく》してしまいそうな武士社会で、自由に羽ばたくためには、武士に邪魔されない力を持たねばならない。

2

足を急がせた。日本橋本町《ほんちょう》一丁目に着く。にぎわう通りの向かいには、広壮な武家屋敷が並ぶ。茶飯屋の暖簾《のれん》が見えてきた。茶飯は、米や雑穀を煎茶《せんちゃ》やほうじ茶で炊《た》いたもので、奈良で食されていたものが江戸で流行した。蜆《しじみ》の味噌汁《みそしる》やあんかけ豆腐、香《こう》の物などを添えて十二文《もん》だ。

暖簾をくぐった。中は満員だ。とても座る余地はない。しかし、心配することはない。ここで待ち合わせしている男は、いつも喜八郎より早く来て、席を確保してくれている。それが初めて会った頃からのしきたりだ。

「おい、喜八郎さん、ここだ、ここだ」

騒がしい店内で、喜八郎を呼ぶ男がいる。

「おう、善次郎《ぜんじろう》さん、待たせたな」

喜八郎は、客をかきわけ、男の前に座る。

目の前には、色白で端整な顔立ちの男が座っている。富山から出て来た安田善次郎だ。

喜八郎の顔は色黒で、目だけぎらぎらとした、くちばしの尖《とが》った鶴に似ている。幼少の時の名前が鶴吉だから、已《や》むをえないと自嘲《じちょう》気味に笑い飛ばしているが、善次郎を見ると羨《うらや》ましくなる。まるで歌舞伎《かぶき》役者のように涼しい顔立ちだ。こんないい男なら、女は放っておかないだろうと思うが、善次郎は真面目《まじめ》一本槍《いっぽんやり》。喜八郎が吉原《よしわら》での女郎遊びに誘っても乗って来ることはない。年齢は、自分より一つ下の天保九年（一八三八年）生まれだ。江戸に出てきたのも喜八郎より遅く安政五年（一八五八年）のことだが、今では人形町《にんぎょうちょう》通りの新乗物町《しんのりものちょう》に鰹節と両替を扱う安田商店を開業し、ひとかどの商人になっている。

茶飯が運ばれて来た。喜八郎は、かき込むように食べてしまった。

「何か、話があるんだって」

善次郎が聞いた。

「考えている」

喜八郎は言った。

「らしくないね。考える前に動く喜八郎さんなのに」

善次郎は、涼しい笑《え》みを浮かべる。

「ああ、らしくない」

「何を考えているんだね」

「今、時代が動いている。徳川様は、間違いなく弱っている」と、喜八郎はすばやく周囲に視線を走らせた。聞かれては拙《まず》いと警戒したのだ。

「たしかに、かなり騒がしくなってきたな」

元治《げんじ》元年（一八六四年）七月十九日には長州《ちょうしゅう》藩が京都御所に軍を向け、幕府軍と交戦する禁門の変を起こす。それに対して同月二十四日には幕府は西南二十一藩に対して長州藩を討つように命じた。第一次征長《せいちょう》の役だ。続く慶応《けいおう》元年（一八六五年）には、高杉晋作《しんさく》など反幕府派が長州藩の藩論を牛耳《ぎゅうじ》る。翌慶応二年（一八六六年）六月七日に徳川家茂《いえもち》は第二次征長を開始する。しかし、薩摩《さつま》藩が土佐《とさ》藩出身の坂本龍馬《りょうま》の仲介で薩長同盟を結び、征長に参加しなかった。また家茂が死去したため、幕府は長州藩と休戦協定を結ぶ。しかし、長州藩は休戦協定を無視し、小倉《こくら》藩（豊前《ぶぜん》国／福岡県）を攻撃するなどしたため、幕府の弱体化を天下に晒《さら》してしまった。

「このままでいいのかと考えている」

喜八郎は、大きな目をぐりぐりと動かし、善次郎を見つめた。

「と、いうと？」

「このまま鰹節を売っていていいのかと考えている」

「両替も金貸しもやっているではないか」

独立は喜八郎の方が早いが、両替や金貸しは善次郎のアドバイスで始めた。

「両替や金貸しは、俺の性《しょう》に合わない」

喜八郎は、食後に運ばれてきた白湯《さゆ》を飲んだ。

「性に合わない？」

善次郎の端整な顔が僅かに歪《ゆが》んだ。

「ああ、合わない。ちまちまと稼《かせ》ぐのは、どうもな」

喜八郎は、唇を尖らせた。まるで拗《す》ねている悪餓鬼《わるがき》だ。

「それがやがては財産になる。千里《せんり》の道も一歩からだ」

「善次郎さんの口癖が始まった」

「口癖じゃない。信念だ」

善次郎は、富山から江戸に出て来て以来、行商や鰹節屋の丁稚《でっち》などで苦労を重ねて来た。彼の夢は千両の分限者《ぶげんしゃ》になることだった。

善次郎は、奉公先で両替の仕事に関係した。彼は、その仕事の面白さに魅《ひ》かれた。確かに、商売一件ごとの利益は少ない。しかし確実だ。それに取引所ごとの相場の差を利用して利益を上げることもできるというところも、数字に強い彼には魅力的だった。

「悪い、悪い。俺は、千里の道も一歩からより、一瀉《いっしゃ》千里だ」

喜八郎は、睨むように善次郎を見つめた。

善次郎は、相好《そうごう》を崩し、「私だってそう考えて失敗して、何もかもなくしたことがあるさ」と言った。

善次郎は成功を焦《あせ》って、失敗したことがある。文久銭《ぶんきゅうせん》の投機だ。

江戸には多くの小額通貨があった。それらは鉄や銅で鋳造《ちゅうぞう》されていたが、相場はそれぞれの含有量《がんゆうりょう》で動いた。同じ四文銭でも貴重な銅を多く含むものは価値があったのだ。

この相場の差で大儲《おおもう》けしたのが外国商人たちだった。彼らは日本国内で銅銭を安く仕入れ、中国に輸出した。日本で一米ドルで仕入れた銅銭五千文が、中国では一米ドルが千文なので、一米ドルが五米ドルに跳《は》ね上がったからだ。その結果、日本国内では小額通貨が不足し、釣銭不足のせいで物価が上昇し始めた。そのため幕府は、万延《まんえん》元年（一八六〇年）に鉄銭「寛永通宝《かんえいつうほう》」を発行した。この鉄銭によって貴重な銅銭を回収しようとしたのだが、どういうわけか文久三年（一八六三年）に銅銭「文久永宝《えいほう》」を発行する。

この一貫性のない幕府の通貨発行により、同じ四文銭でも銅銭と鉄銭の間に差が生まれ、また同じ銅銭でも銅含有量の差などで相場が形成されるようになった。善次郎は、この価格差に目をつけ、一気に稼ごうと試みた。そして投機資金を他人から借り入れたが、結果は大失敗だった。せっかく築いた信用も家族も全《すべ》て失ってしまった。

「あの時は、善次郎さんも大変だった。でもそれがきっかけで独立して、今日があるんだから、何事も塞翁《さいおう》が馬だな」

善次郎は、投機失敗の責任を取り、養子先から追い出され、日本橋小舟町《こぶなちょう》の四辻《よつじ》で戸板に銭を並べ、露天《ろてん》の両替商を開業した。

「あの失敗が骨身に沁《し》みた。あれ以来、千里の道も一歩からと念じ続けてここまで来た」

善次郎は、すでに二千両（約一千万円）を貯めたという。その話を聞き、喜八郎は羨ましいと思った。

善次郎は、金貸し、両替商に向いている。自分はどうもその方面の才能はない。彼と同じことをやっていても彼を超えることはできない。それも悔《くや》しい。

「俺は、金貸しはやらない。金を右から左に動かすだけで、鞘《さや》を抜くなんぞ面白くない」

「そんな言い方はないだろう。喜八郎さんもそのお陰で今の暮らしができているんじゃないのか」

金を右から左に動かすだけで儲けるという言い方が癇《かん》に障《さわ》ったのか、善次郎には珍しく表情が硬くなった。

「それはその通りだ。そのお陰で、女にも酒にも不自由はない」

「喜八郎さんは、遊びすぎだ。もう少し放蕩《ほうとう》を慎《つつし》んで、コツコツと利益を積み上げたらいい。これはケチということではない。金を積み上げ、その金を使う時には、大胆に使い、大きく増やせばいいのだ。喜八郎さんが言うように今は世の中が混乱している。大きな声じゃ言えないが、武士の世は確実に終わりが近づいていると思う。これからはもっと混乱するだろう。私は、これからは商人が力を持つ時代になるに違いないと信じている。だからもっと力をつけたいと思っているんだ」

善次郎は声を潜《ひそ》めながらも、強い口調で言った。

今、江戸には、喜八郎や善次郎のような若者が多く集まっていた。彼らは混乱する世情に乗じて、なんとか大きく財を増やしたいと機をうかがっているのだ。

「俺も善次郎さんと同じ考えだ。だから一気に勝負したい」

「失敗するぞ」

善次郎が喜八郎を睨む。

「しない」

喜八郎は睨み返す。

「誰も助けてくれないぞ。私に頼って来ても断るぞ」

善次郎は、厳しく突き放す。

「承知だ。俺は、一瀉千里に商機を摑《つか》んでみせる」

喜八郎は、善次郎の手を摑んだ。善次郎も喜八郎の手を握り返した。生き方は違っても、この時代を戦い抜こうとする同志であることに違いはない。

「何をする?」

善次郎は、単刀直入に聞いた。

「まだ、わからん。しかし、胸の中を搔《か》き毟《むし》られるような思いだけはある。この思いだけは確かだ」

喜八郎は、口角《こうかく》を引き上げ、薄く笑みを浮かべた。

「行くか?」

善次郎が立ちあがった。

「行こうか」

喜八郎も立ちあがった。

「いずれやることが決まったら、教えてくれ。なにか応援できることもあるだろう。それに、たま子さんを大事にしろよ」

暖簾をくぐりながら善次郎が言った。

「ああ、わかった。連絡する」

喜八郎は、善次郎と反対の方向に、小柄とは思えぬ歩幅で、駆けるように歩いて行った。

3

大倉屋のある下谷上野摩利支天横町《したやうえのまりしてんよこちょう》に向かう通りを喜八郎は急いでいた。なんのために急いでいるのかは、自分でも理解できない。ただ無性《むしょう》に焦っていた。その焦りが、繰り出す足に乗り移っていた。

このままではいけない。善次郎に差をつけられたからか。それもあるだろうが、喜八郎のこの焦りは、時代の流れを摑み切れていないという実感から来るものだ。

こんなはずじゃなかった。

先日、新発田から知り合いが、喜八郎を新発田に連れ帰ろうとやって来た。

「この体《てい》たらくはいったい何事か。お前さんは、新発田では結構な身分で、安楽な暮らしを送ることができるのに、わざわざ江戸に来て、なんの酔興《すいきょう》でこんな商売をしているのか。ものの好きにもほどがある」

知り合いは、間口《まぐち》二間《けん》（約三・六メートル）の狭くて汚い店を見て驚き、嘆き、涙を流した。

「俺は、『侘《わ》びて世を　ふる屋の軒《のき》の　縄すだれ　くち果つるまで　かかるべしやは』という香川景樹《かげき》の歌の掛け軸を見せて、江戸に残る決意を示した。どんなことがあろうと江戸を離れる気はないと説明した。あんな奴に同情されたままで、おめおめと新発田に帰ることができるはずがないじゃないか」

知り合いは、喜八郎の袖を引きちぎらんばかりだったが、彼の決意が本物だと知って、諦《あきら》めて帰って行った。

「今頃、俺のことを馬鹿だと言っているに違いない。もっと立派な男になると思っていたが、江戸に出てみれば所詮《しょせん》田舎者だと嘆いていることだろう。ちきしょう！十八で江戸に出て来て、もう十二年も過ぎちまった。十二年だぞ」

喜八郎は、大声で叫びたくなった。何をやっているんだ。こんなはずではない。

一方の善次郎は、着々と足場を固めつつある。

「善次郎は、太閤を目標にしていた。必ず今太閤になるだろう。そういう男だ。俺だって新発田では小太閤と言われていた。しかし俺は太閤のようにじっくり、じわじわと城攻めはできない。やるなら一気に攻め落とす。俺は信長かもしれん。それにしても十二年も何をしているんだ！」

すれ違う人々が、喜八郎を奇妙な者でも見るような目で眺めて行く。ぶつぶつと意味のわからないことを呟《つぶや》いているのを耳にしたのだ。

「旦那《だんな》、喜八の旦那」

後ろから、誰かが声をかけて来る。はっと思い、喜八郎は立ち止まって、振り返った。

「なんだ、常吉《つねきち》か」

肩の力を抜いて、その場に立ち止まった。

「どうなすったんですか。えらく難しい顔をされていたから」

常吉は親しげに話しかける。

同じ長屋に住む常吉は、岡《おか》っ引《ぴ》きと呼ばれる、江戸の治安警察組織である町奉行所の与力《よりき》、同心《どうしん》の手先を務めている。

喜八郎は、時々、彼が持って来る情報で商売をしたり、女を紹介してもらったりしていた。今、一緒に暮らしているたま子も常吉がどこからともなく連れて来た女だ。

「いろいろ考えることがあるんだよ」

「商売が上手《うま》くいかないんですか」

「そんなことはない。順調だ」

「これですか？」

常吉は小指を立てて、下卑《げび》た笑いをうかべた。

「馬鹿言え、たま子で足りてるよ」

喜八郎は、大げさに否定した。

「じゃあ、何に悩んでおられるんですかぃ」

「しいて言えば」と、喜八郎はじろりと常吉を見る。「人生だな」

「人生！」

常吉は、目を剝《む》いた。そして笑い出した。

「何を笑う。そんなにおかしいか。俺だって人生について悩むことはある」

喜八郎は、憤慨《ふんがい》した顔を常吉に向けた。

「人生でしょう？　食って寝て、やって寝て、呑《の》んで寝て。それで十分でしょうが。何を悩むことなどありましょうか」

常吉は、まだ笑いが止まらない。

「お前は、それでいいさ。だが、俺は違う。俺はそんなもんじゃ我慢できねぇんだよ。もう行くぞ」

喜八郎は、常吉を振り切って歩き始めた。こんな男と時間を潰《つぶ》していても無駄なだけだ。

「旦那！ 面白い話があるんですがね」

急ぎ足の喜八郎を常吉は呼びとめた。

「なんだい？ 俺は忙しいんだ」

喜八郎は、余計な邪魔をするなとばかり眉根《まゆね》を寄せた。

「横浜に黒船を見物に行きませんか？ お奉行所の用事で神奈川運上所《うんじょうしょ》に行くんですがね。ご一緒しませんか？」

神奈川運上所とは、関税や外国事務を扱う役所で神奈川奉行所の管轄《かんかつ》下にある。

「運上所に行くのか？」

「ええ、黒船とやらを見ようかと思いましてね。ご覧になったことはありますか？」

常吉は、喜八郎の顔色をうかがうような目つきをした。

「いや、ない」

「すごいものらしいですぜ。せっかくだから行きませんか。おいらも一人で行くより、旦那と行った方が楽しいに違えねぇと思いましてね」

「これか?」

喜八郎は、指を丸めて酒を呑む真似《まね》をした。

「えへへへ」

常吉は、うれしそうに笑みをこぼした。

「いつ、行くのだ」

「今から行きやす」

「よし、行こう」

「即断即決、そうでなきゃ、旦那らしくないや」

常吉は、今にも走り出しそうだった。

4

早駕籠《はやかご》を頼み、品川宿《じゅく》、川崎宿と東海道をひた走る。神奈川宿に着いた時は、もうとっぷりと日が暮れていた。

その日は、神奈川宿で休む。常吉は、金を渡した途端に消えてしまった。女のいるところにでも行ったのだろう。明日は、船で横浜に渡る。喜八郎は、宿場で夕飯を食べ、一杯呑んだ。駕籠に揺られた身体《からだ》はかなり疲れていたのか、夢も見ないでぐっすりと眠ってしまった。

「旦那、旦那、朝ですよ」

常吉が、身体を揺すった。

「おお、常吉、帰って来ていたのか」

喜八郎は、目をこすった。

「旦那、珍しくゆっくり寝ていらしたんですね。おいらなんぞ、昨夜はお陰で楽しい思いをさせていただいたので、目覚めも、はい、この通り、すっきりです」と常吉は、おどけて目を大きく見開いた。

「それはよかった。俺も起きるぞ」

「朝飯の用意ができています。おいらは、一本、つけさせていただきました。よう、ござんすね」

常吉は、卑屈《ひくつ》な笑みを浮かべた。

「朝から、呑むのか。今日は、お役目があるんじゃないのか」

「へえ、一本くらい、大丈夫です。お奉行様の書状を神奈川運上所のお役人にお届けするだけですから、たいした用じゃありません」

朝食は、飯に、味噌汁、干物、かまぼこ、香の物という簡単なものだが、喜八郎は朝食を抜くことはなかった。身体が資本であると考えていたからだ。大望を果たすのに、何が最も重要かと問われれば、それは「健康だ」というのが喜八郎の考えだった。

「ところで、なあ、常吉。お前はどうして俺を黒船見物に誘ったのだ」

常吉は、あっという間に飯を食べ終え、美味《うま》そうに酒を呑んでいる。

「なんとなくです」

「ほう、なんとなくか」

喜八郎は、箸《はし》を休め、常吉の顔を見た。

「通りで旦那を遠目に見かけましたら、なんとなく元気がなさそうだったので、ちょうど横浜に行きますし、黒船見物を思いついたんですよ。旦那は、派手なことが好きじゃないですか。黒船を見れば、元気になるんじゃないかと思いましてね。おいらも道中、旦那と一緒の方が楽しいですし……」

「そうか、ありがとうよ。さあ、行くか」

喜八郎は立ちあがった。

「お待ち！」

常吉は、徳利《とつくり》を口に運び、一気に酒を流し込んだ。

船着き場から、横浜港行きの船に乗る。船頭が、長い櫂《かい》を海に挿《さ》し込む。ゆっくりと船は船着き場を離れて行く。波は静かだ。船べりに立っていると、冷え冷えとした朝の空気が心地《ここち》よい。

「旦那、あれ、あれ」

常吉が沖合を指差し、言葉を詰まらせている。

「ああ、見ているぞ」

遥《はる》か沖合に真っ黒な煙を吐きながら、黒船が波間を進んでいる。最初は、水平線の黒い点のようだったが、拳《こぶし》ほどになったかと思うと、たちまち大きな屋敷ほどになって目の前に迫って来た。煙は空が暗くなるほどだ。

黒船が進むたびに波が高くなり、それが喜八郎の乗る船を揺らす。

「船頭！　もっと黒船に近づけ！」

喜八郎が叫んだ。

もっと近くで見たいと思ったのだ。黒船は城のようだ。海に浮かんでいるというより、海の中に根を張り、そこから空に向かってそびえている。

「勘弁《かんべん》してください。こっちが波でやられっちまいます。これ以上は無理です」

船頭は、喜八郎に言い、櫂を思いっきり海に挿した。早く黒船から遠ざかろうというのだろう。

「ダメだ！　金ははずんでやる！　もっと近づけ！」

「旦那、危ないですぜ」

常吉がたしなめる。

「うるさい！　もっと近づけ！」

船頭は、今にも泣きそうな顔をして櫂をこぐ。喜八郎を乗せた船は、黒船に並走して進む。

「すごいですね。鉄ですぜ。なぜ浮かぶんですかね」

船べりにしがみついた常吉が喜八郎に問いかける。

「わからん。わからんが、すごい」

喜八郎は、船上でなければ、その場で何度も跳びあがりたかった。それほど興奮していた。全身がしびれてきた。

初めて見る黒船は想像以上だ。身体を反《そ》らして見あげる。とにかく巨大だ。波を蹴散《けち》らし、進む姿は、重々しく猛々《たけだけ》しい。波に洗われた船体は、朝の太陽に照らされ黒い宝石のように輝いている。なんと美しいのだ。

「こんなのと戦争したら、いちころですね」

常吉が言う。

「そうだ、常吉、戦争だ。戦争が起きる」

喜八郎は叫んだ。

「あぶねえ、旦那」

常吉が、船上で腕を組み、立っている喜八郎の身体を摑んで押し倒した。

どーんと音を立て、船に大きな波が当たった。黒船が僅かに方向を変えただけで、喜八郎の乗る船を巻き込むほどの波が襲って来たのだ。

船頭が、力を込めて櫂を波に挿し、舳先《へさき》の方向を変えた。お陰で黒船からの波は、船を直撃せず、転覆《てんぷく》を免《まぬが》れた。

「旦那、もう、ちょっと離れましょう。バラバラになっちまう」

船は、まるで波に翻弄《ほんろう》される木の葉のように揺れ動く。

「戦争だ、戦争だ」

喜八郎は、仰向《あおむ》けに倒れたまま叫び続けた。真っ青な空が、瞳いっぱいに広がっていた。胸の奥が、カーッと熱くなってくる。なんでもいいから大声で叫びたい気持ちだ。突然、笑いが込みあげてきた。あはははは、と大きな口をあけて笑った。

「常吉、愉快だ」

喜八郎は、笑い続けた。笑いすぎて涙が滲《にじ》んできた。

「おい、船頭さん、旦那はどうかしちまったらしい。早く横浜に着けとくれ」

常吉は船頭に頼み、心配そうに喜八郎を見つめていた。

喜八郎には、見えたのだ。これほど巨大で力のある黒船が、何艘《そう》もこの日本にやって来る。煙で空を黒く染める、この巨大な鉄の塊《かたまり》は、日本の大地を大砲の轟音《ごうおん》で揺らし、炎で真っ赤に焼きつくすに違いない。戦争が起きるだろう。武士たちは、この黒船に、戦いの血を呼び起こされているはずだ。

戦争になれば、武器がいる。鉄砲屋だ。大儲けするには鉄砲を扱うに限る。

「おい、常吉、起こせ」

喜八郎は手を差し出した。

「旦那、正気になりやしたか」

常吉は、喜八郎の腕を取って、ぐいっと力任せに引いた。

「なあ、常吉、西洋はすごいな。日本は遅れているぞ」

喜八郎の視界の遠くには、錨《いかり》を下ろした黒船が見えた。

「そうですな。あんな船はありませんからな」

常吉は言った。

「いや、いつかは日本もあんな黒船の一艘や二艘つくれるようになる。きっとなる」

「なりますかね」

「なる。俺がつくってやる。俺がつくって、世界を股《また》にかけてやる。西洋人をあっと言わせてやる」

喜八郎は、白波を分けて大海を進む黒船の艦橋で指揮を執《と》る自分の姿を、はっきりと見ていた。

「頼みましたぜ。旦那」

常吉は、子どものようにはしゃぎ、手を叩《たた》いた。

「常吉、お前、鉄砲屋を知っているか」

「鉄砲屋ですか。そりゃあ、お役目柄、知っていますがね。なんで、また？」

常吉が首を傾《かし》げた。

「俺は、鉄砲屋になる」

喜八郎は、ぎろっと常吉の顔を見つめた。

「えっ、旦那が鉄砲屋」と常吉は声を裏返させるほど驚き、「鰹節をやめて、鉄砲ですか」と言った。

「これからは鉄砲を商《あきな》う」

喜八郎は、手で鉄砲を撃《う》つ格好をし、黒船に狙《ねら》いを定めた。

「ズドン！」

喜八郎の口から銃声が飛び出した。見えない銃弾は、黒船にまっすぐ向かって飛んで行く。

「俺には、進むべき道が、間違いなく見えている。俺は、時代に食らいつき、食い破り、日本一の商人になる。きっとなってやる」

喜八郎は、自分に言い聞かせるように呻《うめ》いた。

乾物屋から鉄砲屋へ

1

喜八郎《きはちろう》は興奮していた。宙を飛んでいるような気持ちで長屋に帰って来た。

「お帰んなさい」

たま子が喜八郎を玄関先まで迎えに出てきた。

たま子は、十五歳だが、喜八郎の大倉屋の手伝いをしながら、身の周りの世話もしていた。常吉《つねきち》が連れて来た気立てのいい、可愛《かわい》い娘だった。

「水、くれ」

喜八郎は、身体《からだ》から湯気を上げていた。走るように帰って来たからだ。

たま子は井戸に行き、柄杓《ひしゃく》に水を汲《く》んで来た。

喜八郎は、「ありがてぇ」とたま子から柄杓を受け取ると、喉《のど》を鳴らして水を飲んだ。

「どうなさったのですか、旦那《だんな》様」

たま子は喜八郎の上気した顔に恐れをなしたように聞いた。

「鉄砲屋になりなさるんだとさ。もう、極端だよ」

一緒に帰って来た常吉が呆《あき》れたように言った。

「えっ、なんですって。鉄砲？」

たま子は、鉄砲を見たこともないので常吉が何を言っているのかわからず、ただ驚いた。

「そうさね、乾物屋はやめちまうんだってさ。せっかくいい評判なのにさ」

「常吉さん、冗談、お言いでないよ。大倉屋はどうすんのさ。お得意様はどうするんさ」

「冗談なもんか。おいらが言ってんじゃねえよ。喜八の旦那が言っているんだよ。横浜で蒸気船を見た途端にさ、戦争だ、鉄砲だと騒ぎ出したんだよ。鰹節《かつおぶし》なんぞ扱っているから、武士に憧《あこが》れたのかねぇ」

常吉も呆れた様子だ。

「何をごちゃごちゃ下らねえダジャレを言っているんだ。もう決めたんだ。常吉、鉄砲屋を紹介してくれ。おい、おたま、店を処分するから鰹節を全部売れ！」

喜八郎は、水を飲み干すと、大声で命じた。

「えっ、大倉屋さん、店じまいするのかい」

井戸端に集まっていた女たちが寄って来た。

「大安売りするぜ。どんどん買ってくださいよ。おたま、頼んだぜ。行くよ、常吉」

「さすがだね。気前がいいよ。お宅の鰹節やするめは上等だからね」

「当たり前だよ。おかみさん、普通はお武家さんしか口にできないような上物《じょうもの》ばかりを置いているんだからね」

喜八郎は、このままだと女たちに囲まれて身動きがとれなくなってしまうと思い、早く出かけようとした。

「どこへ行くんですか？」

「常吉、何を言っているんだ。お前が懇意にしている鉄砲屋に行くんだよ」

「ちょっと、ちょっと待ってくださいよ。急《せ》いては事を仕損じる、急がば回れって言うじゃないですか。おいらが当たりをつけますから、少し時間をくださいよ」

頼まれている常吉が、頼んでいる喜八郎を拝《おが》んでいる。おかしな構図だ。それだけ喜八郎は、こうと思ったら、すぐ動かないと気が済まないのだ。

「諺《ことわざ》なんか糞《くそ》食らえだ。一両日中には、頼んだぞ」

「旦那のせっかちには参ったな。横浜なんぞにお誘いしなけりゃよかったぜ」

「男一匹、勝負に勝ったら、常吉、お前にも良い目を見せてやる。期待するんだな」

「はいはい、せいぜい取らぬ狸《たぬき》のなんとやらにならぬようにお願いします」

常吉は、にやりと笑うと、もうその場から消えていた。

「本当に乾物屋を閉めておしまいになるんですか」

たま子が不安そうに柄杓を握り締めている。

喜八郎は、たま子の問いかけを無視して、空を見上げた。空は狭い。今にも崩れそうな長屋の屋根が、幾重《いくえ》にも重なり、視界を閉ざしている。

「俺は、こんな狭い空で泳ぐ雑魚《ざこ》じゃねえぞ」

喜八郎は空に向かって叫んだ。

2

約束通り翌日、常吉が喜八郎の下谷上野摩利支天横町《したやうえのまりしてんよこちょう》の大倉屋にやって来た。

喜八郎は、店じまいを聞きつけて押しかけて来た大勢の客の相手をしていた。

「喜八の旦那、八丁堀《はっちょうぼり》の小泉屋鉄砲店の忠兵衛《ちゅうべえ》さんをご紹介できそうですよ」

常吉が言った。

「それはありがたい。いい店なのか？」

喜八郎は、常吉に答える間も手を休めない。手早く鰹節を紙にくるんで客に渡す。同時に値段と礼の言葉を口にしている。

「鉄砲の商《あきな》いにかけちゃ、なかなかのもんですよ」

「すぐ会えるのか？」

「こういうのは男と女の見合いのようなもんでさあね。ちゃんとした仲人《なこうど》を立てないとね」

常吉は、もったいぶる。

「面倒臭《くせ》ぇな。言うようにするから、さっさとどうするのか指図してくれ」

喜八郎は、常吉に摑《つか》みかからんばかりだ。

「おっかねえな。説明しやすとね、おいらのような岡《おか》っ引《び》きじゃ、相手は信用してくれねぇってわけですよ。それはおいらから紹介される大倉の旦那も同じさあね。それで調べましたらね、相手の小泉屋さんは、旦那と御同業の小島屋重兵衛《じゅうべえ》さんとお親しいってことがわかったんですよ。ですから旦那は、小島屋さんに小泉屋さんへの紹介の口利《くちき》きをお頼みされるのが、いっとう早道かと存じます」

実際、常吉の言うことは正しかった。岡っ引きは、奉行所に雇われた幕府の役人ではない。江戸の治安は、北と南の町奉行所に与力《よりき》、同心《どうしん》という治安担当の役人が当たっていた。岡っ引きは、その同心に私的に雇われている情報提供者のような者だった。十手《じって》、捕《と》り縄《なわ》を持ち、罪人の捕縛《ほばく》なども行うが、あくまで同心の使用人としての立場でしかない。彼らの素性《すじょう》は、犯罪を犯して捕縛されたことをきっかけに同心に協力するようになったなど、決して誉《ほ》められたものではないことも多い。常吉の過去はわからないが、信用があるかと言えば、ないと言った方が適切だろう。中には、同心から貰《もら》う給料では暮らせないため、他の仕事をする者も多かった。常吉は、実質的には喜八郎に雇われているために、他の者よりも実入りがいい方だった。

「なるほどね。あい、わかった。さっそく小島屋さんに口利きをお願いするとしよう。小島屋さんは親しいから、これは俺の方でやる」

「それは助かります。ちゃんとした方からのご紹介なら、小泉屋さんも旦那に鉄砲商いを仕込んでくださるとおっしゃっておりやすから」

常吉は、ほっとしたような顔をしたが、「それにしても旦那、本当に鉄砲屋をやりなさるんですか？」と聞いた。本気で心配している。

「今さら、どうしてそんなことを言う？」

喜八郎は、不満そうな顔を常吉に向けた。

「おたまちゃんだって心配していますよ。あの子は旦那の嫁さんになろうと思っているのに、鉄砲屋じゃ命がいくつあっても足りやしねえ。君子危《くんしあや》うきに近寄らずではねえですか？」

常吉は、かいがいしく働くたま子を見ながら言った。

鉄砲商は、扱う物が武器だけに押し込み強盗の被害を受けることも多いからだ。乾物屋ならめったにそんなことはない。

「たま子はいい女だ。まだおぼこだがな。そのうち俺の女房にと考えている。俺の女房なら、黙って俺のやることを見てるんだな。それができないなら、今すぐ、とっとと出て行けばいい」

喜八郎は、常吉にもう余計なことを言うなという口調で言った。

「わかりやした。おいらもせいぜい旦那のお役に立つように黙ってついて行きやしょう」

常吉は軽く頭を下げると、町内を見回って来ますと言い残して去って行った。

「おたま、ちょっと出て来る。店を頼んだぞ」

喜八郎は、たま子に店番を命じると、いそいそと出かけた。善は急げとばかりに日本橋通り三丁目の小島屋に向かったのだ。

小島屋重兵衛は、気持ちよく小泉屋忠兵衛への紹介を引き受けてくれた。

日を改め、喜八郎は小島屋重兵衛の紹介状を持ち、小泉屋鉄砲店を訪ね、鉄砲を扱いたいという強い思いを打ち明けた。

「身元引受金としてお預かりいただきたいと存じます」

喜八郎は、小泉屋忠兵衛の前に二百両の金を積んだ。

忠兵衛は、はははは、と軽く笑い、「こんなお金はいりませんよ」と二百両を押し返した。

「このように突然、押しかけてきた者を信用してくださるのか」

喜八郎は、大きく目を見開いて忠兵衛を見た。

「長年、商いをやっておりますと、人を見る目も多少は備わってくるものです。あなたは何かをやられる人のように思えます。乾物屋から鉄砲屋に替わられましたが、それでは収まりきらないと思います。何に変わっていかれるか、非常に楽しみでありますよ。商いのコツを教えて差し上げますので、その金を大事にされ、早めに独立なさい」

忠兵衛は、慈愛溢《あふ》れる笑《え》みで喜八郎を見つめた。

「ありがとうございます」

喜八郎は、身体中から喜びを発散しながら低頭した。

この信頼に応《こた》えて、商売の勉強に励まねばならない。

「『生業《なりわい》の　みちを淀《よど》まず　励《はげ》みなば　細き清水も　末は滝つ瀬』の決意でございます」

喜八郎は、かつて詠《よ》んだ狂歌を披露《ひろう》した。一生懸命仕事に励めば、やがては成功するという意味の歌だ。

ほほう、とため息を洩《も》らして、忠兵衛は、この意気軒昂《いきけんこう》で剽悍《ひょうかん》な印象の男を見つめていた。

鉄砲商人大倉喜八郎の誕生である。慶応《けいおう》二年（一八六六年）十月のことだ。

3

喜八郎の働き振りは尋常ではなかった。下谷上野の店兼住居を引き払い、八丁堀の小泉屋鉄砲店に通いやすい、神田和泉橋《かんだいずみばし》通りに家を借りた。ここから八丁堀までは、南へ一直線に向かうだけでいい。

身の周りの世話は、ひき続きたま子が担《にな》った。

八丁堀には、大名屋敷が多く、喜八郎はそれらの大名屋敷に鉄砲の注文を受けるため頻繁に出入りした。

独立することを前提として見習いをしているので、小泉屋の取引先以外の大名屋敷にも出入りし、自分の顔を売り込んでいた。そうしたことを許してくれている小泉屋忠兵衛には深く感謝していた。

喜八郎は、毎朝、卯《う》の刻（午前六時）には小泉屋の前に来ていた。まだ店は開いていない。しかし店先の掃除《そうじ》などをして、忠兵衛が店を開けるのを待っていた。日本橋の魚河岸《うおがし》に出入りしていたために、朝が早いのは慣れていた。ちゃんと朝飯も食べている。前の晩に朝食の分まで飯を炊《た》いておく。それを茶漬《ちゃづ》けでかき込んでくるのだ。腹が減っては戦《いくさ》ができぬというのが喜八郎の信条だった。

店が開くと、早速、大名屋敷に注文取りなどに出向いた。店に戻ってからは忠兵衛の話し相手になり、夜遅くまで店にいた。いつ寝ているんだと尋ねられたら「三時間も寝れば十分です」と答えた。鉄砲の仕入れ先である横浜の外国商館にも頻繁に出入りし、親しい外国商人もできた。外国語などできないが、片言の英語で「モーニング、サー」と言って、満面の笑みでずかずかと遠慮せずに商館に出入りする喜八郎は、彼らに歓迎された。

世情は、長州《ちょうしゅう》などが幕府に反旗を翻《ひるがえ》し、長州征伐が行われるなど騒がしい。武器の注文も多く、にわか鉄砲屋も増え、競争は激しくなった。

4

慶応二年十一月二十五日、冬の肌寒い朝、喜八郎が店の前の掃除をしていると、常吉がやってきた。

「喜八の旦那、面白いものが見られますよ。一緒に行きますか」

「何があるんだ？」

「芝《しば》の増上寺《ぞうじょうじ》で長州戦争で亡くなったお侍様の葬儀が行われるんですよ。なんでもたいそうなものらしくて、大騒ぎですよ」

常吉は、行きたくてうずうずしている。芝までなら八丁堀からたいした距離ではない。喜八郎はその辺りの大名屋敷に行く用事もあるので、常吉と一緒に行くことにした。

江戸城西の丸下の歩兵屯所《とんしょ》から出発した葬列は、小筒《こづつ》組、大砲隊、騎兵隊など合計八大隊、総勢一万人余りという大名行列をしのぐ大人数。兵卒たちは萌葱《もえぎ》の細《ほそ》袴《ばかま》、白布の後ろ鉢巻を締め、長州征伐で戦死した五十三名に弔意《ちょうい》を表しつつ、粛々《しゅくしゅく》と進む。

葬列が増上寺に到着すると、兵卒らが捧《ささ》げ銃《つつ》の姿勢を取る中、白布が張られた本堂の須弥壇《しゅみだん》前面に「長州役戦死霊」の位牌《いはい》が運ばれて行く。三百人の僧を従えた大《だい》僧正《そうじょう》の回向《えこう》の読経《どきょう》が響き渡り、法要が始まる。

「すごいもんですね」

常吉が背伸びして葬列を眺《なが》めようとする。前代未聞の盛大な葬列を見ようと、増上寺周辺は大変な人だかりとなっていた。押し合いへし合いして、まるで祭りのような状態だった。何かとにぎやかなことが好きな江戸庶民も瞠目《どうもく》して、法要を眺めていた。

しかし、喧嘩《けんか》などの騒ぎは起きなかった。というのは回向されているのは大将ばかりではなく、身分の低い兵卒も同様に扱われていたために、群衆は誰もが戦死者を悼《いた》む厳粛《げんしゅく》な思いに沈潜《ちんせん》していたからだ。

――なんてありがたいんだ。大将と同じように法要していただけるなんて公方《くぼう》様のお陰だ。

――増上寺の大僧正の回向を受けられるなんて、そうそうあるもんじゃない。ありがたいことだ。

人々は口々に囁《ささや》き合い、この大法要に幕府の威光を感じていた。

喜八郎は遠目に葬儀の様子をじっと眺めていた。

「ねえ、旦那、徳川様の御代《みよ》は、まだまだ健在ですね」

常吉が感じ入ったように言った。

「いいや、もう終わりだな」

喜八郎は、きっぱりと言った。

「何をおっしゃいます。これだけ御立派な大法要を挙行なさいますのに、どうしてそんなことをおっしゃるのですか」

「常吉、ちょっとここから出ようか」

喜八郎は、人込みをかき分け、混雑から離れた。常吉も後ろについてきた。

「江戸から遠く離れた長州での戦争だから、江戸のみんなはたいして何もわかっちゃいねえが、徳川様の軍勢は負けたんだよ。俺は鉄砲を扱っているからわかるんだが、徳川様は火縄銃や火打ち石の銃だ。一発撃ちゃあ、休み、一発撃ちゃあ、休みだ。的にだってまともに当たりやしねえ。ところが長州の方は、ミニエー銃といってな、格段に命中率が高く、弾《たま》の充塡《じゆうてん》も楽な銃を密《ひそ》かに大量に仕入れていたんだ。それで一斉射撃されたら、どんなに遠くに逃げても一発で仕留められちまう。戦いになんぞなりゃしないってことだ」

「でもこんなに大きな法要をする力がありなさるんだから……」

常吉は、岡っ引きとはいえ、幕府の御用をあずかる身だ。喜八郎ほどすんなり幕府軍の負けを認めるわけにはいかない。

「こんな法要は虚仮脅《こけおど》しよ。江戸の衆《しゅう》にまだまだ徳川様の御代は続くと思わせたいだけさ。よく考えてもみろ。徳川様は武威《ぶい》で天下様になっておられるんだ。兵隊や武威が他の藩に比べて圧倒的だからな。それが長州というたった一つの藩に負けちまったんだぞ。それはもはや徳川様の武威が通じなくなったということだ。天下様じゃなくなったということだ。ただの藩になっちまったってことさ」

喜八郎は声を潜《ひそ》めた。八丁堀まで帰る通りには大名屋敷がずらりと並んでいる。威厳のある土塀が続き、辺りは深々と静まり返っている。誰かが耳をそばだてているかもしれない。

「じゃあどうなるんですか？　旦那の言うことを聞いていると、正体見たり枯れ尾花みたいじゃないですか」

常吉はおどおどした口調で言った。

「上手《うめ》ぇことを言うじゃねえか。そうなんだよ。今まで徳川様の威光にひれ伏していたが、これからはそうじゃなくなる。枯れ尾花だと正体が見えちまったんだからな。それぞれの藩が生き残りをかけて戦争の準備を始めるんだ。もともと彼らは武士だ。戦争のために生きているんだ。俺のような商売人とは違う。戦争になれば血が騒ぐんだ。予想通り鉄砲屋の出番が来たってことだよ。これからはどんどん物騒《ぶっそう》になるぜ」

喜八郎はうれしそうに言った。

「そういや旦那、金吹町《かねふきちょう》の中留《なかとめ》や銀座の網綛《あみふさ》なんかの刀剣屋が言ってましたが、かつては飾り装飾の刀がよく売れたそうですが、最近は実用的なドンとした鉄拵《てつごしら》えの頑丈《がんじょう》な刀が売れ筋だそうですぜ」

「そうだろうて。武家の連中は、みんな戦争に備え始めたんだ。しかし、刀なんか役に立たない。鉄砲や大筒《おおづつ》の時代になる。大儲《おおもう》けするぞ」

喜八郎は、ついつい声が大きくなり、慌《あわ》てて口を手で覆《おお》った。

「おいらは、この徳川様の平穏《へいおん》な世が続いて、食って、寝て、たまに女にありつけりゃ満足なんですがね。明日は明日の風が吹きますし、足るを知っていますからね」

常吉は、喜八郎の全身から湧《わ》きあがるエネルギーに当てられていた。

「お前はそうやって生きてりゃいい。俺は、常吉とは違う。分《ぶん》を守って生きていれば、後《おく》れを取るばかりだ。あの善次郎《ぜんじろう》は、俺の何倍もの小判を貯めやがった。あんな虫も殺さねえような涼しげな顔をして、俺なんか足元に及ばないくらい商売が上手い。俺は負けてはいられないんだ。出世しなけりゃ江戸に出て来た意味がないんだよ」

喜八郎は、常吉を睨《にら》みつけるように見つめた。

「さあ、旦那はどこまで大物になりなさるおつもりなんですかね」

常吉は、いかにもくたびれたとでも言いたげに、深いため息を吐《つ》いた。

5

「おたま、店先を綺麗《きれい》に掃除するんだぞ」

喜八郎は、掲げた看板を見上げながら言った。ついに鉄砲店大倉屋を開業した。場所は住居にしていた神田和泉橋通りだ。慶応三年（一八六七年）二月、喜八郎は三十一歳になっていた。二十一歳の時に乾物屋を開いてから十年経って、二度目の創業だ。

「人生、無駄なものはないというが、十年は長かったな。迷い続けていた気がする。ここからは霧が晴れたように前に進むのみだ」

喜八郎が、自分自身に向けて決意を嚙《か》みしめていると、背中を叩《たた》かれた。振り返ると、善次郎が立っていた。相変わらず涼やかな笑みだ。

「おめでとう。いよいよ開店だね」

善次郎は、祝いと熨斗《のし》をつけた酒樽《さかだる》を差し出した。

「おう、善次郎さん、祝いに来てくれたのかい。いよいよだ。狭い店だが、入ってくれよ」

喜八郎の店は、間口三間《げん》（約五・四メートル）ほどの、なんら派手さのない普通の町家のようだった。

「乾物屋と違って、店には何もないんだな。これじゃ看板がなければ何屋かわからん」

がらんとした店の中を見て、善次郎は驚いた。

「鉄砲なんぞ店先に飾ろうもんなら、押し込み強盗に盗《と》ってくださいと言ってるようなもんだからな」

喜八郎は、笑いながら言った。

店の中には、行軍の際に使うラッパや幟《のぼり》が立てかけてあるだけだ。薄暗い店の中で、ラッパだけが妙に生々しく輝いている。

「鉄砲はあるのか」

「見たいか」

喜八郎はにんまりとした。

「見せてくれよ。話の種だ」

善次郎に言われて、喜八郎は帳場の奥から一挺《ちょう》の銃を取り出してきた。

「これはスナイドル銃と言ってな、今一番人気のある銃だ」

喜八郎は銃身が鶴首《つるくび》のように長い銃を善次郎に手渡した。重さは、一貫目《かんめ》（四キロ弱）だ。ずしりと重い。

「重いな。こんなもので狙《ねら》いをつけるのか。俺はどうせ持つなら銭の方がいい」

両替商らしいことを善次郎は言う。

「貸してみな」

喜八郎は、善次郎から銃を返してもらうと、銃口《じゅうこう》を善次郎に向けて構えた。

「おい、よせよ」

善次郎が怯《おび》えた声で言う。

「大丈夫だ。弾は入っていない。これは最新式で、元込め式といって弾を手元から入れるんだ。充塡がやりやすい。引き金を引くと、弾に込められた火薬が爆発して、ちょうど椎実《しいのみ》のような形をした弾がここから飛び出す。この銃身には工夫があって、ライフリングといってねじり溝《みぞ》、条溝《じょうこう》とも言うがね、らせん状の溝だな、それが内側に刻まれているんだ。弾はその溝に沿って回転しながら飛び出すんだ。独楽《こま》が回っていると思ってくれ。回っている時は、独楽は倒れないだろう。これも同じ理屈でまっすぐ飛ぶわけだよ。八町（約九百メートル）先の敵でもズドンだよ」

喜八郎は得意げに言った。

「すっかり鉄砲屋になったな。これは一挺いくらするんだ」

「一挺三十両ってとこだな。たくさん仕入れれば安くなる」

「なかなか高価なもんだな。こんなものが売れるのか」

善次郎は、しげしげと見つめた。

「各藩が競って注文してくるんだ。どこの藩も戦争が近いと思っているに違いない。小泉屋さんには商い先が重ならないようにと一筆入れたのだが、そんなことはお構いなしに忙しいこと、猫の手も借りたいくらいだよ」

喜八郎は、善次郎が持って来た酒の封を開け、お互いの前に置いた湯呑茶碗《ゆのみ》に注《つ》いだ。

「相談がある」

善次郎が、湯呑茶碗の酒にちょっと口をつけただけで、その場に置いた。

「なんだい、改まって」

喜八郎は、突き出すようにして湯呑茶碗に口をつけ、美味《うま》そうに酒を飲んだ。

「お上から、古金貨、銀貨を集めろと言われたんだ」

幕府は、質を落とした金貨、銀貨を発行するため、現在流通している金貨、銀貨を集める必要に迫られていた。財政難という事情もあるが、実際は、日本の金貨の海外流失を食い止める必要に迫られていたのだ。

日本の金と銀の交換比率は、金一に対して銀五。それが欧米では金一に対して銀十五になる。従ってこの差を利用すれば金一に対して銀十の利益を得ることができる。

外国商人たちは、これに目をつけた。洋銀（メキシコ銀）を大量に日本に持ち込み、天保一分銀《いちぶぎん》に交換する。洋銀は天保一分銀の約三倍の重量があるので、持ち込んだ洋銀は、約三倍の天保一分銀になる。これを天保《てんぽう》小判に替え、国外に持ち出し、地金にする。そして再び洋銀に交換すると、持ち込んだ洋銀は約九倍に膨《ふく》れ上がるのだ。

外国商人たちは、労せずして九倍の利益を上げることができる。こんな不合理をいつまでも放置するわけにいかず、欧米並みに質を落とした万延《まんえん》小判を発行しようとしていた。

「他の両替商はやらないのか」

「やらない。世の中が混乱しているし、押し込み強盗なども多いから、大量の小判を集めて、命まで取られたらたまったもんじゃないからな。俺も珍しく迷っている」

善次郎は、目を伏せた。

喜八郎は、残り僅《わず》かになった酒を、一気に呑み干すと、「やるべきだ」と強い調子で言った。

「善次郎さんは、両替、包み替えの手数料でコツコツと稼《かせ》いでいる。これは立派なことだ。尊敬に値する。そこでよく考えてみろや」

包み替えは百両包み一個で銀二匁《もんめ》の手数料が入り、安田商店の主たる商売になっている。

「その通りだが……」

喜八郎の言わんとするところがまだわからない。

「小判の包み替えは、本両替商にしか認められていない。それを善次郎さんができるというのは、世の中が混乱しているからだ。混乱しているからこそ、俺たち新参者が大きな顔をして商売ができるんじゃないのか」

喜八郎は、にんまりと笑みを浮かべた。

善次郎は、喜八郎の言うことを理解した。その通りだった。既存の本両替商は、世の中の不穏な空気を警戒してひたすら業務を縮小していた。危険をなるべく避けるのも商売を長く続けていく秘訣《ひけつ》だからだ。そのお陰で善次郎の安田商店の業務が拡大しているのだ。

「俺の鉄砲屋も同じだ。今までの鉄砲屋はそれぞれひいき筋がある。だからどこからでも注文を受けるわけにはいかないことがある。だけど新参者の俺は違う。小泉屋さんにさえ筋を通せば、誰憚《はばか》ることなく鉄砲を売ることができる。この命をかける気があればな」

喜八郎は、胸をドンと叩いてみせた。実際、鉄砲の仕入れ資金を抱いて、横浜の外国商館に行くのは命がけのことだったのだ。

「よくわかったよ。喜八郎さん。俺も勝負をかけてみる。新参者は新参者らしく、人が渡らない橋を渡らないといけないわけだな」

善次郎も納得したように笑みを浮かべた。

「その通りだよ。人の行く裏に道あり花の山、だよ」

喜八郎は、善次郎に助言をしながら、自分に言い聞かせていた。

「俺は両替や金貸しで世を渡るつもりだ。一気に大儲けはできないが、塵《ちり》も積もれば山となる、だからね。気がついたら大きな財産を手にしていたということになればいい。その時は、喜八郎さん、俺が金を融通してやるよ」

善次郎は、先ほどまで目を伏せていたとは思えないほど自信に溢れた顔をした。

「せっかくだが、俺は金は借りない主義でいきたいと思っている。気持ちだけは貰っておくよ。とにかくお互い、切磋琢磨《せっさたくま》して出世しようじゃないか」

喜八郎は、善次郎の手を強く握った。善次郎もそれを握り返した。

「旦那、そろそろ横浜に行きやしょう」

常吉が店先に顔を出した。

「もう、そんな時間か」

喜八郎は立ちあがった。

「仕入れか？」

「ああ、急ぎでね。この人は、常吉っていってね、岡っ引きなんだが、俺の手伝いもしてくれている。まあ、用心棒みたいなもんだね」

喜八郎は、常吉を善次郎に紹介した。

「常吉さん、喜八郎さんをよろしく頼みましたよ」

善次郎は頭を下げた。

「へい、わかっておりやす。しかし、喜八の旦那は、殺したって死にやしませんぜ」

常吉が大げさに言い、笑った。

「その通りだね」

善次郎も釣られて笑った。

「馬鹿言うなよ。それほど悪人じゃねえよ」

喜八郎も楽しそうに相好《そうごう》を崩した。

商人は商売が命

1

「駕籠屋《かごや》、急げ。はずむからな」

喜八郎《きはちろう》は、東海道をまっすぐ下り、横浜に向かう。

後ろの駕籠には護衛代わりの常吉《つねきち》が乗っている。

墨を流したようとは、よく言ったものだが、百鬼さえ何も見えずに困ると思えるほどの、真の闇《やみ》だ。

「今、どの辺りだ」

「もうすぐ鈴が森でさぁ」

駕籠かきの声から勢いが失《う》せた。荏原《えばら》郡大井村の鈴が森獄門場だ。罪人たちが、ここで磔《はりつけ》や斬首の刑に処せられ、その生首が晒《さら》されている。松が鬱蒼《うっそう》と生《お》い茂《しげ》り、昼間でも暗く、底冷えするような陰の気が漂《ただよ》っている。夜ともなると、さらに気味が悪い。

首台に生首がずらりと並び、街道を行く者たちを睨《にら》んでいる。罪人とはいえ、弔《とむら》いもされず、こんな場所で自分の首を晒したくはないだろう。隙《すき》あらば、道行く者に噛《か》みついてやろうとばかりに、かっと口を開けている首もある。さすがの喜八郎もここを通る時だけは、懐《ふところ》に忍ばせた短銃を握り締めた。

ひえっという声で駕籠が急に止まった。すわ盗賊かと思って、身体《からだ》中を緊張させたが、そうではなかった。駕籠かきが、何かを踏みつけたのだ。どうした、と喜八郎は駕籠から出た。駕籠かきが提灯《ちょうちん》の灯《あか》りで地面を照らしていたが、今度はもっと大きな声で、ぎゃっと叫んだ。

「いったいどうしたんだ？」

「旦那《だんな》、旦那」

駕籠かきは提灯を握り締めたまま、腰を抜かして地面にへたり込んでいる。喜八郎は、気持ちを奮《ふる》い起こして、駕籠かきから提灯を取り上げ、地面を照らした。うっ、と思わず息を呑《の》んだ。そこには片目をくりぬかれた、まだ血を滴《したた》らせた女の生首が転がっていたのだ。目は、おおかた烏《からす》か何かに突つかれてしまったのだろう。生首は三日間、晒されるが、斬り口の新しさから見ると、昨日、斬《き》り落とされたものに違いない。南無阿弥陀仏《なむあみだぶつ》と、信心もしていないが、喜八郎は手を合わせた。

「おい、びくびくするな。死んだ奴は、悪さしねぇ。生きてる奴の方が、怖《こえ》ぇんだ。こんな真っ暗闇でうろうろしていたら、こっちが盗賊に襲われて、生首を晒すことになるぞ。早く、駕籠を出せ」

常吉が駕籠かきに発破《はっぱ》をかけた。

実際、鈴が森辺りは、盗賊が頻繁《ひんぱん》に出没する。喜八郎は、鉄砲を仕入れるための金を持っている。奪われないように駕籠の中に隠しているものの、いつ何時、襲われるかもしれないからと、自分の懐に短銃を忍ばせている。勿論《もちろん》、常吉にも持たせているが、襲われた時は、とにかく早く逃げるに限る。

「さあ、行くぞ。遅れを取り戻せ。夜が明けるまでに横浜に着かないと代金を払わねぇぞ」

喜八郎も駕籠かきに言った。

駕籠は、再び動き出した。駕籠の先にぶら下げた紋なしの提灯が揺れる。

喜八郎は、どこに行くにも大倉屋の紋の入った提灯は使わない。大倉屋鉄砲店の名前も、それなりに浸透《しんとう》し始めたため、そんな紋入りの提灯を使っていたら、どうぞ襲ってくださいというようなものだからだ。

また、大名家を訪ねる時には、その家と縁故のある商家の紋入り提灯を使う。鉄砲屋が出入りしているところを、他の家に決して悟《さと》らせないためだ。

最近は、世の中が騒然としてきたため、どの大名とどの大名とが敵対関係にあるか、あるいは敵対関係になるかはわからない。喜八郎は、そんな政治向きのことはお構いなしだ。金を払ってくれるところに売る。それも現金で、前払いならなおさら結構。どんな大名家だろうが、金離れがいいところにはいい鉄砲を納入するのだ。

駕籠に揺られて、うとうととまどろんでいると駕籠の中に薄日が差して来た。喜八郎の膝《ひざ》もとを、駕籠の隙間を通して朝日が照らしている。

「着いたか」

「へい、旦那。着きやした」

駕籠が止まった。横浜港を見下ろせる高台だ。喜八郎は、駕籠から外に出て、大きく両手を広げて背伸びする。骨がきしむ音がし、心地《ここち》よい開放感が全身に行き渡る。深呼吸をする。眼下に横浜港が広がっている。沖は煙ったようにかすんでいる。停泊している外国船から白い煙がたなびいている。外国人居留地《きよりゅうち》には多くの商館が建ち並んでいる。その隣の日本人地区の屋根瓦《やねがわら》の黒くくすんだ色とは違い、赤が多い。白い壁に赤瓦。まだ見たことはないが外国はこんな景色なのだろうか。明るくて、海の色に映《は》えて美しい。

初めて常吉と来た二年前は、まだ建物も少なく寂しい港町だった。それから瞬《また》く間にこれほど繁栄するとは、誰が想像しただろうか。

「なあ、常吉。ずいぶんにぎやかになったな」

喜八郎は、隣で煙草《たばこ》をふかしている常吉に言った。

「旦那の見込み通りですな」

常吉の口から丸く煙が吐き出された。

「さあ、もうひとっ走り、弁天通りの茶屋まで行ってくれ。そこで腹ごしらえだ」

喜八郎は、横浜に着くと馴染《なじ》みの茶屋で腹ごしらえをする。腹が減っては戦《いくさ》ができない。商館が開くと同時に、飛び込み、寝ぼけ眼《まなこ》の外国商人どもに現金《かねもう》を見せつけて、鉄砲を買い占めねばならない。欲の皮の突っ張ったというより、金儲けの我《が》利我利亡者《りがりもうじゃ》の外国人どもと互角に渡り合うためには、先制攻撃するに限る。この物《ぶっ》騒《そう》な世の中で、夜を徹して横浜まで来る鉄砲商人は俺くらいなものだと、喜八郎はほくそ笑んだ。「キハチロウ、ハヤイネ、ハヤスギルネ」と外国人どもが寝ぼけ眼をこするだろう。俺は、「ジ　アーリーバード　キャッチズ　ザ　ウォーム（早起きは三文《もん》の得）」と言ってやる。他人と同じことをやっていて金儲けなんかできるか。

2

「喜八の旦那」

常吉が十手《じって》をぶらぶらとさせながら店先に現れた。辺りは夕映えに染まり、行き交う人も少なくなっている。酉《とり》の六つ刻《どき》（午後六時）だ。

「おう、常吉。何か用か？」

「気をつけておくんなさいよ。また御同業の手代が殺されなすったですよ」

常吉の情報に、喜八郎は顔を曇《くも》らせた。

「島屋新兵衛《しんべえ》の旦那と車屋七兵衛《しちべえ》の旦那の店の手代です」

「島屋さんのところか。物盗《ものと》りか」

「下手人《げしゅにん》は旗本《はたもと》の連中、彰義隊《しょうぎたい》らしいですぜ」

常吉は困惑したような顔で言った。

前の年の慶応《けいおう》三年（一八六七年）十月十四日、第十五代将軍徳川慶喜《よしのぶ》が朝廷に大《たい》政奉還《せいほうかん》を申し出た。翌十五日、政治の実権は、朝廷に移った。これで徳川家康が関ヶ原の戦いに勝利して慶長《けいちょう》八年（一六〇三年）に江戸に幕府を開いて以来、約二百六十年も続いた徳川幕府は終焉《しゅうえん》した。

十二月九日には王政復古の大号令が出されたが、天皇による親政とは名ばかりで、実際は、薩摩《さつま》、長州《ちょうしゅう》、土佐《とさ》ら西国《さいごく》の雄藩《ゆうはん》に政治の実権が移ったのだ。

慶応四年（一八六八年）一月三日、鳥羽伏見《とばふしみ》の戦いを皮切りに、薩摩、長州らの新政権の軍と旧幕府勢力との戦争が始まった。戊辰《ぼしん》戦争だ。

三月十四日には、薩摩藩西郷隆盛《さいごうたかもり》と旧幕軍勝海舟《かつかいしゅう》が二人で話し合い、江戸城の無血開城が実現した。これで江戸は戦火に見舞われることを免《まぬが》れた。

しかし、これに反対する旗本ら旧幕臣は、彰義隊を結成して上野の山に立て籠《こも》った。

喜八郎は、池上本門寺《いけがみほんもんじ》の新政権、いわゆる官軍の総督府に呼び出された。島屋新兵衛も一緒だった。

用件は、官軍へ武器を納入しろという命令だった。島屋は、恐縮して平伏《へいふく》していたが、喜八郎は頭を上げたままだった。

「お前は不服なのか」

官軍の武器調達担当が言った。

「いえ、不服なんぞございません。鉄砲は高価なものでございます。代金は、前金できっちりといただきとうございます。それならどんなことをしましてもこの大倉喜八郎、命に代えてご注文に応じさせていただきます」

喜八郎は、相手を見据《みす》えて言った。

彼は、一瞬、むっとした顔をしたが、すぐににんまりとし、「面白い奴だ。心配せずともよい。金は払う」と言った。

以来、喜八郎は、官軍のために鉄砲の調達に奔走《ほんそう》したが、勿論、旧幕軍の関係者にも金さえ支払ってくれれば、鉄砲を売った。

「商人にとっては、金を払ってくれる人が客だ。官軍も旧幕軍もない」というのが喜八郎の一貫した信念だった。

「島屋の次は、俺か……」

「官軍の御用をお務めになっておられますので、せいぜいお気をつけてください」

常吉も島屋の手代が殺されたのは、官軍の武器調達を担《にな》っているからだと考えていた。

喜八郎は、懐中《かいちゅう》から一分銀《いちぶぎん》を取り出し「これで酒でも飲んでくれ」と常吉に手渡した。

「こんなに。毎度、申し訳ありません」

常吉は、腰を低くしながら宵闇《よいやみ》に消えて行った。

闇が深くなり、店を閉め、久しぶりにたま子と一緒に飯でも食おうと思っていると、善次郎《ぜんじろう》が訪ねてきた。

「善次郎さん、一緒に飯でもどうだい」

「ああ、いただくよ」

店を閉め、中に入った。

突然、地響きが聞こえてきた。最初は小さく、そして徐々に大きくなった。蹄《ひづめ》の音だ。騎馬だ。どこかで大きな戦闘が始まるのだろうか。巻き込まれて得になることなどない。

蹄の音は大きくなってくる。そして店の前で止まった。外で馬のいななきが聞こえる。

「おい、誰か来たようだぞ」

善次郎が不安げに言った。

喜八郎は確認のため戸を開け、表に出た。闇の中に騎馬の姿が浮かんでいる。

その数は二十騎ほどだろうか。小柄な喜八郎は、騎馬の武士を見上げた。戦国武者さながらの緋《ひ》色の甲冑《かっちゅう》姿だ。まるで地獄から蘇《よみがえ》ってきたかのようだ。さすがの喜八郎もぶるっと胴を震わせた。

殺される。

まず頭に浮かんだのはそのことだ。

「そちは、鉄砲商の大倉喜八郎か」

武者が地の底から聞こえてくるような太く、暗い声で聞いた。

「さようでございます」

喜八郎は、気を込めて答えた。怯《おび》えるな、と自分に言い聞かせた。

「御用である。一緒に上野まで来い」

喜八郎は、唾《つば》を飲み込もうとした。喉《のど》にひっかかって上手《うま》く嚥下《えんげ》できない。やっと飲み込み、「承知いたしました」と答えた。

善次郎が喜八郎の傍《そば》に駆け寄った。

「喜八郎をどこにお連れになるのでしょうか」

善次郎が言った。

「その方は何者じゃ」

武士が聞いた。

「日本橋小舟町《こぶなちょう》で両替商を営んでおります、安田屋でございます」

「その方が安田屋か。評判は聞いておるぞ。まあ、心配するな。この大倉屋をちと借り受けるだけじゃ」

「私も同道いたします」

「それには及ばぬ」

「善次郎さん、大丈夫だ。御用が済めば、すぐに戻ってくるから。おい、おたま！」

喜八郎は、店の中に声をかけた。

「はい」

屈託《くったく》のない明るい声でたま子が店の奥から表に出た。途端に、きゃっと声を上げたたま子は、その場でへなへなと腰を抜かしてしまった。騎馬の武者に驚いたのだ。

「たま子、ちょっと御用で上野まで行かなくちゃならん。紋付の羽織《はおり》を出して来てくれないか」

「は、はい。羽織でございますか」

ようやくの思いで立ちあがったたま子は、裾《すそ》の埃《ほこり》をはたいて再び店の中に戻った。しばらくして羽織を持って現れた。

たま子は喜八郎に羽織を着せかけながら、「旦那様、大丈夫でしょうか」と震《ふる》え声で囁《ささや》いた。

「うん。すぐに戻ってくる」

喜八郎は答え、「さあ、参りましょうか」と武者を促《うなが》した。

神田和泉橋《かんだいずみばし》通りの店から上野まで、喜八郎は騎馬の後ろから速足でついて行く。

普段、歩き慣れている喜八郎にとってたいした距離ではない。しかし、さすがに馬の後ろについて行くのは骨が折れる。ひと休みしたいと思うが、足軽《あしがる》が、喜八郎の周りを固めている。息を切らせながらついて行く。

ようやく上野に着いた。寛永寺《かんえいじ》周辺は、松林が鬱蒼としている。巨木で姿のいい松がずらりと並んでいる。その松林は、かがり火に照らされ、松葉の一本一本まで、さながら炎に包まれ、あかあかと燃え上がっているようだ。

喜八郎を先導した騎馬武者たちは寒松院《かんしょういん》に向かった。ここは徳川家康に従い、天下統一を援《たす》けた藤堂高虎《とうどうたかとら》の法名《ほうみょう》から名づけられた寺だ。

「着いたぞ。前へ出て来い」

馬上の武者が言った。

喜八郎は、足軽に背中を押されるようにして馬たちの間を抜け、騎馬の最前列にまかり出た。

周囲には多くの武士たちがたむろしている。甲冑や武具を身に着けた武士たちが、寺の広い庭に燃え盛っているかがり火の周りに集まり、武具の手入れをしたり、剣術の訓練をしたりしていた。殺気が横溢《おういつ》している。喜八郎にもそれはひしひしと伝わってきた。

俺もここでおしまいか。思った以上に短い人生だった。これでは心残りだ。生まれ変わってもうひと花咲かせにゃなるまい。

喜八郎は覚悟を決めた。こんな殺気だった場所に来て、無事に帰ることができるはずはない。どうせ死ぬなら、じたばたせずに潔《いさぎよ》く死んでみせよう。

正面に金屏風《きんびょうぶ》があり、その前に床几《しょうぎ》に腰かけた武者がいる。兜《かぶと》を被《かぶ》り、具足《ぐそく》、甲冑に身を固め、陣羽織《じんばおり》姿だ。総大将らしい。

彼の周りを、長槍《ながやり》を持った武士たちが何人も壁のように取り囲んでいる。

喜八郎は、総大将の前に転がるように進み出た。周りのかがり火から火の粉《こ》が飛び、頬《ほお》に当たり、刺すように痛い。

「その方、大倉屋に間違いないか。本人か」

総大将が聞く。

「手前が、大倉喜八郎でございます」

喜八郎は答えた。

「ならば尋《たず》ねる。もし、その方の答えに一点たりとも嘘いつわりがあれば、この場で即刻、斬《き》って捨てる。命、なきものと思え。いいな」

総大将は張りのある声で言った。

喜八郎の周りを取り囲んだ武士たちが、威嚇《いかく》するように一斉《いっせい》に闇に向かって長槍や刀をつきあげる。それらがかがり火の明かりに照らされて赤く冷たく光る。

生きた心地がしない。しかし、死んだ気になればなんでもできる。

「お調べのことがありますならば、謹《つつし》んで伺《うかが》います。私の答えが済まないうちに打ち首にすることだけはお許しください。嘘いつわりなく思うところを申し上げますので、それが御意《ぎょい》にかないませぬならば、どんな仕置きなりとも、ご存分になされて結構でございます」

喜八郎は、腹の底から声を絞《しぼ》りだした。これだけ言うと、おのずと落ち着いてきた。

「その方は、公方《くぼう》様のお陰で商《あきな》いをしながら、賊軍に味方して武器を売り、我が彰義隊には武器を売らんというではないか。公方様のために粉骨砕身《ふんこつさいしん》しておる我々に、そのような不埒《ふらち》な態度を取るとは許しがたい。証拠は、あがっておる。言うことはあるか」

総大将の問いかけと同時に周りの武士たちが、刀を振りかぶり、長槍をつき出した。

「お言葉を返すようで申し訳ございませんが、いかなる証拠があがっておるのでありましょうか。私には思い当たることがございません。素直に答えさせていただきますので、その証拠とやらをお見せください」

喜八郎は、この時点で首が落とされると覚悟した。しかし、言いたいことも言わずに死ぬのは、この立派な口と身体をいただいた両親に申し訳ない。

「大倉屋、お前は鉄砲商であろう。ならばどうして我々に売らんのだ。我々の注文には、やれ、品物が払底《ふってい》していると申し、断る。その一方で、賊軍にばかり売っているというではないか。まことに不埒千万《せんばん》な奴だ。申し開きはあるか！」

総大将の胴間声《どうまごえ》が夜の闇に響き渡る。長槍を持った武士が、その通りだ、申し開きがあるか、と喚《おめ》く。一人の武士が、刀を喜八郎の首筋にぴたりとつけた。ひんやりとした鋼《はがね》の感触に体が震える。

喜八郎は、居住《いず》まいを正すと、総大将をきっと睨むように見つめて、「今のお言葉に対して思うところを申し上げます。よろしいでしょうか」と聞いた。

「申してみよ」

「それでは申し上げます。なによりも私は商人であります。商人には、軍の別はありませんし、そもそもどちら様が賊かはわかりません。こちらへ来ればあちらが賊だとおっしゃり、あちらに行けばこちらのことを賊とおっしゃる。私にはお客様があるだけでございます」

喜八郎の意外な反論に総大将は小首を傾《かし》げた。不機嫌な顔はしていない。騒ごうとする周囲の武士をたしなめている。

「お客様とは、きちんと現金で買っていただける方のことであります。現金さえお支払いいただければ、どちら様にも鉄砲をお売りいたします。ところがこちら様は、先ごろ納めさせていただいた鉄砲二十挺《ちょう》の代金を、待てとおっしゃったまま、今もってお支払いいただいておりません。

私は、横浜に参りまして外国商人から鉄砲を買ってまいります。ただではございません。現金で仕入れてまいります。ですからこの鉄砲を売りまして、代金をいただかないことには商売にならないのであります。それゆえに、こちら様からご注文があってもお断りせざるをえないのであります。あちら様は代金をいただけますのでお売りしているまででございます。他意はございません。

もし、現金でお支払いいただけるなら、いくらでもご注文願います。快くお売り申し上げます。それが商人であります。重ねて申し上げます。私は、商人でありまず。商人は商売が命で、相手はお客様しかございません。現金で品物をお買い上げいただけるのがお客様で、代金をお支払いいただけないのはお客様ではございません。それで自分たちに売らないのは不埒だ、怪《け》しからんとおっしゃいましても、私にはさっぱり合点《がてん》がいきません」

首が落ちる、と思った。ここまで好きに言えば、それも仕方があるまい。喜八郎は、目を閉じた。

「生意気《なまいき》申すな」

「天下の大義《たいぎ》に殉《じゅん》じる我々を商売の客と申すか」

「公方様の恩に報《むく》いようと思う気持ちはないのか」

　武士たちが騒ぐ。

　今さら何を言ってやがるんだ。こっちは江戸っ子じゃねえ。越後《えちご》の山出しだ。江戸には、商売のために来ているんだ。お前ら、徳川の御威光を笠にきて、散々好き放題をしやがったくせに、俺に公方様の恩とかなんとか押しつけるんじゃねえや。

　すっかり開き直った気持ちで、総大将の沙汰《さた》を待っていた。

「待て、静かにしろ」

　総大将は騒ぐ武士たちを抑《おさ》え、「お前の言うことは一理ある。その支払いをしていない者の名前を申してみよ」と聞いた。

　喜八郎は、支払いが滞《とどこお》っている武士の名前を言った。総大将は、すぐに側近《そっきん》に調べさせた。ほどなくして喜八郎の言ったことが正しいと判明した。

「お前の言うことに間違いはなかった。その支払いは間違いなくさせる。ところでお前はミニエー銃を持っておるか」

　ミニエー銃は、椎実弾《しいのみだま》を使う銃で幕府が定めた制式銃だった。

「横浜の商館に三百挺ほどございます」

「一挺いくらだ」

「今は、十両から九両でございます」

「それを納めろ」

「現金でなければできかねます」

喜八郎は言った。

総大将は笑って答えた。

「よくわかっておる。三日の間に三百挺納めてくれ。滞っている代金とともに支払ってやるからな」

「明日、横浜に参ります。急げば三日で納められます。ありがとうございます」

喜八郎は平伏した。

「大倉屋、お前は面白い男だ。我々に武運あらば、これからも重宝《ちょうほう》してやるぞ」

「ありがたき幸せに存じます」

再び平伏した。武士たちが、刀を収めるのがわかった。

「帰ってよいぞ」

総大将が言った。

「お待ちください、ひとつだけお願いがございます」

「なにかな、申してみよ」

「只今、大切な御用を仰せつかりましたが、近ごろは大変物騒でございます。万が一、斬られでもしたら御用を果たすことはできません。なにとぞ、黒門《くろもん》外まで警護をつけてくださいませぬか」

　黒門とは、上野の山を下り、上野広小路《ひろこうじ》に抜ける門だ。すぐそばには不忍池《しのばずのいけ》がある。

「承知した。この大倉屋を無事、送り届けよ」

　総大将が命じた。

　喜八郎はほっとしたが、その場を立ちあがるには、気力を振り絞らねばならなかった。

　警護の武士は、駕籠屋があるところまで送ってくれた。

「すまなかったのう」

　武士が言った。若くはない。優しい目をしている。

「ありがとうございました」

「いや、なんの、無理を申しているのは、こちらだ。私なんぞ、佐渡《さど》の出だが、こちらに引っ張られてしまったのじゃ。武士の義理があるからのう」

　武士はしみじみと言った。

　喜八郎は、黙っていた。

「商人はいい。お主《ぬし》が申したように代金を払ってくれる人に頭を下げればよいのじゃからな。次に生まれ変わることがあれば、商人になりたいものじゃ」

喜八郎は武士が頼んでくれた駕籠に乗り込みながら、「お名前を」と聞いた。

「わしのか」

「はい。私も越後新発田《しばた》の出でございます」

「そうか。そうじゃったのか。わしは、持田《もちだ》という者じゃ。江戸屋敷に娘がいるが、もう会うこともないだろう」

武士は悲しそうに笑《え》みを洩《も》らした。

「どうぞご無事で」

喜八郎が言うと、それを合図に駕籠が動いた。

3

「喜八郎さん！」

善次郎が駆け寄って、身体に傷がないか調べる。

「心配をかけたな」

喜八郎は善次郎に向かって、小さく頭を下げた。

「大丈夫でござったか」

善次郎の友人の富山松之進も駆け寄ってきた。

「首は、繋《つな》がっているか」

津の藤堂家、秋田の佐竹《さたけ》家など、顔なじみの武士たちが数十名も寄って来た。

皆が心配そうな顔をしている。

「大丈夫でございます。この通り、首も足もございます」

喜八郎は、不敵な笑みを浮かべ、頭を下げた。顔をあげると、彼らの背後に隠れるように、たま子が目頭《めがしら》を押さえているのが見える。喜八郎は、たま子を見つめて小さく頷《うなず》いた。

「お前が、賊軍に連れ去られたと聞いて、とても生きては帰れまいと案じておったところだ。我々が守ってやれなんだと大いに悔《く》やみ、憂《うれ》いておった。無事でなによりじゃった。なにがあったか委細《いさい》を申してみよ」

松之進の問いかけに、喜八郎は上野での様子を事細かに話した。

「さすがに御旗本です。私の申したことをよくご理解いただきました。これがあなた方だったら、とても命などありますまい」

喜八郎は言った。

「相変わらず減らず口をたたく奴じゃ」

松之進や周囲の武士たちが、声をあげて笑った。

松之進は真面目《まじめ》な顔で、「その賊軍の注文の品は、納めるには及ばぬ。実は、明朝、我々が上野の山を一斉に攻撃することになっておる」と言った。

「そうでありますか」

喜八郎は、深く頷いた。官軍には、多くの最新式銃を売っている。彰義隊の装備を見たが、彼らはとても官軍に敵《かな》わないだろう。あの総大将も生きて囚《とら》われの身になるか、鉄砲の餌食《えじき》になるか、どちらかしかあるまいと、哀れみを覚えた。

「たま子、酒と肴《さかな》を用意してくれ」

喜八郎は、たま子に命じた。命拾いした祝いを、集まってくれた武士たちと行うのだ。

「はい」

たま子は弾《はず》んだ声で答えた。

明け方近く、善次郎や松之進、他の武士たちは、それぞれ帰って行った。武士たちは上野の山攻めに参加するのだろう。

たま子が酒の徳利《とっくり》などを片付けている。

「心配かけたの」

「いえ、旦那様。必ずご無事でお帰りになると信じておりました」

たま子が目にいっぱい涙をためている。

「そうか……」

喜八郎は、顔を近づけ、舌先でたま子の涙を拭《ぬぐ》った。甘くしょっぱい味がした。

そしてたま子のか細い身体を両手で抱き締めた。

たま子は何も言わずに身体を預けてきた。

「いとおしい奴じゃ、お前は」

喜八郎は、たま子の顎《あご》に手をかけ、顔をあげさせると、唇を吸った。その場に崩れるように横になり、たま子の着物の裾を割った。たま子は観念したように無言で喜八郎にされるがままになっていた。

やがてたま子の息が荒くなり、噛みしめたような喘《あえ》ぎが洩れた。たま子を抱くのは初めてのことだった。

「上野の山から、命を得て帰る時、お前を抱くことばかり考えておった」

「うれしく思います」

たま子が苦しそうに息を吐《は》きながら、答えた。

大砲の音が聞こえてきた。戦争が始まったのだろう。

たま子が安心したように喜八郎の腕の中で眠っている。

「のう、たま子」

呼びかけるが返事はない。寝息だけが聞こえる。

「武士は、哀《あわ》れよのう。死ぬのが仕事だ。今まで永《なが》く太平の世が続いた。武士は、死ぬという仕事を忘れておった。今、やっとその役目を果たす時が来たのじゃが、それにしても哀れなものだ。死ねば、女子《おなご》を抱くこともできぬ。それに引き換え、商人は生きるのが仕事だ。生きて、皆様のお役に立ち、その結果、利益をいただく。それだけ見ると武士の俸禄《ほうろく》と同じではあるが、わしらは生きてお役に立つことが求められる。わしは、できるだけ長く生きて、この世に役立つ商人になってみせる。いずれ武士の世はなくなる。武士の世から商人の世になるのだ。わしの活躍の場は、大きく広がるだろう。わしはもっともっと大きくなるぞ」

喜八郎は、自分に言い聞かせるように話し続けた。

4

大砲の音が止《や》んだ。

玄関の戸を叩《たた》く音がする。たま子が出て行くと、常吉だった。

「喜八の旦那、昨夜は大変だったようですね」

「いや、なんでもなかった。運はあるようだ」

喜八郎は答えた。

「たまちゃんもよかったな」

常吉がにやりとした。どういう意味に受け取ったのか、たま子の顔が恥じらいで赤く染まった。

「そうですか……」

常吉が、妙に納得した顔で、たま子をしげしげと見つめ、口角《こうかく》を引き上げ、薄笑いを浮かべた。

「そりゃあ、よかった。たまちゃん、旦那に尽くしなせえよ」

「もう、常吉さん、嫌な人」

たま子は逃げるように店の奥に隠れてしまった。

「上野の山に行きますか。お供しやすが」

常吉が言った。

「気は進まないが、お前が一緒なら見に行くか」

喜八郎は、すぐに草履《ぞうり》を履《は》き、表に出た。

昨夜のことが、夢のようだ。周囲は、何もなかったかのように静まり返っている。

駕籠に乗り、上野の山の近くまで来た。火薬の臭《にお》いが漂っている。駕籠屋がこれ以上は勘弁《かんべん》してくださいと言うので、黒門辺りで喜八郎は駕籠を降りた。

常吉が先を歩き、黒門から入り、上野の山に向かう。昨夜、総大将と向かいあった寒松院辺りまで行ってみようと思った。

彰義隊の武士たちがあちこちに斃《たお》れている。凄惨《せいさん》な光景だ。刀で腕を斬られ、大砲に足を吹き飛ばされた武士たちが、呻《うめ》き、わめいている。それらに官軍の武士が、とどめを刺す。

「武士の情け」と殺してくれるよう頼む者もいるが、刀を振るう官軍の武士たちは、まるで遊んでいるようにも見える。大きく振りかぶり、一気に刀を振り下ろすと、傷ついた武士の首がごろりと落ちる。中には、「これは名刀じゃ」と彰義隊の武士の刀を取り上げ、それで斃れた武士を斬り捨てている者もいる。

寒松院の建物の多くは焼けおちていた。昨夜、金屏風が立っていたところには彰義隊の死骸《しがい》が山と積まれていた。血の臭いが辺りに漂っている。火薬の臭いや建物が焼け焦《こ》げた臭いなどと混ざって、息が苦しい。

ふと、ある死骸に目が止まった。近づいてみる。

「お知り合いですか」

常吉が聞いた。

「ああ、少し縁があった。佐渡のお侍だ」

喜八郎は、今は、冷たい骸《むくろ》となった武士の顔をじっと見つめた。武士は、額を銃で撃ち抜かれ、かっと目を見開いたまま、喜八郎を見つめている。昨夜、喜八郎を送ってくれた武士だ。持田と名乗っていたことを思い出した。

喜八郎は、その場に座ると、持田の見開いた目に手を当て、瞼《まぶた》を閉じさせた。懐《かい》紙《し》を取り出し、額にこびりついた血を拭った。

「常吉、せめてこの人を弔うことはできぬのかな」

常吉は、顔をしかめ、首を横に振った。

「余計なことをなさいますと、賊軍に通じていたと疑われるだけでございますよ」

「そうか……。それにしても少しでも縁があった人が、俺の売った銃で殺されているのを見るのは、いい気持ちがしないものだな」

喜八郎は、重い腰を上げ、ため息を吐《つ》いた。

自分が、商売として売った銃が持田の命を奪った。彼ばかりではない。ここに累々《るいるい》と横たわる武士たちの命を奪ったのだ。

「商売とはいえ、罪深いのう」

喜八郎は、持田の死骸に両手を合わせ、瞑目《めいもく》した。

「旦那、気を重くしちゃダメですよ。戦争を早く終わらせるのも旦那の役割じゃございませんか。それに武士たちにとっちゃ、いい死に場所を得たと喜んでいると思いなせえ」

常吉が励《はげ》ました。

「お前の言う通りだ。俺は、俺の役割を果たすことにしよう。それしかないのだからな。そして一日でも早く、あの黒船に乗って西欧にも行ってみたい」

喜八郎は焼けおちた寒松院の伽藍《がらん》を見渡した。硝煙《しょうえん》が目に入り、喜八郎は、瞼《しばたた》を瞬かせた。

義を見てせざるは、勇なきなり

1

喜八郎《きはちろう》は、新しい大倉屋の看板を見上げた。小さな身体《からだ》を可能な限り反《そ》らせ、腕を組み、しげしげと見つめた。

上野で彰義隊《しょうぎたい》と官軍との戦争が終わった翌日、喜八郎は、ここ日本橋十軒店《じっけんだな》に売りに出されている店を見つけ、その場で二百両で購入した。すぐに神田和泉橋《かんだいずみばし》通りの店を閉め、移転した。慶応《けいおう》四年（一八六八年）五月十六日のことだ。

この日本橋十軒店は、現在の日本橋室町《むろまち》三丁目の辺りのことを言い、すぐ近くには、にんべんや越後屋《えちごや》などの老舗《しにせ》の大店《おおだな》が並ぶ商売の中心地だった。

「鉄砲屋、当たったな」

涼しげな顔で、安田商店の善次郎《ぜんじろう》が言う。

善次郎の両替店安田商店は、十軒店から東南に少し歩いた小舟町《こぶなちょう》にある。大倉屋の移転祝いに駆けつけたのだ。

「ああ、ここまで上手《うま》くいくとは思わなかった」

喜八郎は言った。

「江戸では戦争が続くと言う人が多いが、よく新しい店を買ったな」

「戦争は起きない。官軍の勝ちだ。江戸は燃えない。俺は運が良い」

喜八郎は自信を持って言った。

「彰義隊に捕《つか》まって恐ろしい思いをしたのだろう？　その時にそう思ったのか？」

「ああ、彰義隊は金もないし、戦う気力もなかった。官軍の大砲一発でみんな逃げ出してしまった。奴らに捕まったが、命をとられずに済んだ時、俺は強運を持っていると確信したさ」

「喜八郎さんが彰義隊に捕まった時は、心配でこっちまで身が細る思いがした。大倉喜八郎、ついに命運尽きたかと思ったものだが」

善次郎は笑った。

「そう簡単に終わるつもりはないぞ。これから天が命ずるままに働くつもりだ。しかし、俺の鉄砲屋という商売も因業《いんごう》なものだ。善次郎さんの金はいいなぁ。人を殺さないもの」

喜八郎は、しみじみとした口調になった。多くの屍《しかばね》の中に横たわっていた持田《もちだ》某《なにがし》の無念そうな姿を思い浮かべていた。彼は積極的に彰義隊に参加したのではない。武士としての義理に縛られて、戦争に駆り出され、むざむざ命を落とした。

「そんなことはない。金も鉄砲も同じだ。使い方によって人を援《たす》けもするし、殺しもする。金は命より大事だと、その金を巡って殺し合う。私も金の貸し方一つで人から恨《うら》みも買い、両替の手数料で因縁《いんねん》をつけられる。つくづく金も因業なものだ」

善次郎は言う。

「確かに言われてみれば、金も鉄砲も因業なものだが、誰かが命をかけて扱って、人の役に立たせないといけないんだな」

喜八郎が言う。

「中国の『史記』に、『疑事無功《ぎじむこう》、疑行無名《ぎこうむめい》』という言葉がある」

善次郎がしたり顔で言う。

「どういう意味だ」

「趙《ちょう》の武霊《ぶれい》王が、国内の改革を進めようとする時に、家臣が何事も自信を持って行わねば、功も名誉も得られないと進言したという故事なんだが、とにかく私も喜八郎さんも自信を持って、迷わず、自分の道を進もうではないか。どうせ身一つで江戸に出て来たんだ、また身一つに戻ろうとたいしたことはない」

善次郎は力強く言った。

「善次郎さん、まだまだこれからよなぁ。俺《おれ》たちの時代は……」

喜八郎は、夢を見るように目を細めた。

慶応四年七月十七日、江戸は東京と改称。同年九月八日、明治と改元される。喜八郎は三十二歳となった。

2

明治二年（一八六九年）の一月も終わろうとする頃、日本橋十軒店の大倉屋に一人の男が訪ねて来た。

「大倉殿はおられるか」

男は、よく通る声で言った。店にはたま子と常吉《つねきち》がいた。常吉は、近頃は岡《おか》っ引《ぴ》きの仕事よりも喜八郎の下男《げなん》として働いていることが多かった。

「旦那《だんな》ですか？　奥で休まれていると思いますが、どちら様で」

「弘前《ひろさき》藩の西舘平馬《にしだてへいま》と申す者でございます。大倉殿にたっての相談があって参りました」

　常吉は、西舘の背筋がすっと伸びた凜《りん》とした姿に、なにやらただならぬ気配を感じて、「おたまさん、お客様を座敷に通してください」と言った。

「どうぞ、こちらに」

「かたじけない」

　たま子は、西舘を座敷に案内した。

「常吉、お客様か」

　昨夜は、鉄砲仕入れのために行った横浜から遅く帰って来たため、喜八郎はごろりと横になっていた。

「へえ、弘前藩の西舘平馬様とおっしゃる方でございます。旦那にご相談したいことがあるとおっしゃって……」

「なに、西舘様」

　喜八郎は、がばっと跳《は》ね起きた。

「ご存じですか？」

「ご存じも何も弘前藩の江戸家老《えどがろう》様だ。弘前藩は、奥羽《おうう》諸藩の中でただ一つ、朝廷側にお味方され、新政府でも重きを置かれているんだ。混乱する藩論をそのような方向にまとめられたのは、西舘様だと言われておるんだ。俺も本所《ほんじょ》二ツ目にある上《かみ》屋敷《やしき》にはお邪魔している」

喜八郎は、すぐに着物の襟《えり》を正すと、西舘のいる座敷に向かった。

「西舘様、わざわざお越しいただき申し訳ございません」

喜八郎は、座敷に入ると、上座に座っている西舘に平伏《へいふく》した。

「いや、こちらこそ、約束もせず突然参って済まぬ。ところでこうやって急ぎ参ったのは、他でもない。大倉殿を見込んで頼むのだが、ぜひ鉄砲を仕入れて貰《もら》いたいのだ」

西舘の顔は真剣味を帯びている。

「私は、鉄砲屋でございます。頼まれれば、鉄砲を仕入れるのが仕事でございます。わざわざご家老様がこんなところにまでお足を運んでいただくようなことではございませぬ」

喜八郎は、平伏して言った。

「そこもとも存じておろう。我が藩が鉄砲を失《な》くしたことを」

弘前藩は、肥後《ひご》熊本の細川家に依頼して、元旦に品川から出帆《しゅっぱん》するハーマン号で、援軍と鉄砲二千挺《ちょう》を届けてもらうことになっていた。このハーマン号は、熊本藩が雇った米国の鉄船だったのだが、出帆した翌日夜、折からの天候不順で上総《かずさ》川津沖で座礁《ざしょう》、沈没し、弘前藩が心待ちにしていた鉄砲もろとも海の藻屑《もくず》と消えてしまったのだ。

「お噂《うわさ》は耳にしております。大変でございましたなぁ」

喜八郎は心から同情した。

「今、我が藩は奥羽でただ一つの勤皇方《きんのう》である。その我が藩に鉄砲がない。そのため、もし五稜郭《ごりようかく》で旧幕軍に敗れることがあれば、せっかく平定した他の奥羽諸藩は、再び旧幕府側になびくこと必定《ひつじよう》。新政府の基盤は揺らぎ、朝廷も大変な事態となられよう」

西舘は苦渋《くじゆう》に満ちた顔で言った。

明治という新しい時代になったものの、まだ世の中は騒然としていた。慶応四年八月十九日に艦船八隻《せき》を率いて品川から蝦夷地《えぞち》（北海道）に向かった榎本武揚《えのもとたけあき》ら旧幕軍は、新政府に最後の戦いを挑むべく箱館《はこだて》（函館）五稜郭《ごりようかく》を占拠していた。

弘前藩は、新政府の最北の軍として榎本率いる旧幕軍と対峙《たいじ》していた。いつ戦いの火ぶたが切って落とされてもおかしくはない緊迫した状況になっていた。

「お気持ち、お察し申し上げます。私にできることがあれば、お申し付けください」

「おお、ありがたい。私は鉄砲を求めて江戸中の鉄砲商に当たった。二千五百挺の鉄砲が、今すぐ必要だ。しかし、恥ずかしいことに我が藩には金がない。先だって海に沈んでしまった鉄砲を仕入れるために金を使ってしまったのだ。金がない弘前藩のために鉄砲を仕入れて、遠く津軽《つがる》まで運ぶという危険を冒《おか》してくれる者は、誰一人おらん。その時、大倉殿ならなんとかしてくれるのではないかと思ったのだ」

西舘は、硬い顔ながらほほ笑《え》みを浮かべた。

「西舘様、百以上もある江戸中の鉄砲屋を回りながら、どうして最初からうちに来てくださらなかったのですか」

喜八郎は笑みを浮かべた。

「それは、許せ。大倉殿には随分世話になっているから、どうやら敷居《しきい》が高くなっていたようだ」

西舘は頭を掻《か》いた。

「義《ぎ》を見てせざるは、勇《ゆう》なきなりと申します。この大倉屋はお困りの方を見捨てるようなことはいたしませぬ」

喜八郎は決然と言った。

西舘は目を見張った。

「受けてくれるのか」

「はい、お受けいたしましょう。ただし鉄砲を仕入れるのには金が要《い》ります。金がなければ、いくら大倉屋が頼んでも鉄砲を売ってくれません」

ゲベール銃なら、最近人気がなくなっているから一挺一両から二両程度で仕入れられるだろう。ミニエー銃も九両程度だ。二千五百挺の鉄砲をなんとか安く仕入れて一万両以内に抑えたい。

問題は船だ。冬の海は、荒い。堅牢《けんろう》な大船を用意しなくては津軽まで運べない。ましてや戦争が起きるかもしれないところに船を出すのだ。船賃もはずまねばなるまい。それにも一万両は必要だろう。あれやこれやと考えたら二万両は用意しないといけない。

そんな大金を喜八郎は持っていない。

善次郎ならなんとかなるかな。

彼であれば安田商店の信用で、二万両の調達ができるかもしれない。

「ご提案だが、藩には蔵米《くらまい》一万俵がござる。これで支払いさせていただきたい。如何《いかが》か」

西舘は必死の形相《ぎょうそう》だ。同じ申し入れを他の鉄砲商にも行ったのだろう。

蔵米一万俵……。いったいいくらぐらいで捌《さば》けるのだろうか。今、米価が高騰《こうとう》していると聞いている。三万両から四万両にはなるのではないか。これは商売になる。しかし、蔵米を津軽から江戸に運び、現金化することは容易なことではない。途中で遭難《そうなん》するかもしれない。米価が暴落するかもしれない。そんなリスクの高い仕事を受ける商人はいないだろう。

喜八郎は、瞑目《めいもく》して考えた。

「大倉殿、なんとか津軽を助けてもらいたい。もし、あなたが引き受けてくれなければ、私は切腹《せっぷく》をする覚悟でござる」

西舘は強い口調で決意を語った。

喜八郎は、かっと目を見開いた。

「承知いたしました。お引き受けいたしましょう。蔵米一万俵との交換で鉄砲二千五百挺ご用意いたします。この大倉喜八郎、命に代えて約束を果たしましょう」

そう言って、ゆっくり頭を下げた。

「このご恩、平馬、一生、忘れ申さぬ」

西舘は、喜八郎の手を痛いほど握りしめ、涙を流さんばかりに喜んで帰って行った。

「さあて、金をどうするか」

喜八郎は、座敷の畳《たたみ》に仰向《あおむ》けになり、天井を睨《にら》んだ。

しばらくそのまま眠ったようにしていたが、がばりと起きあがると、「おーい、常吉、おたま」と声を上げた。

二人が急いで座敷に来ると、喜八郎は胡坐《あぐら》をかき、「勝負するぞ。失敗したら無《む》一文《いちもん》だ。やがてなりたき男一匹だぞ」と目を輝かせ、大声で笑い出した。

常吉もたま子も顔を見合わせ、怪訝《けげん》そうに首を傾《かし》げるばかりだった。

3

喜八郎は、善次郎のところに急いだ。全財産、家や店や書画や陶器《とうき》やその他、持っているものを全《すべ》て差し出すから、何も言わずに二万両を出してくれと頼むつもりだ。

安田商店は、相変わらず活気に満ちていた。善次郎は、帳場で真剣な顔つきで算盤《そろばん》をはじいている。

「おい、善次郎さん」

喜八郎は、声をかけた。

「おや、喜八郎さん、どうなさった」

涼やかな顔が喜八郎に向けられた。

「緊急の相談だ。上がらせてもらうよ」

喜八郎は、善次郎の承諾も得ず、ずかずかと帳場に上がり込んだ。

「どんな急用ですか」

善次郎がおだやかな口調で聞いた。

「俺の全財産を買ってくれ。二万両用立ててほしい」

喜八郎は勢い込んだ。

「他でもない喜八郎さんの頼みとあれば、用立てないことはないが、大金だ。どうしたというのか」

善次郎は、落ち着いている。悔《くや》しいが、こいつは大人だと喜八郎は善次郎のことを改めて尊敬した。

「俺は人から金を借りるのは嫌いだ。そのことは知っているよな」

善次郎は、静かに頷《うなず》く。

「だから俺の身代《しんだい》全部を買い取ってほしい。それで二万両だ。借りるんじゃねえ」

「二万両にもなるか？」

「わからん。しかし、必要なんだ」

「詳しく話してほしい」

喜八郎は、善次郎の求めに応じて、弘前藩のために鉄砲を納入することになった経緯《いきさつ》を説明した。

「代金を蔵米で回収するのか」

「一万俵になる」

「それは投機かい？　私は投機はやらない」

善次郎は文久銭投機《ぶんきゆうせん》で手痛い失敗をした経験があった。それ以来、利益が確実視されない投機には手を出さない。

「俺の運試しだ」

「上野の山の運が二度もあると思っているのかい」

善次郎の言い方は、少し皮肉めいて聞こえた。

「その通りだ。二度目の運を試す。それに失敗すれば、またやり直す」

喜八郎は気迫《きはく》を込めた。

「命がなくなるかも……」

「だから金を借りるのではない。俺の身代を買ってくれと言っている」

善次郎は、喜八郎の顔をじっと見つめ、「蔵米の処分を私がやりますかね。まかせてくれますか」と淡々と聞いた。

「頼む」

喜八郎は頷いた。

善次郎は、喜八郎のために二万両を用立てた。

善次郎は、急ぎ足で帰って行く喜八郎の後ろ姿を見て、また投機をしてしまったかな、とふっと笑みをこぼした。

4

喜八郎は、すぐに常吉を伴って横浜に行き、二千五百挺の鉄砲を仕入れた。

ドイツ船を雇い、津軽までの往復傭船料《ようせんりょう》、一万両を支払った。津軽での米の積み込み期限は七日間。一日延びる毎《ごと》に五百両加算される契約だ。

横浜を出港しようとする頃、商館アメリカ一番館の館主ウォルシュが、喜八郎に、積み荷に保険をかけたらどうかと言ってきた。彼は、ハーマン号が沈没したことを知っていた。

「失敗したら、命はない。保険金が入ってもなんの役にも立たない」

喜八郎は、保険をかけることを断った。

ウォルシュは、喜八郎の決意を聞き、クレージーと呆《あき》れ、何も言わなくなった。

二月三日、船は横浜を出帆した。海は時化《しけ》続きだった。

「旦那、酔いそうです。ウエッ」

常吉が船べりに立って苦しそうに呻《うめ》いている。船に慣れていないのだ。

「おい、そんなところで海を覗《のぞ》いていたら、海神《かいじん》に引っ張り込まれるぞ」

喜八郎は遠くを見つめている。足はしっかりと甲板《かんぱん》を踏みしめている。

「旦那は、気分が悪くならないんで？」

「馬鹿野郎、この勝負に身代をかけているんだ。こんな波くらいで気分を悪くできるかい。船長、急げ、急げ」

喜八郎は、ドイツ人船長を励《はげ》まし続けた。

横浜を出港して二十五日目、雲行きが怪しくなり、風が強くなった。しかし下北《しもきた》半島の北端を回れば、津軽の港に入ることができる。

風が変わった。喜八郎にもわかる風向きの変化だ。船は風に逆らって津軽海峡を目指しているが、押し返されているようだ。波は、唸《うな》りを上げ、舷側《げんそく》を洗っている。潮のしぶきが身体にかかってくる。

「旦那、中に入りやしょう。ここにいたら危ねぇ」

常吉が、喜八郎の袖を引いた。

「ちょっと待て、船長に確かめたいことがある」

喜八郎は、波で大きくうねる甲板を踏ん張りながら歩き、船長のところに向かう。

「おい、船の向きがおかしくねぇか。行き先が違うぞ」

喜八郎は、声を大きくして叫んだ。

「風が変わった。箱館に寄る。でないと、船、沈没する」

船長が、たどたどしい日本語で言う。

「なんだって」

さすがの喜八郎も驚いた。顔から血の気《け》が引く。

「箱館なんかに寄れるか。寄ったら、全員、これだ！」

喜八郎は、手で刀を振り下ろす真似《まね》をした。

箱館は榎本武揚が率いる旧幕軍が占拠する町だ。そこに彼らの敵である津軽藩のための武器を運ぶ船を寄港させたら、どうなるか？　鉄砲は没収され、船を焼かれるだけならまだいい。船長以下、全員の首が飛ぶのは火を見るより明らかだ。

「大丈夫、大丈夫」

船長は、取り合わない。

「なにが大丈夫だ。いい加減なことを言うな。俺は、命をかけているんだ」

「私、船に命をかけている。これ、ドイツの船。日本、手出せない。心配ない。この船には、日本人いない。ドイツ人だけ」

ドイツは、戊辰《ぼしん》戦争において中立の立場をとっている。そのドイツ船に何か危害を加えることは、榎本軍にとっても国際的な問題になるということだ。

しかし、日本人である喜八郎たちは、見つかれば、たとえドイツ船であろうと、間違いなく殺されるだろう。

「船底に隠れていろ。私に任せろ。私、嘘《うそ》、上手い」

船長は、片目をつぶって、親指を立てた。自信があるという顔だ。

「旦那、どうしましょう。殺されますぜ」

常吉が、おろおろしている。

「しょうがない。船では船長が絶対だ。任せて隠れていようじゃないか。常吉、握り飯《めし》を持っているか」

喜八郎は、自らを励ますように大きな声で言った。

「握り飯ですか？　ありますけど」

常吉は、腰に巻いた風呂敷包みを開けた。中に三つの握り飯が入っていた。喜八郎は、それを一個摑《つか》むと、「これでも食いながら、船長の役者振りをとくと見物していようじゃないか」と言った。

喜八郎は、常吉と船底に荷物と一緒に隠れた。

甲板越しに声が聞こえる。船は、箱館港近くに流れ着き、港から旧幕軍の連中がやって来たようだ。

「船を調べるぞ」

旧幕軍が迫って来る。

「これドイツの船。何もない。調べられない」

船長が大きな声で言う。

「怪しい。荷物を検《あらた》める」

「津軽で、米を積み、サハリンに行く。それだけ」

「調べさせろ」

「ヤーパン、私、疑うね。嫌いだ。ヤーパン、疑い深い、汚い。臭《くさ》い。これドイツの船。ヤーパン、ドイツと戦うね」

「そんなことは言っていない。ただ荷物を検めるだけだ」

「あなた、刀持ってるね。あなた、私を信用しない。ヤーパン、すぐ、腹切る。私も腹切る。あなた、私の首を刎《は》ねたらいい。すぐドイツ、あなたを攻撃する。それでいい。さあ、この腹を切る」

船長が甲板に腹を見せて座ったようだ。

「旦那、ヤーパンって野蛮人と言っているんですね」

常吉がひそひそ声で言う。

「ヤーパンっていうのは、日本人てことだ。あまり心配せず、握り飯を食え」

喜八郎は、常吉に握り飯を差し出した。

「食えませんよ。自分の首が飛ぶかどうかの瀬戸際《せとぎわ》ですぜ」

常吉は、首に手をかけた。

「人間、死ぬ時は、死ぬ。腹が減って死ぬより、腹を膨《ふく》らませて死ぬ方がいいだろう」

喜八郎は、常吉が食べないならと、その握り飯を口に入れた。

時間は過ぎていく。まだ甲板上では、船長と旧幕軍との交渉が続いている。

「風が変わって来た。津軽に行く。邪魔するならしろ。ドイツ、攻撃する。いいか！」

船長の怒鳴《どな》り声が聞こえる。風向きが変わったようだ。船は大きく動き出した。

津軽の港に向かうのだ。そこに行けば、官軍がいる。

「わかった。早く行け」

旧幕軍は、船を下り、小舟に乗って、箱館に帰って行ったようだ。

甲板が静かになった。

しばらくして船員が迎えに来た。喜び勇《いさ》んで甲板に出る。船長が、握手を求める。

「私、芝居、上手い」

船長は自慢げに言った。

「ああ、最高の役者だ」

喜八郎は彼の手を強く握った。

「さあ、早く津軽へ行こう。鉄砲、降ろして、米、積み込もう。一日延びる、五百両ね」

船長はにんまりした。

「わかっておる。無事な航海を頼んだぞ」

喜八郎は、高らかな声で船長の手を再度握りしめた。

船は一路、津軽を目指して波を切り裂いて行く。

5

船は無事、津軽に到着し、鉄砲を降ろし終えた。

一難去ってまた一難。常吉が、慌《あわ》てて飛んで来た。

「米がないって言ってますぜ。米、もうないって」

「なんだと。そんな馬鹿なことがあるか。あの西舘様が、俺を騙《だま》すわけがない」

周りにいる弘前藩の武士たちは、鉄砲を嬉々《きき》として運び出している。この様子を見ると、騙されたとは思えない。

「間違いではないか」

「旦那、何を言っているんだか、さっぱりわからないんですよ。もうないもうない、米、米って言うだけで」

常吉が弱り切った顔をしている。

喜八郎も苦り切った顔をしていると、恰幅《かっぷく》の良い武士が走ってやって来た。

「おお、大倉殿、この度《たび》のお働き、弘前藩藩主になりかわり心からお礼を申す。私は、蔵米奉行の毛内勘九郎《もうないかんくろう》と申す者でございます」

「毛内殿とおっしゃるのか……。米はないという話は本当でござるか」

喜八郎は、眉根《まゆね》を寄せた。

「何をおっしゃいます。弘前藩の蔵米、一万俵、今すぐ浜に積ませます」

毛内は、快活に笑った。

喜八郎は、常吉の怪訝そうな顔を見て、全てを理解した。弘前藩の者たちは、蔵米奉行の毛内がいないということを伝えたかったのだが、津軽弁のわからない常吉は「もうない、こめ」としか聞き取れなかったのだ。

喜八郎は、「もうない、こめ」の話を毛内にし、大笑いした。

港には、遠く野辺地《のへじ》から雇い入れた小舟が並んでいる。それに米俵を積み込んで、ドイツ船に運び込まねばならない。

さらに一難去ってまたまた一難。

「舟が、舟が」

常吉が港を見ながら、口を震《ふる》わせている。

「どうした」

喜八郎が聞いた。

「舟が盗《と》られています」

米を運ぼうとずらりと並べた小舟に、官軍の兵士が乗り込んで漕《こ》ぎ出そうとしている。

喜八郎は、港に走った。あれはこっちが高い金を払って雇っているんだ。奪われてたまるか。

「それは、私どもの舟です。米を運ぶためのものです」

喜八郎は、喉を振り絞《しぼ》って叫んだ。このまま海に身体ごと飛び込む勢いだ。

「うるさい。天朝《てんちょう》の御用だ。邪魔立てすると、ぶっ放すぞ」

武士たちは、殺気立ち、喜八郎が運んで来た鉄砲を向けた。

「それは、私たちの……」

喜八郎は、喉が嗄《か》れるほど叫んだが、誰も聞く耳を持たない。戦争に行く武士たちは、殺気立ち、喜八郎の言葉など耳に入らないのだ。

「旦那、どうしますか」

常吉が聞く。

「待て、こうなれば、総司令官に頼むしかない」

喜八郎は、弘前藩の交渉責任者の木村九郎左衛門《くろうざえもん》に窮状《きゅうじょう》を訴えた。

「いい考えがございます」

木村は言った。

「何か手がありますか。積み込みが遅れると、私は破産することになります」

「弘前藩のために命をかけてくださった大倉殿を破産させたとあっては藩の恥。私も切腹です。さて考えというのは、相手が天朝の御用と言うなら、こちらも天朝の御用と言うだけです。弘前藩の徽章《きしょう》をつけた幟《のぼり》をたてましょう」

「さっそくお願いします」

米を積み込む舟を弘前藩の舟に偽装《ぎそう》してくれるのだ。

木村は、舟ごとに弘前藩の幟をたて、舟子《ふなこ》たちには、弘前藩の藩士に見えるように筒袖《つつそで》、股引《ももひき》を着用させ、肩には、古寺から引きはがしてきた金襴《きんらん》の絹切れを襟《えり》章《しょう》としてつけさせた。

「刀なら何でもいい。錆《さ》びたものでも構わぬ」

木村が命じると、目の前にはずらりと数百本の刀が積み上げられた。

「さあ、みんな一本ずつ、腰に差せ」

弘前藩の藩士に仮装《かそう》した舟子たちは、我先に刀を腰に差した。

「品定《しなさだ》めをしている時間はないぞ」

木村が声を上げる。

たちまち数百人の藩士ができ上がった。

「さあ、この米をあの沖に停泊している船に積み込め。お前たちは、弘前藩の藩士だ。これは天朝の御用だ。薩摩《さつま》も長州《ちょうしゅう》もない。ごちゃごちゃ言う奴は、舟から落とせ。さあ、やるんだ」

木村の掛け声とともに、藩士だか、舟子だかわからない者たちは、一斉《いっせい》に鬨《とき》の声を上げ、米俵を担《かつ》ぎ上げた。

「かたじけない」

喜八郎は、木村に深く頭を下げた。

「なんの、礼を言わねばならぬのは、こちらの方です。よく鉄砲を運んでくださった。あなたこそ信義に厚い商人の鑑《かがみ》です。弘前藩はこのご恩を絶対忘れません」

木村は深く頭を下げた。

「旦那、おいらも積み荷を手伝ってきます」

常吉がうれしそうに言った。

「おい、大丈夫か。まともに飯も食っていないから、腰を痛めるんじゃないぞ」

喜八郎が言った。

「大丈夫です。津軽の方々に負けてはいられません」

常吉は、飛ぶように米俵の山に駆けて行った。

浜には、かがり火が焚《た》かれ、真昼の明るさだ。その中を次々と米俵が舟に積み込まれていく。

「天朝の御用だ。どけどけ」

舟子たちの元気な声が港中に響き渡る。

予定通りの日程で米俵はドイツ船に積み込まれた。

三月六日の朝、喜八郎と一万俵の米を載せた船は津軽を出港した。同じ頃、弘前藩の藩士たちを載せた官軍の船も箱館に向かって出発した。

喜八郎は、三月三十日、横浜に無事到着した。

大倉屋の玄関には、たま子が待っていた。

「今、帰ったよ」

喜八郎は、近くの銭湯《せんとう》から戻って来たかのような口調で言った。

二月に出発してほぼ二カ月にわたる冒険の旅だった。喜八郎は、再び賭《か》けに勝った。蔵米を無事換金できれば、善次郎に売り渡した身代を全部取り戻し、投資額の倍は儲《もう》けることができるだろう。

「お帰りなさいませ」

たま子の目には涙が溢《あふ》れていた。

五月十八日、榎本武揚率いる旧幕軍は、官軍に投降した。これで旧幕軍と官軍との戦いである戊辰戦争が終結した。

喜八郎は、自分が調達した鉄砲が、戦争を終結させ、世の中に平和をもたらしたことを喜んだ。

「戦争で儲けたと言われるが、その通りかもしれない。が、その通りでもない」

喜八郎は、官軍勝利の報を聞きながら、常吉に言った。

「へえ、でも世間は、旦那のことを戦争で大儲けしたと羨《うらや》んでいますぜ」

常吉は、いつも世間の情報に通じている。

「その通りでないというのは、俺くらい覚悟を決めて商売に専念した奴はいないということだ。鉄砲屋は江戸に百以上もある。あまたある鉄砲屋で弘前藩の窮状を救うべく、命を張った奴はいるか。そして命を張った結果が上手く行った奴はいるか。いないだろう。俺には神仏の加護がついているし、その加護を受けるに相応《ふさわ》しい度胸《どきょう》、機を見る力があるのよ。だから儲けたんだ。戦争は、鉄砲屋なら誰にでも平等に儲ける機会を与えた。しかし、その機会を生かせたのは俺だけだということだ。『敵を撃つ　鉄砲積んで　その船を　仇《かたき》の港へ　入れる大胆《だいたん》』だな」

喜八郎は、得意の狂歌《きょうか》を交え、自分に言い聞かせるように言った。

「旦那、次は、どんなことをなさるんですか？」

常吉は聞いた。

「と、いうと？」

喜八郎は、ほほ笑んだ。

「世の中、平和になりやした。もう、当分、戦争はないでしょう。そうなると今までのように鉄砲の注文はなくなると思うんです。それで次は、何をなさるのかと」

常吉は、喜八郎の顔色をうかがうように言った。

「常吉も時代を読むようになったな。お前の言う通り、鉄砲の時代は終わった。次はな」

喜八郎は、常吉に顔をつき出した。

「次は」

常吉も、喜八郎の話を聞こうと、身を乗り出した。

「船だ」

「船ですか？」

「俺は、船に乗って津軽に行った。あの船がすっかり気に入った。今度は船に乗って西欧に行く。お前と一緒に黒船を見ただろう。あの時からの俺の夢だ」

喜八郎は、にっこりと笑った。

「へえ、西欧ねぇ」

常吉は、喜八郎の発想にはついていけないという呆れ顔をした。

「お前も一緒に来るか」

「めっそうもない」

常吉は、必死で否定した。

「今度は、世界を相手に勝負をかける。やがてなりたき男一匹だ」

喜八郎は、大きく口を開け、腹の底から笑った。

天はみずから助くるものを助く

1

喜八郎《きはちろう》は、彼らしくもなく鬱々《うつうつ》として楽しめない日を過ごしていた。

神田和泉橋《かんだいずみばし》通りから日本橋十軒店《じっけんだな》に店を移転し、成功者として明治の世に飛び出したにもかかわらずだ。

新しい明治の世。それは新しい支配層、薩摩長州《さつまちょうしゅう》の世ということだ。徳川幕府が倒れ、武士の世が終わり、商人である自分が自由に活躍できる世になると思っていた。才能次第では、どこまでも伸びることができると思っていた。

ところが、世の中、徐々に落ち着いてみると、なんだか面白くない連中が、薩摩長州出身というだけでのさばり、威張《いば》り始めたのだ。

喜八郎にしてみれば、命と全財産をかけて弘前藩《ひろさき》を援《たす》け、明治維新において官軍側、すなわち薩摩長州側の勝利に貢献したという自負がある。

武士以上に頑張ったはずだ。しかし、戊辰《ぼしん》戦争が終わると、自分が期待していた通りの結果にはならなかった。鉄砲商としては大物になったが、ただそれだけのことだ。

ところが土佐《とさ》藩出身の岩崎弥太郎《やたろう》などは、土佐藩という薩摩長州に次ぐ、維新の立役者の藩出身だというだけで新政府首脳部にがっちりと食い込み、九十九商会《つくもしょうかい》などを設立して海外貿易に乗り出した。自分のやるべきことを見つけたというより、新政府の尻馬《しりうま》に乗ってさえいれば、勢いそのままに飛躍していくのだろう。

それに引き換え自分は、と喜八郎は庭を見ながら憂鬱《ゆううつ》そうに呟《つぶや》いた。いまだに何をなすべきか見えていない。ただし方向は見えている。あの津軽《つがる》の海から命からがら帰って来た時、西洋へ出ようと決めた。

西洋へ。こんな狭い日本だけを相手にしていたのでは、俺は世界一の商人にはなれない。そういう焦《あせ》りだけは、じりじりと自分の胸を焦《こ》がしている。

「旦那《だんな》、難しい顔をされていますね」

庭を掃除《そうじ》しながら、常吉《つねきち》が言う。

「おう、常吉、なにか面白いことはないか？」

「面白いことですか？『おもしろき　こともなき世を　おもしろく』、ですかねぇ」

常吉が箒《ほうき》を動かす手を休めた。

「高杉晋作《しんさく》さんの辞世の句か。あの人は面白く生きなさったな。今のように落ち着き払った世の中になったら、面白くなくて死んじまうような人だろうな」

「旦那はどうなんですか？　おいらから見たら、こんなに大成功されて、それでも不満なんですか」

「不満も不満、大不満だ。俺より能力も実力もない連中が、ただ薩摩長州に近いというだけでのさばる世の中になっていく。これが面白くない。それにしてもお前は欲がないな。俺がこれだけ儲《もう》けることができたのも、元はと言えば、お前が横浜に連れて行ってくれたのがきっかけだ。お前には感謝しているから、もっと報《むく》いてやってもいいと思っているのに、元の貧乏長屋に住んでいる。おかしな奴だな」

喜八郎は、僅《わず》かに相好《そうごう》を崩した。

「おいらは、独り身ですから、自分が食えればいいんですよ。旦那が立派になったからといって、余計に飯が食えるわけじゃない。一汁一菜《いちじゅういっさい》で結構です。おいらの方こそ、旦那には感謝しています。今じゃ、住むところにも飯にも不自由しないんですから」と言いつつ、箒を動かし始めた。

「たま子は大丈夫かな？　子どもは、可哀《かわい》そうなことをした」

夫婦同然に暮らしているたま子に男の子ができたが、すぐに死んでしまった。

「そうでしたな。おたまちゃんを早く旦那の嫁さんにしてあげてくださいな」

「まあ、そう言うな。俺には俺の都合がある」

たま子は同じ敷地に別棟《べつむね》を建てて住まわせている。

「お客様が来られました。座敷にお通しいたしました」

女中が、知らせに来た。

「おお、そうか。今、行く」

喜八郎は、腰を上げた。

座敷には、一人の男がきっちりと正座していた。

「中村先生、ご足労《そくろう》をおかけいたします」

喜八郎は、男に上座を勧めたが、男は、その場に座ったまま動かない。ふっくらとした顔に口髭《くちひげ》、顎髭《あごひげ》を伸ばし、丸眼鏡《まるめがね》の奥の目が鋭く光っている。

男は、中村正直《まさなお》。旧幕臣で、今や大人気の啓蒙家《けいもうか》だ。天保《てんぽう》三年（一八三二年）生まれだから、喜八郎より年長者だ。彼が翻訳した『西国立志編《さいごくりっしへん》』は国民的ベストセラーになった。喜八郎もこれを読み、直接、中村から話を聞きたいと思ったのだ。

いい時代になったものだ、と喜八郎は思った。中村は、ついこの間まで幕府の役人だ。その人物を勉強のために、こうして呼ぶことができる。

「先生の本に大変、感銘《かんめい》を受けました。まさにそういう世の中になればいいと思いますが、なりますかな。今や、薩摩長州でなければ人にあらずとばかりに、それに繋《つな》がる者ばかりが大きな顔をするようになってきたと思えるのです。私は、越後国《えちご》新発田《しばた》藩出身であります。新発田は一時期、奥羽越列藩《おううえつれっぱん》同盟に加盟いたしましたが、幸い、新政府に弓を引くことはありませんでした。賊軍《ぞくぐん》にはなりませんでしたが、それでも薩摩長州に比べると、まあ、問題にならないほど地位は低くなりました。これは私にも影響し、どれほど努力しても、薩摩長州に近い者と遠い者との間には、歴然とした差があります。これが私には腹立たしい、悔《くや》しくてなりません。先生のご意見をぜひ伺《うかが》いたくて、お時間をいただきました」

喜八郎は、例によって一方的に喋《しゃべ》りまくった。中村は、じっと聞いていたが、うっすらと笑みを浮かべた。

「西洋では、『新しい酒は新しい革袋《かわぶくろ》に』と申します。私はイギリスに行き、西洋の息吹《いぶき》を吸ってまいりました。そこで、新しい国には新しい国民が必要だと思い、あの本を紹介しました。多くの人に読んでいただくことができ、望外の幸せであり、新しい国民をつくることに少しでも役立ったのではないかと喜んでおります」

「『新しい酒は新しい革袋に』、ですか。いい言葉ですな」

「西洋では国民は自立しています。『天はみずから助くるものを助く』と、私はあの本で申し上げました。他人の力に寄りかかることなく、その出自《しゅつじ》で将来が決まるのではなく、人は、自分の才能、知恵を駆使《くし》して、自らの未来を切り開かねばならないのです。みずからを助くる人が多いほど、国には元気が横溢《おういつ》し、そういう国が力を持ってくるのです。ところが日本は、まだそうではありません。長く徳川幕府の支配が続き、みずから助くなどという考えは誰も持っていません。また西洋では、資金力を蓄えた市民《シチズン》と言われる人たち、そう大倉殿のような方々が、国をつくったのでありますが、日本はそうではありません。私に言わせると、外様《とざま》が天下を握っただけにすぎません」

中村は、旧幕臣らしい表現で言った。

喜八郎は、中村のおだやかな顔つきとは裏腹の内面の激しさに驚いた。彼は彼なりに旧幕臣の矜持《きょうじ》を持ち、筆で薩摩長州が天下様になった世の中に戦いを挑んでいるのだ。

「西洋では、私どものような商人が新しい国をつくったのですか」

「その通りです。ですから士農工商の差もなく、士と商は同列であります。同じ立場で国を憂《うれ》い、国をつくっています。日本もそうならねば、西洋に追いつくことはできません」

西洋では、商人も武士と同列なのだ。そこまで商人の地位が上がっている。やがて日本もそうなる。今は、徳川が薩摩長州に替わっただけだが、そんな世の中を変革しなければ、国が衰える。そう中村は言っている。

「先生にお尋《たず》ねする話ではありませんが、私は、どのような道を歩けば、新しい革袋に相応《ふさわ》しい酒になりますでしょうか？」

喜八郎は、身を乗り出した。

中村は、背筋を伸ばすと、喜八郎を見つめて、「あなたには才智があります。ですからこれだけの成功を収めることができたのです。これからもその才智を生かすべきです。才智は天が授けてくれますが、それを生かすのは人の力です。あなたは自分の才智をさらに伸ばす努力をしなければなりません」

「具体的には」

「あなたも西洋に行きなさい。新しい息吹を吸って来るのです。新政府をつくった木戸孝允《たかよし》公や伊藤博文《ひろぶみ》公らも近く西洋に行かれるとのことです」

中村は、強い調子で言った。

「かねてより、ぜひ行ってみたいと思っておりました」

喜八郎は、目を輝かせた。鬱々としていた気持ちにようやく火がついた。

2

「常吉、洋服を仕立てられる者を知らねえか」

喜八郎は、常吉を呼んで言った。

「ええ、今度は洋服ですか」

常吉は、喜八郎の唐突《とうとつ》な要求に戸惑《とまど》った。

「今度はって、前は大工の棟梁《とうりょう》を頼んだだけだぞ」

喜八郎は、日本初の鉄道敷設《ふせつ》、新橋―横浜間の工事に際して、新橋停車場工事の一部、第一番倉庫建設の仕事を受けた。

新政府が、新しい時代をアピールするための手段として鉄道敷設を選んだのだ。どこへでも自由に移動できる、もう箱根の関所もないぞというわけだ。

徳川時代には、「入《い》り鉄砲《でっぽう》に出女《でおんな》」と言われるほど、各街道に関所を設けて、人や物資の移動を制限していた。これでは西洋に追いつけないと考えた新政府と、鉄道技術を売り込む欧米との利害が一致したのだ。

新政府は、英ポンド建て外貨国債一〇〇万ポンドを発行し、明治三年（一八七〇年）三月に新橋―横浜間の工事を起工した。新橋停車場の駅舎は、米国人建築技師ブリジェンスによるものだったが、喜八郎のところへも話が持ち込まれた。

鉄砲商としての名前は売れていたものの、土木建築には全く関与したことはなかったが、新しい事業には貪欲《どんよく》な喜八郎に、この鉄道敷設の情報が入らないわけがなかった。

横浜に鉄砲の買い付けで出入りしていた際に構築した情報網に、何か新政府がらみで面白い情報が入れば提供してほしいと依頼していた成果が現れたのだ。

政府が、米国人建築技師を使って設計しても、実際に建物をつくるのは、日本人の大工、左官《さかん》、石工《いしく》などだ。彼らは新しい時代になっても親方、弟子という小規模な徒弟社会で生きていた。だからいきなり大きな工事などできようがない。そこで新政府は、工事を細分化し、小規模な職人集団をまとめることができる数十人の請《うけ》負人《おいにん》に依頼を出し、請け負わせた。その請負人の中には、工賃をかすめ取るだけのいい加減な者たちもいたが、喜八郎は違った。常吉の情報網を駆使して、腕のいい大工の棟梁《とうりょう》を探し出し、あっという間にその工事に食い込んだ。

生来《せいらい》、他人任せにできない性格もあるが、大倉屋の名前で請け負った仕事は、その名前にかけて、採算度外視でやってのけるのだ。それが喜八郎の信用を築くことになった。

この新橋停車場倉庫の工事は、喜八郎にとっては小さな仕事であったが、精魂《せいこん》込めて行い、高い評価を受けた。

明治五年（一八七二年）二月二十六日に銀座で発生した大火の後にも、喜八郎は建築の仕事を請け負っている。

この火事は和田倉《わだくら》門兵部省《ひょうぶ》添屋敷《そえやしき》から出火、大名小路《だいみょうこうじ》、銀座、京橋、築地《つきじ》などの東京の中心部が類焼した。焼失したのは、四千八百七十九戸、二十八・八万坪に及んだ。

東京府知事由利公正《ゆりきみまさ》は、「この大都会が、江戸の華などと言って毎年火事のために灰燼《かいじん》に帰《き》すのは、如何《いか》にも無分別《むふんべつ》だ」と言い、政府と諮《はか》り、火災翌日の二月二十七日には、焼失地における本建築禁止、建築資材値上げ禁止の対応を行った。そして由利は、銀座煉瓦街《れんがが い》を計画し、大蔵省お雇《やと》いイギリス人技師、ウォートルスに設計を任せた。

由利が、この案を西郷隆盛《たかもり》ら、政府首脳、参議《さんぎ》たちに諮ると、「日本の名誉にかかわることじゃ、是非《ぜひ》、おやんなさい」と言われたという。

この辺り一帯には、大名屋敷が数多くあったのだが、やがて近代日本を代表するハイカラなメインストリートになった。

喜八郎はこの工事も請け負ったのだ。銀座一丁目を担当したが、喜八郎の下には、腕のいい職人が多く集まり、誠実な仕事を行った。この時も常吉の人脈が生きたのだが、建築を本業にしようという気持ちはなかった。たまたま喜八郎の評判を聞いて、仕事の情報が入って来る。それを選《よ》り好みせず請け負っているだけで、自分の道は、これだと決めてはいなかった。

「旦那は建築で勝負をされるのかと思っていました」

「それも面白いが、とにかく俺は西洋に行くんだ」

「西洋ですか？」

「ああ、先日、中村先生に聞いたら、西洋では商人も武士もないそうだ。みんな対等だということだ。だから自分で努力すれば、世の中、自分の思い通りに生きていける社会だそうだ。俺は、そんな社会を見てみたいし、そんな社会をつくるためなら、俺《おれ》は薩摩や長州に尻尾《しっぽ》を振るのも厭《いと》わない」

庭中に響くような声で喜八郎は言う。

「どうも頭が良くないから、わからないんですが、それがどうして洋服屋なんですか」

常吉は、首を傾《かし》げた。

「今、一番、流行《はや》っているのはなんだ？」

喜八郎は聞いた。

「さあね」

常吉は、首を傾げた。

「わからんか？」

「おいらは、旦那から言われるままに動いているだけだから、世の中の変化なんぞは見えませんよ。見たくもない。頭こそザンギリにしましたが、服装は、ほれ、この通り」と常吉は、着物の裾《すそ》を摘《つ》まみ上げ、尻からげした。

「お前の汚いふんどしを見ても仕方がない」

喜八郎は、苦笑《にがわら》いした。

「お前は、時代遅れだが、時代の最先端を行こうとしている連中は、競って上等の洋服を着ている。羊の毛からつくった羅紗《らしゃ》という柔らかい生地《きじ》を使ってな。それを俺はつくる。それで薩摩や長州ばかりではなく、多くの新政府の人間を俺のつくる洋服の虜《とりこ》にして、人脈をつくるんだ」

「洋服で、人脈づくりですか」

常吉は、一層、深く首を傾げた。

「それだけじゃない。いずれお前も洋服を着るようになる。そうすると羅紗の需要は一気に大きくなる。兵隊の服だって羅紗になる。俺は、日本で羅紗をつくる。羅紗の大きな工場をつくるんだ。そのためにも、とりあえず西洋に行く」

喜八郎の目が輝いている。

常吉は、喜八郎が、夢を語り出したら止まらないのを十分承知していた。

「じゃあ、とびきり腕のいい仕立て屋を見つけてきますから、せいぜいいい店をつくってくださいよ」

常吉は、尻からげをしたまま屋敷を飛び出した。

3

商人の分際で、西洋に一人行くことは、まず不可能だった。膨大《ぼうだい》な資金がかかり、それこそ全財産をなげうつ覚悟がいる。

しかし、中村が示唆《しさ》してくれたのは、みずからを助ける道だった。それは岩倉具視《ともみ》が団長となり、伊藤博文らとともに欧米に不平等条約の改正交渉に行くが、喜八郎も同時期に欧米に行き、彼らと合流し、知己《ちき》になれば、なにかと道も開けるだろうということだった。それこそ天はみずから助くるものを助く道だ。喜八郎は、この機会を逃《のが》すべきではないと考えた。

喜八郎は、旧新発田藩の藩主を口説《くど》くことにした。藩主は、版籍奉還《はんせきほうかん》時に政府から潤沢《じゅんたく》な資金を提供されたが、何をするわけでもなく東京に住んでいる。藩主を欧米視察に連れ出し、自分が同行すれば、岩倉使節団の伊藤博文らと接触するのは、容易だ。一商人では会ってくれないが、旧新発田藩藩主なら会ってくれるだろう。

喜八郎は、早速、手紙を書いて旧新発田藩の家老《かろう》に送った。

喜八郎は、版籍奉還時に得た資金の一部、一万両を、まだつくってもいないのにもかかわらず、横浜商会という自分の会社に出資してくれれば、年二千四百両を利《り》息《そく》として上納すると、堂々と提案した。そして資金運用の提案とともに、藩主に欧米への洋行を勧めた。新しい時代に対応するためには、欧米を見聞するに限ると、しつこく手紙を書き送った。

しかし、反応はない。

「一度、抱《かか》えた宝は、死ぬまで放さないというのか」

喜八郎は、旧新発田藩藩主の説得を諦《あきら》めた。政府から受け取った資金を、訳のわからない会社に投資したり、洋行費用に充《あ》てるなどというのは、生き残りに必死な人間たちにとって冒険すぎることだったのだ。

喜八郎は、安田善次郎《ぜんじろう》にも相談したが、何事にも慎重な善次郎は、欧米に行くより、銀行設立に目を向けていた。

「欧米じゃ、商人も武士も対等なんだぞ」

勢い込んで善次郎を口説いたが、いつも通りにこやかに笑って「土産話《みやげばなし》をたっぷり聞かせてほしい」と言うだけだった。

喜八郎が洋行の準備に手をこまねいているうちに、政府は、明治四年（一八七一年）十一月十二日、岩倉使節団を出発させた。

岩倉具視を特命全権大使とし、木戸孝允、大久保利通《としみち》、伊藤博文、山口尚芳《なおよし》が副使として随行《ずいこう》した。使節団は、使節四十六名、随員十八名、留学生四十三名という大掛かりなものだが、薩摩、長州、旧幕臣などで組織され、当然ながら商人は一人もいない。

目的は、徳川幕府との間に締結《ていけつ》された不平等条約の改正の予備交渉だ。

使節団出発を知った喜八郎は、腹の底から悔しがった。

「俺だって、新政府の御用を命がけで務めたんだ。そんじょそこらの武士に負けるもんか」

喜八郎は、上野で彰義隊《しょうぎたい》に捕《つか》まったことや、津軽の海を波風に翻弄《ほんろう》されながら渡ったことを思い出していた。

「政府の連中もそのことを知っているはずだ。だったら一人ぐらい商人を同行させてもいいだろう。相手は、不平等条約で大儲けしている、生き馬の目を抜くような商人じゃねえのか。武士なんぞが交渉しても、簡単にひねられるに決まっている。

それに、商人が成功すれば、金が貯まり、国が富む。国が富めば、軍備も増強でき、兵も富む。そう考えると、国の基本は、商人が富むことではないか」

喜八郎は、庭の松の木を思いっきり蹴飛《けと》ばした。

「いててっ！」

奥歯を嚙《か》みしめて、痛さを堪《こら》えた。

「もう、決めた。俺は一人で行く」

喜八郎は、絞《しぼ》り出すように叫んだ。

4

「益田《ますだ》さん、通弁《つうべん》を紹介してくれよ」

喜八郎は、横浜の商館で通訳をしている益田孝《たかし》に言った。

益田は、後に三井物産を率いる大物経済人になるが、喜八郎より十一歳年下だ。越後国出身で、元旗本《はたもと》だ。麻布善福寺《あざぶぜんぷくじ》に置かれたアメリカ公使館に勤務し、そこで英語を学び、文久《ぶんきゅう》三年（一八六三年）に欧州に派遣された経験を持っている。

喜八郎は、同じ越後国出身ということで益田と親しくなった。そして何かと彼から欧米事情を聞き及んでいた。

喜八郎の欧米行きを後押ししてくれたのは、益田だった。

「喜八郎さん、いよいよ行くのか」

益田の顔がほころんだ。

「ああ、自分で金を出すんだから、西洋をたっぷり見て来る」

喜八郎は、答えた。

「さすがだよ。商館に出入りする商人は数多《あまた》あるが、自分で西洋に行こうという人はいない。必ず喜八郎さんの役に立つだろうし、日本のためにもなる」

「俺は、この洋行に全財産をつぎ込むつもりだ」

喜八郎は、決意を語った。

益田が、笑った。

「何がおかしい？」

「喜八郎さんは、いつも全財産をかけるが、そのたびに増えて戻ってくるじゃないか」

「今度はそういうわけにはいかない。知識や見聞など自分の身につけるものだから、すぐにそれが商売になるとも思えない。とりあえずは羅紗の工場を見るつもりだ」

喜八郎は真面目な顔で言った。

「いいところに目をつけたね。羅紗は、政府が直接製造しようと考えているほどだ。必ず大きな商売になる」

「それで一流の通弁がいるっていうわけだ。誰か、紹介してくれ。君でもいいんだが」

喜八郎は、益田の意向を探るようにじろりと見つめた。

「いい男がいる。手嶋鉄次郎《てじまえいじろう》という。彼なら、喜八郎さんの役に立つだろう」

益田は、通訳仲間の一人を紹介した。

喜八郎は、早速、手嶋に会い、通訳として同行することを約束させた。

もう一つは、紹介状の入手だ。イギリスで羅紗工場を見学するにしても、まったくの空手で飛び込むわけにはいかない。現地の駐英大使（大弁務使）宛《あ》てに、喜八郎という男を紹介してもらう必要がある。

「誰か、駐英大使に紹介状を書いてくれる人がいないかな」

喜八郎は、益田に聞いた。

「今、駐英大使は、寺島宗則《むねのり》さんだ。薩摩出身だから、上野景範《かげのり》さんがいい。彼なら同じ薩摩出身だ」

「上野さんか。運上所《うんじょうしょ》（税関）長官だったな」

益田が名前を挙げたのは、横浜運上所初代長官の上野景範。薩摩出身で、イギリスへの渡航経験などを評価され、新政府では外交畑に進んだ。横浜裁判所や運上所に勤務し、つい最近まで運上所長官をやっていた。今は外務省の官僚だ。喜八郎とは顔なじみだ。

「私からも頼んでおきます。上野さんなら寺島さん宛てに紹介状を書いてくれるでしょう」

益田は言った。

善は急げ、とばかりに喜八郎は、すぐに外務省に行き、上野に会った。上野は、「壮挙《そうきょ》ですね」と喜八郎の洋行を喜び、「横浜町人の大倉喜八郎は、横浜では屈指《くっし》の商人であり、軍用ブランケット織機械を購入して日本で製造したいとの希望をもっている。まだ若年《じゃくねん》で才気も相当あるとみえる。三年から五年自費で滞学、勉強すれば帰国後は役立つ者になろう。はじめての洋行で当地には不案内なので歎難《たんなん》した時は助力を乞《こ》う。ホテルなどに泊まると不経済なのでその辺りよろしく」と丁寧《ていねい》な紹介状をしたため、喜八郎に渡すとともに、寺島宛てに書簡として送付してくれた。

準備は整った。渡航資金は、四万円を用意した。銀座の土地が一坪五円だったから、八千坪も買える金額だ。まさに全財産をかけた覚悟溢《あふ》れる洋行だった。

出発は、明治五年（一八七二年）七月四日。この日に横浜を出港するアラスカ丸に乗船することが決まった。岩倉使節団が出発して、すでに八カ月が経っている。

出発を間近に控えたある日、日本橋本町《ほんちょう》の洋服店を陸軍省の石黒忠悳《いしぐろただのり》が訪れる。日本橋本町は、大店《おおだな》が並ぶ東京一の商業の街だ。そこに開店した喜八郎の洋服店は、高級洋服を丁寧な仕立てでつくることで評判が高かった。これも常吉の人脈のお陰だ。

喜八郎は、この店によく顔を出し、政府の有力者と歓談した。

石黒は、もともとは陸奥《むつ》国の生まれだが、越後国に養子に行き、それ以来、越後国出身ということになっている。鉄砲商として兵部省（陸軍省）に出入りする喜八郎とは、同郷ということもあり親しくしていた。

石黒は、兵部省に入り、軍医の道を歩んでいた。

「いよいよ洋行されるそうですな」

「はい。行ってまいります」

「羨《うらや》ましいですな」

「なんの、自費ですから。おーい、石黒様の採寸《さいすん》をしてください」

喜八郎は、職人たちに声をかける。

「いや、今日は、激励《げきれい》に来ただけですよ」

石黒は恐縮した。

「いいえ、石黒様もいずれ洋行されますでしょうから、向こうに行かれても見栄《みば》えのする洋服をつくらせていただきます。御遠慮なさらずにお願いします」

喜八郎は、これと見込んだ新政府の官僚には洋服を無料で仕立て、提供していた。

「こちらの洋服はハイカラですから、とても評判がいい。つくってもらえれば、勿《もち》論《ろん》、代金は支払わせていただきますから、お気づかい無用にお願いします」

石黒は、ますます恐縮した。

「私ども商人も、どんどん西洋の見聞を広めるべきだと思います」

「その通りだと思います。あなたの後に多くの商人が続くべきです」

「欧米の商人は、政治家や軍人と対等に話をし、国の経営に参画《さんかく》しておるようです。残念ながら日本の商人は、国のことよりも、自らのこと、あるいは商売のことばかり考えております。それだけ視野が狭いということです。もし商人が欧米の文化に触れれば、もっと国家について考えるようになります。国家のことを考える商人が増えれば、ますますこの国は富むことでしょう。私は、その魁《さきがけ》になります」

喜八郎は、強い口調で言った。

「いいことを仰る。成果を期待していますよ」

石黒は、採寸をして帰って行った。

喜八郎は、石黒を見送りながら、新政府の人脈に食い込むには、石黒の力がこれからもっと必要になると見込んでいた。

常吉が、着流しの姿で、店に顔を出した。

「旦那」

「おう、常吉。お前のお陰で随分繁盛《はんじょう》だよ」

「そりゃ、そうでしょう。長崎で学んで来た、江戸で一番腕の立つ職人を引き抜いたんですから」

常吉は自慢げに言った。

「今は、江戸じゃないよ」

喜八郎は、相変わらずだなという顔で言った。

「江戸の時代から腕が良かったんですよ。まあ、そんなことよりこの間、店に渋沢《しぶさわ》さんが来られましたよ」

常吉は言った。

「渋沢さん？　渋沢栄一《えいいち》さんかい？」

「ええ、大蔵省でご活躍の方ですよ」

渋沢栄一とは、まだ会ったことはない。天保十一年（一八四〇年）生まれだから喜八郎より三歳年下だ。

渋沢は、徳川慶喜《よしのぶ》に仕えていたが、パリ万博《ばんぱく》から帰国してからというもの、欧米の経済制度を日本に定着させようと努めていた。

静岡藩で商法会所という日本で初めての株式会社をつくり、静岡藩の財政を立て直した。その評判を聞き及んだ新政府は、渋沢を大蔵省に出仕させ、大隈重信《おおくましげのぶ》大蔵卿《きょう》の下で通貨や財政制度を整備させている。彼の有能ぶりは、喜八郎の耳にも届いていた。

「渋沢さんがねぇ。いつかは交誼《こうぎ》を結びたい相手だと思っていた。

それはありがたい。俺の洋行中も渋沢さんの面倒を見るように、店の者によく命じておく。お前からも頼むよ。ところでお前もそろそろ洋服にしたらどうだい？」

喜八郎は苦笑いを浮かべつつ、常吉の着物姿を見た。

「よしてくださいな。この姿で、旦那のご出発を見送らせてもらいますから」

「仕方ないね。でもふんどしを振ったりしないでくれよ」

喜八郎は声を上げて笑った。

もう出発まで残された日は少ない。

5

明治五年（一八七二年）七月四日、喜八郎と通訳手嶋を乗せたアラスカ号は、アメリカのサンフランシスコを目指して、横浜を出港した。たま子の「ご無事で」という涙に見送られたが、命がけの航海であることは間違いない。

七月三十日、サンフランシスコに着く。港近くのグランドホテルに宿泊した。

喜八郎は、大理石でつくられたホテルの立派さに驚いたが、食事などはアメリカ風でも全く問題がない。米が食べたいとか、ないものねだりの気持ちは一切、湧《わ》いてこなかった。

アメリカでは、旧上田藩主の嫡男松平忠礼《ちゃくなんまつだいらただなり》らとニューヨーク、ワシントン、シカゴを訪問した。そこでは日本産の生糸《きいと》や茶の需要状況を視察した。

喜八郎の目的は、こんなことではない。早く岩倉使節団に合流し、そこにいる伊藤や大久保ら政府要人と関係を築くことだ。今回の洋行の主目的はそこにある。旅は道連れ、世は情けというが、旅先では思いがけないほど関係が深くなることがある。今や政府を牛耳《ぎゅうじ》っている彼らと旅先という状況を利用して親しくなること、それが喜八郎のみずからを助ける道になるはずだった。

すでに岩倉使節団は、七月十三日にイギリスに渡っている。情報では、十一月中旬まではイギリスに滞在するというが、とにかく早く合流したいと喜八郎は、大西洋を渡ってイギリスに向かった。

イギリスに着いた喜八郎は、ロンドンに滞在し、岩倉使節団との接触を試みた。紹介を受けていた駐英大使の寺島宗則に面会を求め、岩倉使節団と面談の機会をつくってほしいと依頼した。

寺島は、快く動いてくれ、十月二十四日、岩倉使節団副使の木戸孝允と会うことができた。

木戸は長州閥《ばつ》の重鎮《じゅうちん》。かつては桂小五郎《かつらこごろう》と言い、「維新の三傑《さんけつ》」と称されている。

木戸は、私費で渡英した喜八郎を歓迎した。

喜八郎は、貿易を行う予定の横浜商会の者だと自己紹介した。

「横浜で商売をなさっているのですな」

木戸が聞いた。

「はい、ご維新ではいささかお役にも立ちました」

喜八郎は、上野の彰義隊に捕まった話や、弘前藩への武器供与《きょうよ》の話をした。

木戸は、興味深く聞き入り、「イギリスへはどんな目的で来られたのですか」と聞いた。

「羅紗を日本でつくりたいと思い、いろいろと見て回る所存です」

「羅紗ですか……」

木戸は、なにかを考えるような表情をした。

木戸は、羅紗に関心があるのだと喜八郎は思った。自分に追い風が吹いている。そんな気がした。

「いろいろと視察されましたら、ぜひお話をお聞かせ願いたい」

木戸は言った。

「必ずご報告いたします」

喜八郎は、羅紗が木戸の心を捉《とら》えたことを確信した。

「今日、夕食時にもう一度、このホテルに来てください。大久保を紹介します」

木戸は言った。

大久保利通は薩摩閥の重鎮だ。喜八郎は、胸が躍《おど》った。一挙に薩摩長州の重鎮と関係を持つことができる幸運に恵まれた。

「これで元が取れたようなものだ」

喜八郎は呟いた。

「なにか?」

木戸が首を傾げた。

「いえ、なにも。必ずお訪ねいたします」

喜八郎は、笑みがこぼれるのをどうにか我慢して、木戸の部屋を後にした。

静かにドアを閉めると、「天はみずから助くるものを助く、だ」と言い、拳《こぶし》を固く握りしめた。

ロンドンで恩を売る

1

喜八郎《きはちろう》のイギリス滞在は、十カ月にも及んだ。退屈はしなかった。グラスゴー、マンチェスター、リバプールなどの工業都市も頻繁《ひんぱん》に訪問した。

驚きの連続だった。グラスゴーはスコットランドにある大都市で、街の至るところに黒煙を噴き上げる工場があり、毛織物、綿織物を製造していた。マンチェスターはイングランドの大都市で、産業革命の中心地だ。綿織物、毛織物の工場が立ち並び、街は傘なしでは歩けない。空から黒煙の煤《すす》が降ってくる。

「鼻毛が伸びるわい」

喜八郎は、街を歩き、通訳の手嶋《てじま》の案内で工場を視察した。

リバプールはイギリス随一の港町だ。喜八郎と手嶋は港に来ていた。

マンチェスターから鉄道を利用して、工業製品が溢《あふ》れるばかりに運ばれて来る。港は船で海面が見えないほどだ。蒸気船が、イギリス製の綿織物や毛織物を船積みし、次々と世界各地に出港して行く。

「なあ、手嶋さん、横浜で初めて黒船を見て、度肝《どぎも》を抜かれたが、こんなにたくさんの黒船を見せられると、驚くより呆《あき》れるな」

「まことですなぁ」

目の前で、空を黒く染《そ》めるほどの黒煙を吐《は》き出して、船が港に入っては、再び外洋へと出て行く。ここから世界へとイギリス製品が運ばれて行く。

「日本もこのような活気ある国にせねばならん」

喜八郎はしみじみと言った。

「それを成し遂《と》げるのが大倉殿の仕事です」

手嶋は、当然のことのように言った。

「そのつもりでこの国に来たのですからね。イギリスを追い抜くことを目標にしましょうか」

喜八郎はにやりとし、手嶋を見つめた。

「ところでそろそろ使節団は、フランスに出発なさるようです。如何《いかが》いたしますか？」

「当然、私たちも行きましょう。フランスですか」

フランスは、慶応《けいおう》三年（一八六七年）にパリ万国博を開催した、ヨーロッパの大国である。

日本は、この万博《ばんぱく》に徳川幕府だけでなく、薩摩《さつま》藩、佐賀藩の二つの藩が出展した。これは幕府の勢力の衰えを示すものだったが、この万博に幕臣の一人として参加したのが渋沢栄一《しぶさわえいいち》だった。渋沢は、この時の経験が生き、明治を代表する財界人になる。

喜八郎は、すぐにパリに渡った。

ロンドン滞在中に木戸や大久保とかなり頻繁に会い、交友を重ねていたが、共に食事をしたり、何かを相談するまでには至っていなかった。

おそらくロンドンのどことなく堅苦《かたくる》しい雰囲気《ふんいき》が、商人である喜八郎と、武士出身の政府官僚である木戸や大久保たちとの間に立ちふさがっていたのかもしれない。

「パリは華の街だという。ロンドンのようにくすんではいまい。華やかな街なら話も弾《はず》むだろう」

喜八郎は、大久保に期待していた。

大久保利通《としみち》は、文政《ぶんせい》十三年（一八三〇年）生まれで喜八郎より七歳上である。薩摩の下級武士の家に生まれ、西郷隆盛《さいごうたかもり》とともに明治維新を実現した英雄だ。細身だが、がっしりとした体躯《たいく》に鋭い目。身体《からだ》から発散する威厳が辺りを圧する。木戸のように周囲を和《なご》ますことはない。寡黙《かもく》でもある。

一言《ひとこと》で言えば、近寄りがたい人物だが、なぜか喜八郎は親しみを覚えた。戦争屋になると宣言して、鉄砲商になった。戊辰《ぼしん》戦争は終わったが、新しい日本を巡る国内外の情勢はまだまだ予断を許さない。安定したものではない。その危機感を、大久保は最も感じているようだ。だから彼からは戦争の臭《にお》いがする。その臭いに引きつけられるのか？

いや、引きつけられるのは、大久保が誠意の人だからだ。大久保は二言《にごん》のない男だ。喜八郎は、そう見抜いた。

この男は、寡黙である故《ゆえ》に、言ったことは命がけで守るだろう。商売をするなら、調子の良い人物ではなく、とっつきにくく、付き合いづらいが、信《しん》を置くことができる人物とやるべきだ。大久保は、信を置くに足る人物だ。大久保に近づきたい。

早くもその機会が訪れた。

「大久保さんと木戸さんが、話があると言われています」

手嶋が、満面の笑《え》みで伝えに来た。

「おお、そうか？」

大久保たち使節団が宿泊しているグランドホテルの目と鼻の先のホテルに、喜八郎はいた。

「すぐ行く」

喜八郎は、ホテルを飛び出した。


「突然、お呼び立てして申し訳ない」

木戸が言った。

「いえいえ、お呼びとあれば、いつでも参上いたします」

喜八郎が言った。

「それにしても大倉殿は、我々の行くところ、行くところにいらっしゃいますな」

大久保が大きな目でじろりと見る。

「商人ではありますが、皆様方と同じ世界を見とうございます。それに、皆様方とお近づきになりたいという思いがございます」

喜八郎は低頭《ていとう》して言った。

大久保は、「率直《そっちょく》でよろしいですな。大倉殿となら、新しい国づくりの話ができそうですな」と木戸に話しかけた。

「その通りのようですな」

木戸も応じた。

「ところで早速ですが、大倉殿、あなたは羅紗《らしゃ》に関心があるんでしたな?」

大久保が聞いた。ロンドンで会った際、大久保や木戸に羅紗の将来性について話したことがあった。それを覚えていたのだろう。

「はい。羅紗は、これからの日本に必要な製品であります。私は日本橋本町《ほんちょう》に仕立て屋も持っておりますが、今後、必ず需要が増えると見込んでおりますので、羅紗を織る機械を日本に持ち帰るつもりであります」

「他でもない、そのことじゃ」

大久保は、鋭い目で喜八郎を見つめた。

「そのことと申しますと?」

「実は、我々で大倉殿の羅紗に対する考え方を議論したのだ。我が国の兵隊は、雨に濡《ぬ》れれば、たちまちダメになってしまう安っぽい木綿《もめん》の兵服を着用している。これでは戦えん。そこでいずれ国産の羅紗服に替えねばならない。そのためには国内に羅紗を織る工場をつくらねばならない。またそのためには緬羊《めんよう》の飼育もせねばならない。最初は、毛布程度しかできぬかもしれないが、いずれ兵服、そして民間の服と用途が広がっていくだろう。これが大倉殿の意見でしたな」

大久保に睨《にら》まれると、意見も言えなくなる部下が多いという。しかし、喜八郎は部下でもなんでもない。腹に力を入れ、大久保を睨み返す。彰義隊《しょうぎたい》に捕《つか》まり、上野の山に連行された時のような緊張が走る。

「その通りです。私は、イギリスの発展は羅紗にあると見ております。グラスゴー、マンチェスターなど、どの都市でも羅紗工場は忙しく、世界に向けて製品をつくっております。我が国も皆様方のお陰で御一新《ごいっしん》の世の中になりました。これからは私どもが頑張《がんば》って挙国一致《きよこくいっち》で、富国強兵《ふこくきようへい》を図っていかねばなりません」

喜八郎は言った。

「富国強兵。いい言葉ですな。そして大倉殿の言われることは、いちいち卓見《たっけん》でありります。岩倉全権大使以下、全員が感心しております。そこで大倉殿には誠に申し訳ないが、その羅紗を織る機械は、我々に任せてくださらぬか。今日はそういうお願いだ」

大久保が小さく頭を下げた。

喜八郎は、何を言われたのかよくわからなかった。しかし、羅紗を織る機械を購入するなと言われたことは確かなようだ。

木戸が笑みを浮かべて、「羅紗製造は、我が国では誰もやったことのない事業だ。危険も伴う。だからこうした事業は国家で行うべきだとの意見になったというわけじゃ」と言った。

「私めにやるなと」

喜八郎は、厳しい顔になった。

「とりあえずのことじゃ。まずは国家がやり、上手《うま》くいけば民間に払い下げる。その時は、大倉殿、あなたに必ず払い下げいたします。ここは国家のために、あなたの事業計画を断念してもらいたい」

大久保が喜八郎の目をじっと見つめた。

「時期が来ましたら、私めに必ず払い下げをしていただけるのですね」

「約束する」

「承知いたしました」

喜八郎は、静かに頭を下げた。

「さすがは大倉殿だ。我々と一緒に新しい国をつくっていただきたい。協力を頼みます」

大久保は、喜八郎に握手《あくしゅ》を求めた。

喜八郎は、その手を強く握りしめ、「なんなりとお申し付けください」と言った。

「大倉殿、岩倉全権大使らと晩餐会《ばんさんかい》がございます。ご出席なさるか？」

木戸が聞いた。

「ぜひ、出席させていただきます」

喜八郎は答えた。

宿泊先のホテルでは手嶋が待っていた。

なぜだかうれしそうな顔をしている喜八郎に、手嶋は「首尾《しゅび》は良かったのですか？　いいことがあったのですか？」と聞いた。

「羅紗の機械の輸入から手を引けと言われたよ。国でやるからとね」

「それは無体《むたい》な。酷《ひど》いじゃないですか」

「確かに羅紗について入れ知恵したのは、この俺《おれ》だ。俺の考えを国が盗みやがった。しかし、相手は大久保様に木戸様だ。逆らうわけにはいかない。ここは恩を売っておけばいいのさ」

喜八郎はにやりとした。

「いずれは払い下げると言われたのでしょうね？」

手嶋は、やや投げやりに言った。

「よくわかるな」

喜八郎は、感心したような顔をした。

「政治家のよく使う手ですよ。政治家の約束なんて、鴻毛《こうもう》より軽いですからね」

「そうかもしれない。それでもいい。恩を売ったことは間違いない。俺は大久保様に食い込むことができた。それだけでいいさ」

払い下げをしてくれれば、それに越したことはないが、してくれなくとも大久保と繋《つな》がることは、新政府になんの後ろ盾《だて》も持たない喜八郎にとって、この上ない幸運だった。今回の欧米視察旅行の主たる目的は、大久保や木戸の知遇《ちぐう》を得ることだ。その目的が果たせたという喜びに満たされていた。

「晩餐会に招待されたぞ」

「それはようございました」

手嶋は、喜八郎の心中を知ってうれしそうに言った。

晩餐会が始まった。喜八郎は、少し遅れて会場に着いた。木戸や大久保から誘われたとはいうものの、やはり遠慮があったからだ。

「おい、大倉殿、こっち、こっち」

まるで同輩に声をかけるように、喜八郎を目ざとく見つけた木戸が呼びかけて来た。

大久保や伊藤博文《ひろぶみ》の顔が見える。二人ともにこやかに手を振っている。

喜八郎は木戸に近づき、「どこか末席にでも席をいただければ結構でございます」と言った。

「何を言うのかね。ここに座りなさい」

木戸が示したのは、木戸の隣の席だった。その隣は、伊藤だ。多くの随員を見下ろす上席ではないか。さすがの喜八郎も冷や汗が出て来る。

「いえ、こんな上席はもったいのうございます」

喜八郎は尻《しり》ごみをした。

「さあ、ぐずぐず言わずに座りなさい」

木戸は、笑いながら言った。

仕方がない。喜八郎は、木戸の隣に座った。周囲の随員の視線が一気に集まるのがわかった。

食事が進み、参加者の誰もが酒に酔っていた。

喜八郎は、これまで見て来た欧米の様子を木戸や伊藤、大久保らに楽しげに話した。これほど多くの政府要人と親しくなれるとは思ってもいなかった。喜八郎は、今回の洋行の成功を喜んでいた。

一人の随員が突然立ちあがった。かなり酔っている。彼が喜八郎を指差し、「なぜ、商人風情《ふぜい》が上席に座っているのだ。身分をわきまえよ」と声を荒らげた。

喜八郎は、食事の手を止め、憮然《ぶぜん》とした顔で随員を見つめた。

「酔っておりますから」

木戸が、気にするなというように会話を続ける。

「わかっております」

喜八郎は、再びナイフとフォークを動かし、肉を切った。

また別の若い男がすっくと立った。涼《すず》しげな顔立ちの男だ。

どうせ雑言《ぞうごん》の続きだろうと喜八郎は、耳を塞《ふさ》ぎたくなった。

「君は、御一新の精神をわきまえていないのか」

若い男は、酔って喜八郎に絡《から》んだ随員を一喝《いっかつ》した。

「なにを！」

随員が、若い男に摑《つか》みかからんばかりに睨んだ。

「御一新の精神は、四民《しみん》平等である。この意味は、国民が等しく力を合わせ、新しい日本をつくろうということである。そこで大倉殿は、商人として如何《いか》に新しい日本のために働くことができるかを探るために、自費で全財産をかけ、西洋諸国にまで来られたのである。それに反し、我々は官費である。その差は歴然ではないか。しかるに貴殿《きでん》は、上席云々《うんぬん》と大倉殿に非礼なことを言った。新しい日本のため、新しい国づくりのために命をかけている大倉殿に無礼《ぶれい》であろう」

若い男の発言に、他の随員から拍手が起きた。喜八郎も思わず手を叩《たた》きたくなった。

「あのお方は?」

喜八郎は木戸に聞いた。

「中井弘。薩摩藩士でござる。なかなかいいことを言いますな」

木戸が満足そうに笑っている。

「ありがたいことです」

喜八郎はほほ笑みながら言い、大きく切った肉にフォークを刺した。

「そろそろ我々の旅も終わりに近づいております」

木戸が言った。

明治四年(一八七一年)の十一月に日本を発《た》った岩倉使節団の欧米視察も、一年半が過ぎようとしていた。

彼らが日本を留守にしている間に、政府内では不穏《ふおん》な動きが出ていた。木戸や大久保の耳にも、そうした情報が入っていた。

「征韓論《せいかんろん》」の台頭《たいとう》である。

日本の隣国朝鮮は、鎖国《さこく》状態だった。徳川幕府とは良好な関係を続け、交易も盛んに行われていたが、鎖国を解き、欧米諸国と交易を開始した新政府とは国交を断絶してしまった。

朝鮮の立場から言えば、新政府と国交を結ぶことで、欧米に開国を迫られることを恐れたのかもしれないが、再三におよぶ日本からの国交回復要請を、頑《かたく》なに拒《こば》んだ。そのため国内を統一し、勢いのあった政府首脳の中に、軍の力で朝鮮に開国を迫るべきだとの征韓論が強く台頭して来たのである。

征韓論の中心は板垣退助《いたがきたいすけ》や江藤新平《えとうしんぺい》であったが、大久保、木戸と並んで明治維新を成し遂げ、国民的英雄となり、留守政府の責任者であった西郷隆盛も、それに加わっていた。

朝鮮への派兵を強硬《きょうこう》に主張する板垣らに対して西郷は、自らが朝鮮に特使として赴《おもむ》くと提案した。西郷は武力で朝鮮に迫るより、外交交渉で開国の道を探るという考えだったのだろう。さらに新政府の急激な欧風化や堕落《だらく》、武士階級の特権剝奪《はくだつ》による不平不満などを気に病《や》んでいた西郷にとって、朝鮮特使は久々に命をかけるに値する仕事に思えたのかもしれない。

西郷は、すぐにでも朝鮮に行くつもりだったが、大隈重信《おおくましげのぶ》が「岩倉らが帰国してから、正式に決めよう」と言い、反対した。

その結果、西郷の朝鮮特使は決定されたが、派遣は岩倉使節団が帰国してからということになった。

「多くのことを学びました。これを帰国してから実際に応用していきたいと考えます」

喜八郎は、木戸に応じた。

「まだまだ日本は、途上の国です。大倉殿、大いにあなたのお力をお借りしたいと思います。よろしくお願いしますぞ」

木戸は晴れ晴れとした笑みを浮かべた。

五月二十六日大久保帰国。七月二十三日木戸帰国。

「そろそろ私たちも帰りますかな」

喜八郎は、手嶋に言った。

八月中旬、喜八郎も欧米視察より帰国した。

2

喜八郎は、畳《たたみ》の上に大の字になって寝ていた。

「旦那《だんな》」

常吉《つねきち》が庭から顔を出した。

「グッドモーニング」

喜八郎は、天井《てんじょう》を見たまま言った。

「旦那。なんですか、そのグッドなんとかって」

常吉が苦《にが》り切った顔で言った。

「西洋の朝の挨拶《あいさつ》だよ」

「すっかり西洋にかぶれちゃったんですね。おたまちゃんが、朝からパンだ、肉だっていうから大変だって言ってましたよ」

喜八郎は、両手で畳をバンと叩き、身体を起こした。

「西洋はすごいぞ。日本は負けておれん。うかうかしていたらやられてしまう」

喜八郎は、熱に浮かされたように言った。

「旦那に頑張ってもらわねばなりませんね。ところでお出かけの用意が整いましたよ。おいらもお供します」

喜八郎は、横浜で木戸と会うことになっていた。欧米視察から帰国して初めてのことだ。

「おたま、出かけるぞ」

喜八郎が奥に向かって声をかけた。たま子が羽織《はおり》を持って玄関にやって来た。

「お気をつけてください。帰って来られてから、一日もお休みになっていませんが、お身体に障《さわ》りませんか」

たま子が喜八郎に羽織を着せかけながら、心配そうな顔をした。

「余計なことを言わんでいい。休んでなんかいられない。西洋に追いつき、追い越すためには、我々は今まで以上に働かねばならないんだ」

喜八郎は、たま子が打つ火打石の火花で厄払《やくばら》いをして、外に出た。馬車が待っている。常吉がドアを開けた。

「そろそろ常吉にも羅紗の洋服を着せねばならないな」

喜八郎は、苦笑した。常吉は、時代に逆らうように着流し姿で通していた。

「嫌ですよ。こうやって髷《まげ》を落としただけでも寂《さび》しい思いがして、どこか頼りないのに、洋服を着たら、病気になってしまいますよ」

常吉は、喜八郎が馬車に乗り込むのを確認すると、ドアを閉め、一緒に乗り込んだ。

「駕籠《かご》で横浜に行っていた頃が懐《なつ》かしいですね」

常吉が言った。

「あの頃は、懐《ふところ》に短銃を忍ばせていたものだ。いつ賊に襲われるかわからなかったからな」

喜八郎は、横浜へ鉄砲を買い付けに行っていた頃を思い出した。その頃に比べると、随分と平和になったのだが、またきな臭《くさ》い空気が漂《ただよ》い始めた気がしていた。新政府内では征韓論を巡って西郷らと大久保、木戸らが対立している。つい最近まで血で血を洗う戦争をしていた者ばかりだ。対立が嵩《こう》じると、内戦になりかねない。

台湾で遭難した宮古島《みやこじま》の漁師たちが現地人に殺されていた。これに対して清《しん》国に書簡を出して謝罪を要求しているが、まともな回答はない。台湾を討つべしという意見も聞こえてくる。

朝鮮、清国という隣国との関係悪化は、戦争に結び付く可能性が高い。喜八郎としては、戦争は商機だと考えていた。

木戸は、なんの相談があるのだろうか。単に西洋の思い出話をするために食事をするわけではあるまい。

横浜まで約四時間の馬車の旅だ。横浜商会の前に着いた。

木戸とは、横浜に最近増えた牛鍋屋《ぎゅうなべや》で牛肉を食べることにした。

「お久しぶりです。遅れて申し訳ございません」

喜八郎は、先に来ていた木戸に挨拶をして、向かい合って座った。

「大倉殿はあの後、再びアメリカを経由《けいゆ》してお帰りになったのでしたな。よく自費で長旅をやり遂げなさった。えらいものだ」

「木戸様はじめ、皆様のお陰でございます。大変有意義《ゆういぎ》でございました」

牛鍋が運ばれてきた。

炭《すみ》のコンロの上に鉄鍋が乗っている。そこにぶつ切りの肉を入れ、味噌《みそ》で煮込むというものだ。野菜や豆腐《とうふ》が添えられている。

料理人が、二人の話を邪魔しないように鍋に肉を入れていく。

「どうぞ、酒を」

喜八郎は、木戸に酒を勧めた。

木戸は、なにやら浮かない顔をしている。欧米で見せた陽気さは消えている。

「面白いお話をいたしましょうか」

「ほほう、どんな話ですかな」

木戸は酒を飲みながら、興味を示した。

喜八郎は木戸の気を引き立てようと、横浜居留地《きよりゅうち》に伝わる話を始めた。

「南京町《なんきんまち》に李《り》という筆をつくる男がおりましてね。お梅という大阪生まれの女を女房にしていたんだそうです。この女がたいそう愛想が良くて、客にいつも『まいどおーきに』と言っていたんですが」

木戸は、肉を口に運びながら、喜八郎の話に聞き入っている。

「李は、この『まいどおーきに』という言葉がすっかり気に入りましてね。これは客を喜ばす言葉だとわかったんでしょう。それで自分も使いたいと思って機会を狙《ねら》っていたんですな。そうしたら客が来た。客は、値の張る筆を買ってくれましたので、この時とばかりに『オイドマーキニ』と言ったんですな」

喜八郎はにやりとした。

「オイドマーキニですか？　それはおかしい」

木戸が笑った。

「客も木戸様と同じように李の言い間違いがおかしくて、笑ったんだそうです。それですっかり客が喜んだものと勘違いした李は、それから客を見れば、『オイドマーキニ』を連発しまして。これがおかしくて評判になり、李の『オイドマーキニ』を聞きたくて客が増えたそうです」

「愉快ですな。私も一つ」と木戸が話し出す。

「日本語ができないアメリカ人が、朝の挨拶の『オハヨー』を覚えるのに、アメリカのオハイオ州と言えばいいんだと覚え、いざ、使う段になって日本人に向かって『ニューヨーク』と大声で言ってしまったとか。なんでもそのアメリカ人の故郷がニューヨークだったもので、『オハイオ』と言うところが、思わず故郷の『ニューヨーク』と言ってしまったらしいのです。皆で大笑いしたそうです」

「愉快ですな。外国人が増えましたから面白い話が多い」

喜八郎は手を叩いて喜んだ。

しかし、どうも木戸は心から楽しくないようだ。

「何か、ご心配事でもおありですか?」

喜八郎は、木戸の盃《さかずき》に酒を注《つ》ぎながら聞いた。

「人々は、幸せですかね」

「そりゃ、こんな牛鍋が流行《はや》るくらいですからね。戦争もありませんし……」

「私は戦争は嫌いです。新しい世の中をつくらんとあちこち飛び回り、命を狙われましたが、どうも血の臭いだけは好きではありません」

木戸は、江戸の練兵館《れんぺいかん》で塾頭を務め、剣で鳴らしたが、武人としてより維新の志士たちの政治的調整役として活躍した。

「私も戦争で商売をしますが、斬《き》られたり、撃《う》たれたりしている人を見るのは好きではありません」

喜八郎は言った。

「しかし、どうも血を見ないことには収まらない人たちもいましてね。西郷さんは死に場所を求めておられるようで、危《あや》うくて仕方がありません」

木戸の顔が暗くなった。

「死に場所ですか？」

喜八郎は、興味が湧《わ》き、身を乗り出した。

「自らが朝鮮に出向き、国交を拓《ひら》くと言う。そんなことをして、もし西郷殿が殺されでもしたら、こちらは戦争せざるをえない。西郷殿は、それでもいいと言うが、それで戦争になり、我が国が勝ち、朝鮮を支配したらどうなると思いますか？」

木戸が喜八郎を睨むように見つめた。

喜八郎は、「うっ」と言葉を呑《の》んだ。

「そんなことをすれば清国は勿論《もちろん》、清国を足がかりに利権を漁《あさ》っているロシア、イギリス、フランスなどが黙ってはいない。必ず我が国を排斥《はいせき》すべく、戦いを挑んでくる。大倉殿も欧米を見て、おわかりになったように、我々と彼らの力の差は歴然たるものがある。残念だが、それが現実です。我々は、彼らの力を借りつつ、早く彼らに追いつかねばならない。戦争をしている暇はないのです」

木戸は、語気を強めた。

「しかし、国内では不平武士が多くなっております」

版籍奉還《はんせきほうかん》など、一連の改革で武士は藩の帰属を離れた。さらに秩禄《ちつろく》制度の廃止で、今まで一定の俸禄《ほうろく》を貰《もら》っていたのが貰えなくなり、多くの武士は生活が困窮《こんきゅう》した。

「おっしゃる通りです。庶民は、先ほどの笑い話のように新しい世の中を面白く、楽しく生きているのに、武士だけが過去にしがみついて、ぶつぶつ言っておる。彼らはどうしても血の臭いを嗅《か》がないと収まらないようなのです。困ったことです」

「台湾でも騒ぎが起きているとか？」

喜八郎は言った。木戸の顔がさらに暗くなった。

「よくご存じで。大久保殿とも話をしているのですが、現実論として朝鮮を攻めるのは、各国との関係からすると得策ではないし、我が国の実力からして無理であろう、しかし台湾なら大丈夫ではないか？　もし台湾を我が国が領有したとしても、清国も欧米列強もさほど騒ぐことはないだろうと……。しかし、いかなる戦争であっても国の大事であります。それは暴虐《ぼうぎゃく》な者を正《ただ》し、不正を抑止《よくし》するために、万《ばん》已《や》むをえないものであるべきです。無辜《むこ》の民《たみ》を殺し、人の財物を奪うようなものであってはなりません。私たちが幕府を倒すことができたのは、道、天、地、将、法という孫子《そんし》の兵法《へいほう》にもいう理《ことわり》があったからでしょう。それがない戦争は、単なる盗賊の所業となります」

木戸は厳しい顔になった。

道とは大義名分、天とは時機、地とは地勢、将とは器量、法とは軍政を意味する。

「おっしゃること、ごもっともです。戦争はむごいものです。できれば避けたいと思います。しかし、台湾は、まだまだ未開の地でありますから、我が国が行き、開発した方が、台湾にとっても都合がいいのではありませんか。もし意味がある戦争というものがあるならば、この戦争には意味がありましょう。及ばずながら、私もご協力したいと考えます」

戦争を商機と見る喜八郎は、ぐいっと酒を呷《あお》った。

「清国は台湾を化外《けがい》と言い、自分の領土ではないとの認識でござる。台湾での我が国民の虐殺に関しては、欧米各国は我が国がきっちりとけじめをつけるべきだと言う。大久保殿は、台湾に出兵して、不平武士らの不満を解消したいと考えているようだ。大倉殿は意味のある戦争だとおっしゃるが、実は、私は反対しています。このような戦争で、国力を浪費する時期ではありません」

木戸も酒を呑んだ。

喜八郎は言った。

「大久保様は台湾に出兵すべきであると……」

「いくら私が反対しようとも、大久保殿はやる気です。きっと大倉殿に、いろいろなことを頼んできますよ」

木戸は、薄く笑った。

「私は、お国のためなら、どんなことでもお引き受けするつもりでおります」

喜八郎は勢い込んだ。酒のせいばかりではなく、身体が熱くなった。

「大倉殿にとっては、商機到来かもしれませんが、私にとっては憂鬱《ゆううつ》の種ばかりが増えて困ります。政府の運営で綱渡りをしているようなものです。そこで今後のいろいろな我々の頼みごとを聞き入れていただくためにも、そうした役目を担《にな》うカンパニーをつくりませんか。私ができる便宜《べんぎ》は全て図らせていただきます」

木戸は、銚子《ちょうし》をとり、喜八郎の盃に酒を注いだ。

喜八郎は、その酒を一気に干すと、急に畳に手をつき、「よろしくお願いいたします」と大げさに見えるほど頭を下げた。

「大倉殿、これから無理を言うのは、こっちの方ですから」

木戸が困惑気味に言った。

喜八郎は、洋行中から帰国後の計画を練っていた。それは世界に雄飛《ゆうひ》する会社をつくりたいというものだった。名前は、大倉組商会と決めていた。

木戸、そして大久保の二人が後援してくれれば、これほど心強いことはない。喜八郎は、今すぐにも店を飛び出し、会社設立に奔走《ほんそう》したい気持ちだった。

3

喜八郎は、明治六年(一八七三年)十月、大倉組商会(以下、大倉組)を設立した。資本金は十五万円。

出資者は、喜八郎に加え、旧新発田《しばた》藩藩主溝口《みぞぐち》家、戊辰戦争で繋がりができた旧弘前藩の津軽《つがる》家、洋行中に意気投合した横山孫一郎などだった。

役員は、喜八郎が頭取《とうどり》に就任し、副頭取に旧弘前《ひろさき》藩を代表して木村静幽《せいゆう》(九郎左衛門)、横山孫一郎、組合員には旧新発田藩を代表して安藤忠吾《ちゅうご》、そして大倉周《しゅう》蔵《ぞう》が就任した。

その他にも喜八郎に縁の深い人材が参画《さんかく》した。旧弘前藩江戸家老西舘平馬《にしだてへいま》が会計方《かた》、洋行中通訳を務めてくれた手嶋が帳簿方になった。

常吉は、ようやく洋服を着ることを納得したが、喜八郎の身の周りを世話する役目は変わりなかった。

本社は、京橋区銀座三丁目。翌年には、ロンドンに支店を開設し、初代支店長には横山孫一郎、大倉周蔵が監督として赴任《ふにん》した。

ロンドンに支店をつくったことに対して喜八郎は、「欧米諸国の経済界、実業界を視察した際、ロンドンは世界の商業の中心だと思いました。ここに拠点を設けなければ、日本の商業は世界に雄飛できないと考えたのです」と皆に語った。日本人が、海外に支店を設置した初めての例だった。

「さすが大倉殿だ。考えること、やることが大きい」

会社設立を勧《すす》めた木戸が喜んだ。

大倉組は、木戸や大久保の尽力《じんりょく》により、政府、特に陸軍省との取引が増大した。

「旦那、いよいよですな」

早朝、着慣れない洋服を着た常吉が、大倉組の看板を見つめながら言った。

「グッドモーニング」

喜八郎が満足そうに笑って言った。

「グッドモーニング、サー」

常吉が言った。少し胸を反《そ》らし、威張《いば》っている。

喜八郎が驚いた顔で、「よく覚えたな。それにサーまでつけたか」と言った。

「これからは英語の一つも言えなくちゃ、旦那の御用が務まりませんから」

常吉の得意げな様子に、喜八郎は大笑いして「大いに期待しているよ」と言った。

喜八郎、三十七歳。ようやく世界に踏み出す足場をつくった。

時代の風を受ける人

1

「おはんしか、頼めないのです」

大久保利通《としみち》は、ぐいっと顔を寄せて来た。喜八郎《きはちろう》は、負けじと目を見開いて大久保を見つめた。

喜八郎は、横浜の料亭で大久保、木戸孝允《たかよし》と会っていた。

大久保が喜八郎に頼んだのは、政府が台湾に出兵するに際しての、兵士たちの食料や宿営などの兵站《へいたん》業務だ。

木戸が隣で暗い顔をしている。体調がすぐれないだけではない。彼は台湾出兵に反対だった。

「大久保殿がどうしてもやるというんだ」

木戸が言った。

「やらんとしょうがないでしょう。収まりがつきませぬ。それに決まったことです」

いつもは冷静な大久保が、珍しく苛立《いらだ》った口調で言った。

大久保や木戸が欧米視察から帰国してみると、西郷隆盛《さいごうたかもり》が朝鮮特使として派遣されることが決まっていた。もしそのようなことが実行されれば、西郷が朝鮮で殺されることになる、あるいはそうならずとも、軍事的解決を望んでいる西郷の思う壺《つぼ》だ。今、朝鮮と戦端を開き、かつ欧米やロシアなどと対立するわけにはいかない。

大久保と木戸は、徹底的に西郷派遣に反対した。一時期は、大久保ら反対派が辞表をちらつかせることさえあった。しかし、天皇への反対画策に成功し、西郷派遣を中止することはできた。

ところが、ことはそれだけでは終わらなかった。征韓論《せいかんろん》賛成派の西郷、板垣退《いたがきたい》助《すけ》、後藤象二郎《しょうじろう》、江藤新平《えとうしんぺい》、副島種臣《そえじまたねおみ》の五人の参議《さんぎ》が下野《げや》し、政府内での対立が顕在化《けんざいか》してしまったのだ。

新政府に対する不満がくすぶっていた佐賀に帰郷した江藤は、不平士族に反乱軍のリーダーに祭りあげられ、決起する。佐賀の乱である。

大久保は、自ら軍を率いて佐賀に赴《おもむ》き、激しい戦闘を展開した後、反乱を鎮圧《ちんあつ》し、江藤を逮捕《たいほ》し、有無《うむ》を言わせず斬首《ざんしゅ》の刑に処してしまう。大久保の厳しさの現れだが、それはかえって、不平士族の新政府や大久保への不満に火をつけることになった。

「今は、そんなことをしている時ではない」

木戸が、酒を呷《あお》った。

しかし、いくら木戸が憤《いきどお》っても、政府は二月六日に台湾征討を閣議決定していた。台湾蕃地《ばんち》事務局長官には大隈重信《おおくましげのぶ》を、総大将である都督《ととく》には西郷従道《つぐみち》を任命した。もう台湾征討は進み出してしまった。

「台湾を制圧するのは、大きな意味があり申す。琉球《りゅうきゅう》をどうするかということだ。今、琉球は、清《しん》国と我が国と両方に帰属していることになっている。特に我が薩摩《さつま》の所領だ。この曖昧《あいまい》な琉球の立ち位置をはっきりさせることは、政府の外交政策上も重要なことだと考えている。宮古島《みやこじま》の人間たちが殺されたのですぞ。それを大義名分にして台湾を攻めることは、琉球を我が国のみに帰属せしめ、もし可能ならば台湾を我が手に収めることに繫《つな》がる」

「琉球の帰属問題は、我が国の外交上の懸案事項だと、私も思っている。しかし、大久保殿の本音は、薩摩士族が台湾討つべしと燃え上がっているのを抑《おさ》えきる自信がないのだろう。ましてやそこには西郷殿がおられるからのぉ」

木戸のやや皮肉っぽい言い方に、大久保は憤然《ふんぜん》として盃《さかずき》を空けた。

喜八郎は、維新の傑物《けつぶつ》たちの論争を興味深く聞いていた。なんら口を挟《はさ》むことはない。

木戸と以前会った時に、大久保が無理難題を頼んでくると聞いており、大久保のこうした要請は覚悟《かくご》していた。

喜八郎は、彼らと違い商人だ。商人は、商機を逃《のが》してはいけない。それだけを考えて行動するべきだと考えていた。

「アメリカも賛成しております」

大久保が言った。

「アメリカが賛成しているのですか」

喜八郎は、驚きを持って聞いた。台湾を占領してしまうかもしれない軍事行動にアメリカが賛成するとは、にわかには信じられなかった。

「アメリカ公使デ・ロングは、台湾、ただちに討つべし、我が国が、他国を所有、殖民《しょくみん》することは好ましいとまで言ってくれた。清国アモイ領事だったル・ジャンドルを日本政府の外務省顧問《こもん》に推薦してくれたのだ」

「本気でアメリカが支援しているとは思えないが……」

木戸が呟《つぶや》くように言った。

大久保はそれを無視して、「アメリカが支援してくれ、清国は台湾は化外《けがい》の地であるから、我が国が何をしようが与《あずか》り知らんと言っておる。この機を逃すわけにはいかない」と興奮気味に話した。

「三井も、長崎の富豪《ふごう》、永見伝三郎《ながみでんざぶろう》も断ってきた。永見は、薩摩の御用を務めているのだが、さすがに台湾には行きたがらん。これで大久保が諦《あきら》めるかと思ったのだが、私が、大倉組がいるぞと余計なことを言ったものだからのぉ」

木戸が苦笑した。

「私めの名前を思い出していただき光栄でございます。欧米視察で親しくしていただいた甲斐《かい》がありました」

喜八郎は、頭を下げた。

「大倉組は、羅紗《らしゃ》製造のことなど、いつも国家のことを考えておられる。今回も国家の一大事でござる。なんとか引き受けていただきたい」

大久保は、再び、ぐいっと迫ってきた。

「わかりました。お引き受けいたします」

喜八郎は、大久保を睨《にら》みつけるように見つめた。大久保の顔が、わずかに緩《ゆる》んだ。笑《え》みを浮かべている。

「ただし」と喜八郎は言った。

「ただし、とは？」

大久保が眉根《まゆね》を寄せた。

「台湾経営に乗り出される際には、大倉組を台湾に進出させてくださいませ」

喜八郎は言った。

大久保は、木戸と顔を見合わせ、「大丈夫だ。大倉組が台湾で商売することを許す」と言い、相好《そうごう》を崩した。

喜八郎は、大久保の盃に酒を注《つ》いだ。大久保は、その盃を口に運び、酒を一気に呑《の》み干すと、「美味《うま》い」と満足そうな笑みを浮かべた。

2

喜八郎は、大久保にぜひにと頼まれ、兵站業務を引き受けることを決断した。

陸軍省は「陸海軍の兵器以外の建築資材、糧食など全《すべ》て大倉組に頼む」ということになった。

「常吉《つねきち》、勝負だぞ」

喜八郎は常吉に糧食と人夫《にんぷ》、職人集めを指示した。

「大丈夫ですかね。台湾なんて行ったことがありませんよ。なんでも人が茹《ゆ》であがるくらい暑くて、台湾病が流行《はや》っていて、すぐに死んじまうっていう話じゃないですか」

常吉が不安げな顔をした。

「お前が弱気になったら、俺《おれ》まで心配になるじゃないか。だが今回は、大久保様が俺を見込んで、たっての願いということになったのだ。これをやらないでは男じゃない」

喜八郎が言った。

「人を集めるにも、食料を集めるにも、生半可《なまはんか》なことじゃできねぇと思います。ここは一つ有馬屋清右衛門《ありまやせいえもん》殿、鉄屋の長兵衛《ちょうべえ》殿らと共同で請《う》け負《お》ったら如何《いかが》です」

常吉は、江戸で有名な侠客《きょうかく》の名前をあげた。

喜八郎は、常吉の提案を受け入れ、有馬屋と鉄屋と共同で受託することにした。

横浜で傭船《ようせん》したニューヨーク号に、品川沖で糧食、建築資材、天幕、薪炭《しんたん》などを積み込んだ。人夫、職人は五百名だ。

「大倉組がまた大儲《おおもう》けを企《たくら》んでいるらしいよ」

「大倉組っていうのは、御一新の時、津軽に鉄砲を運んだ奴かい？」

「そうさ、今度は台湾で儲けようという算段だ」

人々は、沖に浮かぶニューヨーク号を眺《なが》めながら、好き勝手なことを囁《ささや》き合った。

「さあ、行くぞ」

「御無事でお帰りください」

たま子が涙を拭《ぬぐ》った。

「頑張《がんば》ってくる。『いざ花に　暇申《いとま》さん　翌年の　春を契《ちぎ》らん　我が身ならねば』の心境だな」

喜八郎は、狂歌《きようか》を詠《よ》んだ。歌には死ぬ気の御奉公の意味を込めた。

「旦那《だんな》様らしくない不吉な歌ですわ」

たま子が眉をひそめた。

喜八郎の気持ちのどこかに、不安があったのかもしれない。

喜八郎は、たま子が見送る中を常吉、有馬屋、鉄屋らと共にニューヨーク号に乗り込み、長崎へと向かった。

勢い込んで出かけたものの、長崎で足止めされた。

一抹《いちまつ》の懸念《けねん》はあったのだが、イギリスとアメリカが、台湾征討に文句をつけてきたのだ。清国への配慮だ。最初はイギリス公使パークス、続いてアメリカ公使ビンガムだ。大久保に台湾征討をけしかけたデ・ロングの後任だ。アメリカの反対は、大久保にとって予想外のことだった。

両国とも中立を決め込み、両国国民や船などの台湾征討への参加を禁止した。このためニューヨーク号の傭船契約が破棄《はき》され、積み荷が降ろされることになったのだ。

どうなってしまうのだろうか。喜八郎は、長崎港に陸揚《りくあ》げされた多くの物資を目の前にして途方にくれた。

「戦争は中止になるのか。この費用は出るのか」

有馬屋と鉄屋が険《けわ》しい顔で聞いてきた。

「知らん」

喜八郎は突き放すように言った。質問されたことを聞きたいのは、こっちの方だ。しかし西郷も大隈も何も答えてくれない。

「俺たちはお前の誘いに乗った。始末はちゃんとつけてくれよ」

有馬屋がすごんだ。

「わかっている。責任は持つ」

喜八郎は、じっと船荷の山を睨んでいる。このまま野ざらしにしておくと、味噌《みそ》や干物《ひもの》までもが腐ってしまう。全て東京から仕入れたものだ。野菜や卵などは既《すで》に腐り始めている。

「旦那、このままじゃ破産《はさん》しますぜ」

常吉が心細そうに言う。

「破産したら、運がなかったまでのことだ。またやり直せばいい」

「そんなことおっしゃっても。旦那、大久保って殿様は見込み違いだったんじゃないですか」

イギリスとアメリカの反対に遭《あ》って、台湾征討を最も熱心に進めてきた大久保が反対に回ったという話が伝わってきた。

「そんなことはない。俺が、見込んだ人だ」

喜八郎は、厳しく言った。

喜八郎は決断した。西郷従道に直談判《じかだんぱん》に行くのだ。台湾に行くのか、行かないのか確認に行かねば、有馬屋も鉄屋も収まりがつかない。そのうち人夫や職人たちも不安になって騒ぎ出すだろう。

「ちょっと行ってくる」

「どこへ行くんだ?」

有馬屋が疑い深い目で喜八郎を見た。

「西郷様のところだ」

　喜八郎は有馬屋に返事を待つように言い、西郷従道と会った。

「西郷様、腐りました糧食を新しく購入し直し、いつでも出発できるようにしたいと考えておりますが、如何でしょうか」

　喜八郎は、西郷を探るように見つめた。

「それはありがたい。もうすぐ第一陣を出発させる」

　西郷は満足そうな笑みを浮かべた。

「征台《せいたい》は予定通りでございますか」

　喜八郎は、目を輝かせて聞いた。

「誰が中止すると申しましたかな」

　西郷は、大きな目をぎろりと剝《む》いた。しかし怒ってはいない。

　ふと、兄の西郷隆盛に似ているなと喜八郎は思った。

「伺《うかが》いますところでは、大久保様が中止の命《めい》をもって長崎まで来られるとか」

「よく知っておるのぉ」と西郷は言い、「一蔵《いちぞう》さぁが来る前に出港してしまうのよ」と笑った。

　西郷は大久保を通称で呼び、まるでいたずらでも思いついたようにうれしそうだ。

「そんなことをしたら、後々、問題が起きませぬか」

喜八郎は、西郷の腹積もりを確認したいと思った。一番困るのは、結局、中止になり、政府首脳間の争いに巻き込まれることだ。

「問題が起きるはずがない。一蔵さぁも承知だ」

西郷は、薄く笑った。

喜八郎は、大きく頷《うなず》いた。

西郷従道と大久保は、同郷で親しい。加えて兄の西郷隆盛と大久保は、征韓論で対立したとはいえ、親友であることに変わりはない。彼らの間には、あ・うんの呼吸というものがあるのだろう。

大久保は、英米が実質的に反対している状況では征台方針を撤回《てっかい》せざるをえない。それは、大久保にとって政治的に致命傷《ちめいしょう》にもなりかねないことだからだ。

征韓論に反対して親友である西郷隆盛を政府から放逐《ほうちく》したことで、大久保は強い批判を浴びている。特に郷里の薩摩での批判が強い。大久保を許さぬ、殺せという声さえある。それを抑えるために征台を打ち出したのに、ここでそれを中止すれば、「英米が中立に回ったくらいで中止するとは、何事だ」という大久保批判が一斉《いっせい》に噴き出すに違いない。そうなれば、政府をまとめていくことが不可能になる。

そこで西郷従道は、征台中止を伝える大久保が長崎に到着する前に出発し、既成《きせい》事実をつくってしまうつもりなのだ。

西郷が勝手に軍を進めるのだが、正式な中止の命令を受けとっていない以上、命令違反に問うことはできない。予定通り出発しただけだと言い逃れができる。大久保も中止させようとしたが、到着が遅れ、その時には西郷が既に軍を出発させていたという言い訳ができる。これによって、大久保は政治的な立場をなんとか保つことができるだろう。勿論《もちろん》、征台の責任者である西郷の顔も立つ。

「よくわかりました。ところで船は大丈夫でございますか」

ニューヨーク号の契約は破棄されてしまった。代わりの船が必要になる。

「大丈夫だ。大隈が調達する」

西郷は言った。

西郷のところから戻ってきた喜八郎は、有馬屋と鉄屋に来てもらった。

「有馬屋殿、鉄屋殿、腐ってしまった野菜や卵などを破棄して、新しいものを仕入れましょう。それと台湾はこの長崎よりもっと暑い。腐らないように包みを工夫してください。急ぎましょう」

喜八郎は言った。

有馬屋も鉄屋も驚いた。常吉さえ、狐《きつね》につままれたような顔をしている。

「おかしくなっていねぇか」

有馬屋が頭を指差しながら言った。

喜八郎は笑みを浮かべて、「いたって正常です。商人たるもの、お引き受けした以上、いつでも御用に応《こた》えられるように最良の状態にしておくことが、信用を得ることにつながります。そのためには、いつでも再度、積荷ができるようにせねばなりません」と言った。

「そんなこと言ったたって、戦争は中止では……」

鉄屋が疑問を口にした。

「まだ正式に決まったわけではありません。大丈夫です。皆様方には損をさせません」

喜八郎はきっぱりと言った。

「大丈夫かな」

鉄屋は不安そうに有馬屋と顔を見合わせた。有馬屋はしばらく腕組みをしていたが、「大倉組がそこまで言うんだ。こうなりゃ地獄の底まで付き合うぜ」と啖呵《たんか》を切った。

「ありがとうございます。ぜったいにこの喜八郎、迷惑はかけませぬ」と有馬屋の手を握った。

喜八郎は、有馬屋と鉄屋に発破《はっぱ》をかけ、糧食等物資の調達に昼夜奔走《ちゅうやほんそう》し始めた。

3

明治七年（一八七四年）四月二十七日、西郷は、二百名の兵士やお雇い外国人らをアモイに向けて出発させた。続いて五月二日、軍艦日進《にっしん》、孟春《もうしゅん》、輸送船明光《めいこう》丸《まる》、三邦丸《さんぽうまる》に軍参謀を乗せ、台湾に向けて出発させた。

四月二十八日、喜八郎は、共に台湾に行く職人や人夫の親方たち五十余名を長崎丸山の川竹楼に招き、酒宴《しゅえん》を催《もよお》した。その際、彼らに今回の出兵は、日本の版図《はんと》を広げ、今後大きく飛躍する契機になるが、そのために現地では日本の恥にならないよう、強奪《ごうだつ》や強姦《ごうかん》、むやみに現地人を殴《なぐ》ったり、怪我《けが》をさせたりしてはならないと注意しつつ、皆、兄弟の如《ごと》く助け合って頑張ってほしいと励《はげ》ました。

五月三日に大久保は長崎に到着した。

「もう出発し申した」

西郷の言葉を聞いて、大久保は「仕方がない」と苦《にが》い顔をし、西郷、大隈と協議し、三人連署で暫定的《ざんていてき》な征台方針を決定したのだった。

「大久保様、御用をしっかり務めさせていただきます」

喜八郎は、東京に戻る大久保に挨拶《あいさつ》をした。

「今回の征台は失敗するわけにはいきません。ぜひともよろしくお願いします」

大久保は、いつもと変わらぬ冷静さで答えた。

「船は大隈様が調達してくださるとか」

「もうすぐアメリカ船などが入港してくる。それを買う手筈《てはず》になっています」

大久保は、それだけ言うと、急ぎ東京へと戻った。

「のう、常吉」

喜八郎は、大久保を見送りながら寂《さび》しげな表情を浮かべた。

「はい、旦那」

常吉が言った。

「羨《うらや》ましいのぉ」

「何がですか？」

「大久保様や西郷様は時代の風を受けておられる。考えてもみよ。もし徳川様の盤《ばん》石《じゃく》な支配の時代にお生まれになっていれば、いくら才能があっても唯《ただ》の下級武士であったに違いない。しかし、今は天下人だ。時代の風を受けるというのはすごいことだ。それを羨ましいと言ったのだ」

「旦那もそうではありませんか？」

「俺か？」

喜八郎は常吉を見つめた。

「たとえ徳川様の盤石な時代だろうと、そうではなかろうと、どの時代にも風は吹いていると思います。しかしその風を受けられる才能や努力、そして何よりも夢を持っているかどうかでございましょう。現においらなどは旦那と同じ時代に生きていますが、旦那の後をついていくだけで精いっぱいでございます。旦那は今も風を受けておられるし、今からもっと風を受けられたらいいでしょう」

「風かぁ。俺をどこまでも飛ばしてくれるかなぁ」

喜八郎は、澄み切った空を見上げた。

五月十七日、喜八郎は西郷らと一緒に高砂丸《たかさごまる》に乗り込んで台湾へと出発した。

高砂丸は、イギリスのボロ船だった。

「われ見ても　久しくなりぬ　古船《ふるぶね》を　高砂丸と　誰か名付けん」

喜八郎は、出航に際して、得意満面で狂歌を詠んだ。

自分を呼ぶ声に振り向くと、征台軍の幹部が睨んでいる。

「おい、大倉組」

「なんでございましょうか？」

「今の歌はなんだ。大事な予算で買った船を愚弄《ぐろう》してはならんぞ」

幹部が厳しい口調で言った。

「申し訳ございません」

正直に古船と詠んだことが気に障《さわ》ったようだ。喜八郎は、長寿《ちようじゆ》を意味する高砂と名付けた人を誉《ほ》めるつもりで詠んだのだが、なかなか真意《しんい》は伝わらないものと苦笑いした。

「とにかく良い風が吹いてくれよ」

喜八郎は、白く泡立つ航跡を眺めながら呟いた。

4

征台とは名ばかりで、風土病との闘いだった。

喜八郎たちを乗せた船をはじめ、西郷軍は、五月二十二日に台湾の南、社寮《しやりよう》港に到着し、軍事行動を本格化させた。

目指すは、牡丹社《ぼたんしや》という現地人の集落だ。彼らが宮古島の漁師たちを殺害した。

戦闘は順調に進み、六月から七月にかけて牡丹社をはじめ、現地人集落を平定した。

ところが、台湾病といわれるマラリアが蔓延《まんえん》し始めたのだ。戦闘では十数人の兵士が死んだだけだったが、兵士ばかりでなく喜八郎が集めて来た職人や人夫たちも次々と病気に倒れ、死んでいった。

朝、元気だった者が夜には死んでいるという有様だった。

喜八郎は、職人、人夫たちの薬を求めて西郷にかけあった。しかし、どうしようもなかった。

「兵隊を助ける薬もないんだ」

西郷は苦渋《くじゅう》に満ちた顔を喜八郎に向けた。軍医はいるのだが、熱帯の病気に詳しい者はいない。大かたは漢方医《かんぽうい》で、マラリアに対しては全く役に立たなかった。

喜八郎は、西郷に要求を申し出ることはできないと思った。

それは自分たちが運んできた糧食が、台湾の暑さに大半が腐ってしまったからだ。卵や野菜など、鮮度が命のものはほとんどが腐った。干物にはウジがわいた。なんとか口にできたのは茶色に変色した米、すっぱくなった沢庵《たくあん》、そして味噌くらいのものだった。

栄養が足りないこと、これが兵隊や職人たちが病気にかかった原因の一つでもあったのだ。

遂には、喜八郎に兵隊の賄《まかな》いを任せられないとして、軍が喜八郎の配下の人夫を使い、糧食を現地で調達し、賄いを始めることになった。これにはさすがの喜八郎も西郷に謝らざるをえなかった。

なんとか面目《めんぼく》を施《ほどこ》したのは、酒保《しゅほ》という売店を開き、酒や菓子、日用品を売ったことだった。

常吉も熱を出したが、なんとか自力で回復した。青い顔で、常吉が喜八郎の前にやって来た。もともと太ってはいないが、さすがにやつれていた。

「常吉、大丈夫か?」

「なんとか生きております。早く東京に帰りたいですな。昨日も十七名が亡くなりました。今日までで百二十名以上が亡くなったんじゃないでしょうか。もう哀《あわ》れで、哀れで……」

常吉は、体力の衰えで気持ちも弱っているのか涙ぐんだ。

「本当に申し訳ないことをした。しかし、亡くなった仲間のためにも、この経験を生かさないとな。明日から台南《たいなん》方面に視察に行ってくる」

「本気ですか」

「ああ、この戦争の後、台湾で事業を始めたいと思っている。その時は、お前も頼んだぞ」

喜八郎は、にやりと笑った。

「勘弁《かんべん》しておくんなさい。おいらは、東京で熱燗《あつかん》でも呑んで旦那の帰りを待っていますよ。台湾病も旦那ばかりは避けて通るみたいですね」

常吉は弱々しげに手を振って、否定の気持ちを表した。

六月二十日、喜八郎は、後に台湾総督となる、陸軍中佐佐久間佐馬太《ちゅうささくまさまた》、日清戦争、日露戦争で活躍し陸軍大将になる、陸軍大尉小川又次《たいいまたじ》などと漁船に乗り、高雄《たかお》、台南などを視察した。

「世間では、大倉組はこの戦争で大儲けしたと騒いでいるようだが、逆に損をしたのではないか」

佐久間が聞いた。

「何度も糧食を腐らせてしまいましたから。思った通りにはなりませんでしたね」

喜八郎は答えた。

「大倉組は、なぜこんな仕事を引き受けた？　どこも引き受け手がなかったと聞くのに」

「商人とはいえ、お国のお役に立たねばならないと考えております。これしきの損など、小さなことです。それよりも、皆様方とこうして親しくなれたことが、私の最大の儲けでございます」

「そう言ってくれるのはうれしいことだ。これから我々は清国と戦うかもしれん。その時は、また力を貸してくれ」

佐久間は喜八郎の手を強く握った。

「なんなりとお申しつけくださいませ」

喜八郎は頭を下げた。

清国は、日本が台湾を支配することを快く思っていない。台湾は化外の地であると言ったものの、日本が本気で台湾を攻撃するとは考えていなかった。それなのに事前の通告もなしに日本は台湾に軍を送り込んだ。この事態に慌《あわ》てた清国は、英米と組んで日本に台湾からの無条件撤退を要求してきた。今や、戦争は実際の戦闘より、大久保ら政府首脳の外交戦争になっていた。当然、政府部内には清国討つべしとの強硬《きょうこう》意見が澎湃《ほうはい》と湧《わ》き起こっていた。

新政府には、まだまだ戊辰《ぼしん》戦争などの余韻《よいん》が残っているのだろう。本来なら新しくつくった国の足固めに力を入れるべきだが、対外戦争に夢中になっている。武力でつくった国である以上、仕方がないのかもしれないが、自分はその戦争に徹底的にくらいついてやる。それが自分を高みに押し上げてくれる風に違いない。世の中が窮屈《きゅうくつ》なほど固まってしまったら、自分に出番はない。今、この時が勝負なのだ。喜八郎は、どこまでも広がる海原《うなばら》をじっと見つめていた。

十月三十一日、大久保は、イギリス公使ウエードの仲介《ちゅうかい》により、清国との衝突を回避することに成功した。北京で締結された条項では、第一条で清国は、日本の台湾出兵を義挙《ぎきょ》と認めること、第二条では、清国が日本に出兵補償費など五十万両《テール》を支払うことになった。日本円にして七十八万円だ。

この戦争で、日本は、兵士・軍属ら合わせて三千六百五十八人を派遣して、軍艦五隻《せき》、輸送船十三隻を投入し、戦死者十二人、病死者五百六十一人、負傷者十七人、船舶《せんぱく》購入代金を含む戦費七百七十一万円という犠牲を払った。この数字の中には、喜八郎が動員した五百余名の職人、人夫の数、及びその死者百二十八名は算入されていないから、実際の犠牲はもっと大きかったことになる。

これに対する結果が、台湾からの撤退とたったの七十八万円では、新政府が行った初の海外派兵は、決して成功とは言えなかった。ただ一つ成功だと言えるのは、清国が日本の征台を承認したことで、戦争の原因となった宮古島、すなわち沖縄の漁民が日本人ということになり、長年、清国との間で曖昧だった沖縄が、国際的に日本領と認められたことだ。

大久保の締結した内容には、政府内でも不満が渦巻《うずま》いた。しかし、英米の賛成を得られない状況ではここが潮時《しおどき》だった。実際、マラリアにやられた征台軍は、これ以上戦闘することも、台湾に駐屯《ちゅうとん》し続けることも不可能な状態だったのだ。

「やっと帰れますね」

常吉が、顔をほころばせた。

「俺たちは、一番最後に台湾を離れることになる。ちゃんと後始末《あとしまつ》をせねばならないからな。しかし、それにつけても腹立たしい」

喜八郎は珍しく怒りを顕《あら》わにしている。額に滅多《めった》に出ない血管が浮き出ている。

「旦那、如何なされました。ご機嫌が悪いですね。帰りたくないんですか」

「そうじゃない。世の中は不公平だ、コネが強いものが勝ちだと今さらながら思い知らされたのよ」

「船のことでございますね。おいらも悔《くや》しいです。こっちは百二十八人も死んじまったんですぜ。それなのに岩崎に美味い汁は吸われちまった。政府のお役人の目は節穴《ふしあな》ですか」

常吉も憤慨《ふんがい》した。

政府は、台湾征討のために巨額の費用を使って輸送船十三隻を購入した。大久保は、この運航を政府系の海運会社に任せようとした。同社は、三井や渋沢栄一《しぶさわえいいち》が関わる半官半民の会社だった。

ところが、同社に影響力を持っていた渋沢や、のちに三井の番頭と西郷隆盛に揶揄《やゆ》されるほど縁の深い井上馨《かおる》が、大久保の征台方針に反対だったため、同社は運送受託に積極的ではなかった。

そこで大久保は、岩崎弥太郎《やたろう》が経営する郵便汽船三菱会社に輸送を任せた。大久保は、佐賀の乱を鎮圧する際にも岩崎の協力を得ており、三菱を信頼していたのだろうが、岩崎が大久保や大隈に、相当強引《ごういん》な受注攻勢をかけたという噂《うわさ》も流れた。

台湾征討が終わり、輸送船十三隻の管理は、そのまま三菱に任されることが決まった。その条件は、戦争が始まれば政府がそれらの船を借り上げるが、普段は自由に使用しても良いというものだった。ありていに言えば、ただで十三隻もの船を払い下げてもらったのだ。常吉が、美味い汁というのはこのことだ。

「俺より土佐《とさ》の岩崎に風が吹いているのだろう。薩長土肥《さつちょうどひ》は新政府の中心だからな。俺のような者と岩崎とは、出発から違うのよ」

喜八郎は、岩崎と比べれば大きな犠牲を払った。今回の征台に協力して金銭的な利益を得たとも思えない。犠牲になった職人や人夫たちへも十分な補償をしてやらねばならないが、その費用を政府に期待するわけにはいかない。とことん政府に尽くしたつもりだが、残念なことに、一番旨《うま》みのある仕事は岩崎に取られてしまった。

「俺は、俺なりのやり方でやるしかない。自分の力で風を吹かせてやる」

喜八郎は、岩崎に負けてたまるかと強く思った。

「さあ、燃やせ」

喜八郎が命令すると、海岸に山と積まれた駐屯地の残骸に、人夫たちが一斉に石油を注《そそ》ぎ、火をつけた。炎は徐々に大きくなり、やがて天を焦《こ》がすほど高く昇った。

5

喜八郎は、遥《はる》か高く燃え上がる炎を眺めながら、昨日の西郷従道との会話を反芻《はんすう》していた。

「台湾を去るに当たって閣下《かっか》に申し上げたきことがございます」

喜八郎は西郷に改まって言った。

「何事かな。大倉組の働きには非常に感謝している。聞ける望みなら、叶《かな》えたい」

西郷は言った。

「それでは申し上げます。今回、数千人の日本人が、遥か遠くまで遠征し、数百の犠牲者を出し、このまま虚《むな》しく撤退するのは、誠に遺憾《いかん》であります。なにとぞ租《そ》借地《しゃくち》をいただきまして、そこを拠点に商業貿易を発展させたいと存じます。その役割を私めに命じていただきたい」

喜八郎は、平伏《へいふく》して西郷に言った。

「大倉組、気持ちはわかる。私も同じだ。しかし、その願いは叶えるわけにはいかぬ。勘弁してくれ」

西郷は、苦しそうに言った。

「撤退方針が出たからでありますか」

「そうだ。それには逆《さか》らえぬ。ただし今回は無理だが、いつかお前の願いを叶えてやれる時が来るかもしれん。それまで政府の御用に努めてくれ」

西郷に言った。

一応の布石は打っておいた。後は、時期を待つだけだ。必ずこの地に戻って来る。喜八郎の思いは、空を焼き焦がす炎のように燃え上がっていた。

「旦那、出発です」

常吉が喜八郎に乗船を促《うなが》した。

「全員、乗り込んだか」

「大丈夫です。遺骨も含めて全員乗船いたしました」

喜八郎は、常吉の言葉を聞き、最後に高砂丸に乗り込んだ。

船は波をかきわけ、沖へと進んで行く。

喜八郎の耳になにやら聞こえて来る。「おーい」という人が呼ぶ声だ。

「取り残されているぞ」

人夫が騒ぎ出した。

喜八郎が、急いで甲板から離れていく海岸を見ると、一人の人夫が、こちらに向けて必死で手を振っている。

「旦那、申し訳ありません。置き去りにしてきました。船長に言いましたが、もう迎えに行くのは無理だとのことです」

常吉は、冷や汗を拭いながら、謝った。

「馬鹿野郎。仲間を置いて帰れるか」

喜八郎は、懐《ふところ》から短銃を取り出すと、船長のところに駆けて行く。

操舵室《そうだしつ》で指揮を執《と》る船長に向かって、喜八郎は、「すぐに船を戻せ。置き去りにしてしまった」と言った。

「諦めてください。もう沖に出てしまいました。乗り遅れたのは自分の責任です」

船長は喜八郎の要求を聞こうともしない。

「すぐに戻せ」

「ダメです。乗客だろうが、船員だろうが、乗り遅れた者のために船の運航スケジュールを曲げることはできません」

船長は、とりつくしまもない。

「戻せ。さもないと、これだぞ」

　喜八郎は、短銃を船長の首に押しつけた。

　船長は、びくりとして、目を見開いて、喜八郎を見つめた。

「本気だ。一人の部下をも見捨てるわけにはいかない」

「わかりました。銃を下げてください。取り舵《かじ》一杯！　船をもう一度港に戻す」

　船長が号令をかけた。

　船が波しぶきを上げ、大きく反転した。

　甲板にいた職人や人夫からどよめきのような歓声が上がった。その声は操舵室にいる喜八郎の耳にも届いた。

「サンキュウ」

　喜八郎は、船長に言い、満足げな笑みを浮かべた。

運命の出会い

1

岩崎はゆるせねぇな、喜八郎《きはちろう》は悔《くや》しさに唇《くちびる》を噛《か》みしめていた。

台湾出兵で喜八郎は多くの損失を被《こうむ》った。最も痛手だったのは、百二十八名の職人、人夫たちを台湾病などで死なせてしまったことだった。喜八郎は、彼らを丁《てい》寧《ねい》に弔《とむら》い、遺族にも十分な補償をした。

岩崎は、そうした苦労をせず、今や政府から払い下げられた輸送船を駆使《くし》して、日本沿海を我がもの顔に暴れまわっている。世評では、一夜にして海上の雄《ゆう》になったと言われている。

それに比べて俺《おれ》は政府には食い込んだものの、岩崎のように上手《うま》く立ち回れなかった。悔しさを噛みしめつつ、喜八郎は目の前に広がる不忍池《しのばずのいけ》を眺《なが》めていた。考えをまとめる時、銀座の大倉組の事務所からここまで来ることがよくあった。

上野の山で彰義隊《しょうぎたい》に囲まれた時のことを思い出すと、あれが自分の原点だったと思う。本来なら首を刎《は》ねられていただろう。

俺には運があると、思いなおした時、ふいに目の前に風が流れた。その風の方向に顔を向けると、若い女性を乗せた白馬が走って行く。喜八郎は、その女性を目で追った。見事な手綱《たづな》さばきだ。白馬は、土ぼこりを立てて不忍池の周囲を走っている。喜八郎から見えるのは、女性の後ろ姿だけだ。背筋が通った馬上の姿勢は、凛《りん》としている。喜八郎はなんとか女性を正面から見たいと思った。

その願いが通じたのか、女性は白馬の手綱を引くと、急に反転して喜八郎の方に向かって来た。

美しい。まっすぐに前を見据《みす》えた顔は、欧州で見たビーナス像のようだ。気品に溢《あふ》れている。

喜八郎は、なぜだか胸がときめいた。冒険ばかりしているが、その時の興奮とは違っている。今まで感じたことがない。

「もし」

喜八郎は、思い切って声をかけた。

白馬に跨《またが》ったまま、ゆっくりと女性が近づいて来る。蹄《ひづめ》の音が、喜八郎の心臓の鼓動《こどう》と響き合う。

自分が惨《みじ》めになった気がした。身長は高くない。無理に背伸びをしてみても馬上の女性を見上げるばかりだ。

女性は、喜八郎を見下ろし、首を傾《かし》げた。この目だけぎらぎらと輝かせた、色黒の小男が、私に何の用がある？　そんな表情をしている。

「お名前を」

喜八郎は思い切って言った。

「名乗るほどの者ではございません。失礼します」

女性は、白馬の手綱を力を込めて引くと、あざやかに向きを変え、喜八郎の前から走り去った。

「旦那《だんな》、どうかなさったんですかい」

常吉《つねきち》が、心配そうに喜八郎の顔を覗《のぞ》き込んだ。

常吉もすっかり洋服が板につき、喜八郎の秘書的な役割をこなしている。昔、人の悪事を嗅《か》ぎまわるこすっからい岡《おか》っ引《び》きをしていたとは思えない。

「おお、常吉か……」

「顔色が良くないですぜ」

「胸が痛い」

喜八郎は、弱りきった声で言った。

「そりゃあ、てぇへんだ。医者、医者を呼ばなくちゃ」

常吉が慌《あわ》てた。

「いや、そうじゃねえ。医者はいらねえ」

「だって旦那、胸が痛いとおっしゃったじゃありませんか。胸と言えば、心《しん》の臓《ぞう》に原因があるに違いない」

常吉は、今にも医者を呼びに行こうとする。

「なんて言ったらいいかな。これを、どう言えばいいのかな」

喜八郎は、苦しそうに顔を歪《ゆが》め、口をもぞもぞさせた。

「旦那らしくありませんね。スパッとおっしゃってくださいよ」

常吉が苛々《いらいら》した様子で、眉根《まゆね》を寄せた。喜八郎は、大きくため息をつくと、常吉の顔をじっと見つめた。まだ口をもぞもぞさせている。

「恋というのかな」

喜八郎は、目を閉じ、ぼそりと呟《つぶや》いた。

常吉が目を剝《む》いた。口をあんぐりと開けた。

「恋だ」

喜八郎は、もう一度言った。

常吉が耐えきれず噴き出した。

「笑うとは失礼だぞ」

喜八郎は真面目《まじめ》な顔で怒った。

「旦那が商売と言うならわかりますが、恋とはどういうことですか」

「どういうこともなにもあるか。この抑《おさ》えきれない胸の痛みの原因は恋というものだと言っているんだ」

喜八郎は強い口調で言った。

「何を血迷われているんですか。旦那には苦労をかけてきた、たまちゃんがいるじゃないですか。子どもまで生《な》したのに、いまだに籍《せき》にお入れでない。そちらを片づけてからじゃありませんか。確かに政府のお偉方《えらがた》やお大尽《だいじん》の方々は、妾《めかけ》を持つのは普通のことです。男の甲斐性《かいしょう》だと言う人もいます。でもたまちゃんは旦那と苦労を共にしてきたんだ。たまちゃんを正式に娶《めと》って、そのうえで恋だかなんだかしらねえが、その女の人を妾にするのが筋じゃねえですか」

常吉は早口でまくしたてた。

「お前の言う通りだ。しかしなぁ」

　喜八郎は、反論する気力も失《う》せた様子で、不忍池での女性との出会いについて説明した。

「ということは、旦那はその女にいっぺんで惚《ほ》れなさったというのですかい」

　常吉は呆《あき》れた顔をした。

「そうなんだ。常吉、一生のお願いだ。あのご婦人の身元を調べてくれぬか」

　喜八郎は情けない顔で常吉に手を合わせた。人を調べるのは、常吉の最も得意とするところだ。

「で、調べてどうなさるおつもりですか」

「もしまだ結婚していないなら、嫁として迎え入れたい」

　喜八郎は、腹に力を入れた。

「嫌ですよ。そんなの」

　常吉は即座に否定した。

「嫌とは言わせん。これは命令だ」

「聞きません」

　常吉は声を張り上げた。

「常吉さん、聞いてあげてください」

部屋の奥から女性の声がした。

「たま子」

「たまちゃん」

喜八郎と常吉は、同時に目を見張った。

2

常吉は、不忍池周辺の聞き込みから始め、女性の身元を摑《つか》んだ。急いで喜八郎に報告をした。

大倉組の屋敷の座敷で、常吉は喜八郎と向かい合って座った。

「あの娘御は、佐渡《さど》の持田《もちだ》とめさんのご長女、持田徳子《とくこ》様、十七歳であります。住まいは日本橋 橘 町《たちばなちょう》二丁目。父親は彰義隊にいて、あの上野山の戦争で亡くなったようです」

常吉の報告を聞いた時、喜八郎は衝撃を受けた。

女性の父親は、上野戦争で亡くなっている。

「佐渡の持田……」

喜八郎は呟いた。

「旦那、どうなさったのですか？　顔色が悪いですぜ」

常吉が怪訝《けげん》そうな顔をして喜八郎を見つめている。

「こんな偶然があるだろうか。私は、その父親に会っている」

「なんですって」

常吉が驚いた。

「上野の山へ彰義隊に連れていかれたことがあっただろう」

「ええ」

「あの時、私を無事に黒門口《くろもんぐち》まで送ってくれたのが佐渡出身の持田というお侍だった。娘さんがいるとおっしゃっておられた。私は、戦争が終わった後、上野の山に行ったが、哀《あわ》れにもそのお侍はお亡くなりになっていた……」

喜八郎は、しんみりとした気持ちになった。上野の山に無惨《むざん》に転がっていた侍たちの死体を思い出していた。

「そうだったのですか。あのお侍さんが……。旦那はご自分がお売りになった鉄砲で、持田様がお亡くなりになったと……」

「常吉、それを言うな」

喜八郎は、涙を拭《ぬぐ》った。

「申し訳ありません。そうしますとあの娘御と旦那がお出会いになったのは、運命ということになりますな」

常吉はしみじみと言った。

「これは亡き持田氏が、あの娘御を俺に託《たく》されたとしか思えない。なにごとも一期《いちご》一会《いちえ》だ。俺は、あの娘御をこの大倉喜八郎の嫁として正式に迎え入れることにする。常吉、悪いがたま子を呼んでくれ」

喜八郎は、たま子に訳を説明し、理解してもらうつもりだ。こんなことは早い方がいい。

「旦那……」

常吉が困惑《こんわく》している。

「頼む、ここに呼んでくれ」

喜八郎は強く言った。

「わかりました」

常吉は、しぶしぶ立ちあがり座敷を出て行った。

喜八郎は、腕を組み、庭を見つめていた。女性を見て、苦しいほど胸が騒いだ。あのような経験は初めてだった。あれは運命のなせる業《わざ》だったのだ。

「旦那、たまちゃんをお連れしました」

常吉は、「さあ」とたま子を喜八郎の前に座らせた。たま子は、硬い表情だ。

喜八郎の性格を知り尽くしているたま子にとって、今から何が始まるのかは十分にわかっている。こうと決めたら、まっすぐに進んでしまう喜八郎。縁あって夫婦同然の暮らしをしているが、これから喜八郎がさらなる高みに向かっていくためには、自分が一歩退《ひ》かねばならないことも理解していた。

喜八郎はたま子を目の前にして、これ以上ないほど大げさに両手を上にあげ、それをどっと畳《たたみ》につくと、頭を下げた。

「すまん」

喜八郎は大声で言った。

たま子は、あまりの大仰《おおぎょう》さに「うふふ」と笑みをこぼしてしまった。

喜八郎は顔を上げ、上目遣《うわめづか》いにたま子の様子をうかがい、にんまりとした。

「どうなされました。そのように謝っていただくようなことをなさいましたのか」

「たま子、俺は、嫁を貰《もら》う」

「上野でお会いになったとおっしゃっていたお嬢様ですか？」

「そうだ。常吉が調べてくれたら、運命だった」

喜八郎が真面目な顔になった。

「運命とは？　えらくご大層ですが」

「あの娘御の父親は、私が殺したも同然なのだ」

喜八郎の言葉に、たま子の表情が緊張した。

「どういう訳でございますか」

「俺は、官軍に鉄砲を売った。官軍は、それを使って上野の山にこもる彰義隊を攻撃した。あの娘御の父親と俺は面識があるんだ。上野の山から戻る時、黒門口まで案内してくれたのが、父親の持田様だ。翌日、上野の山に行った時には、鉄砲に当たってお亡くなりになっていた。俺は、その見開いた目を閉じてきたんだ。持田様は、娘がいるとおっしゃっていた。それがあの娘御だ」

喜八郎は一気に話し、頭を畳に擦《こす》りつけて「だから頼む」と言った。

「旦那様、頭をお上げください。そんな縁のあるお方であれば、ぜひにも旦那様の奥様になっていただかなくてはなりません」

「そう思うか」

喜八郎は、ほっとした顔になり、たま子ににじり寄った。

「そう思います。正式にお使いを出し、先方にお願いなされませ」

たま子はほほ笑《え》んだ。

「たまちゃん……」

そばに控えていた常吉が思わず呟き、洟《はな》をすすった。

「いいのよ、常吉さん」

たま子は、優しい笑みを常吉に投げた。

「それでいいのかい。お前さんは、旦那のお妾さんということになるんだよ」

常吉は、たま子の気丈《きじょう》さが哀れになり、目の周りを赤くしている。

「私はどんな立場であろうと、旦那様の近くにいられるだけで、いいのよ」

たま子は言った。

「たま子、悪いのう。しかし敷地のそばにお前の家をつくり、そこに住まわせるから、許せ。もしも娘御が嫁になってくれたら、たま子と仲良くやってくれると思うから」

喜八郎は悪びれずに言った。

渋沢栄一《しぶさわえいいち》など実業家の多くは、妻以外の、いわゆる妾と呼ばれる女性を自分の屋敷の敷地内に住まわせ、本妻と共に家事を執《と》らせている。

女性の気持ちを考えたら、非常に問題が多い行動だが、この時代、世間から非難されることはなかった。

「旦那」

「なんだ、常吉」

「たまちゃんを不幸にしたら承知しませんよ」

常吉は眉間《みけん》に皺《しわ》を寄せた。

「そんな難しい顔をするな。そんなことはわかっている」

喜八郎は言った。

「それでは私が、持田様のところへ使者として参ります。でも旦那。相手様は、まだ十七歳ですぜ。旦那は三十九歳。その差は、二十二歳。いくら旦那がご立派な方でも、先方はおいそれとご承諾《しようだく》されるかどうか……」

常吉は、わざとらしく首を傾げた。

「常吉さん、お願いします」

たま子が頭を下げ、同時に目頭《めがしら》を押さえた。

喜八郎がたま子を見つめた。

たま子の目が真っ赤に染まっている。涙が溢れている。

「ちょっと大きなゴミが入っただけでございます。すぐによくなります」

たま子は、再び、目頭を押さえた。

喜八郎は、たま子に心の中で手を合わせた。

常吉は喜八郎の意を受けて、持田とめと、徳子を貰い受ける相談を始めた。

しかし、なかなか持田家側では承知しなかった。喜八郎は、日本の長者番付に、小さくではあるが記載されるまでになっていた。しかし年の差があまりにありすぎる。

「なかなか難しいですな」

常吉は、喜八郎に伝えた。

喜八郎は常吉に任せることではないと、自分で持田家に乗り込んで行った。

それでも、なかなか上手《うま》くことは運ばなかった。

「常吉、縁がないのかな」

喜八郎にしてみれば、珍しく弱気になった。仕事では強気一辺倒であるのに、恋の道は、強気ばかりでは上手くいかない。

「私が参りましょう。常吉さん、徳子さんとやらに直接、会わせてくださいませ」

弱り切った喜八郎の側で、たま子が毅然《きぜん》と言った。

「たま子……」

喜八郎は驚き、言葉にならない。

「たまちゃん……」

常吉も同じく目を見開いて、たま子を見た。

「二人とも何を驚いていなさるの。旦那様のことを一番知りぬいている私が、徳子さんとやらを説得してみせるわ」

「そりゃ、やめた方がいい。喧嘩《けんか》になっちまう」

「喧嘩なんかしないわ。旦那様をよろしくとお願いするの。こんなことができるのは、女を大事にしてくださるからよ。そのことがわかれば、徳子さんも分別がつくというものよ」

たま子は、強気で言った。

喜八郎は、腕組みをし、じっと考えていた。

「旦那、どうします。ああ言っていますが」

常吉は弱り切った口調で言った。

「たま子、本気か」

「私は、本気です。今まで旦那様と一緒に歩いてきました。これから旦那様が、一層、飛躍されるために、私は一歩退く決意をしました。女の思いは複雑でございます。そうまでしても旦那様を今以上の男にしたいと願う、私のような女を見たら、徳子様の頑《かたく》なな心も動こうというものでしょう」

たま子は、真剣な目つきで喜八郎を見つめた。

「たま子、こう言うのもなんだが、ここはお前にすがる。常吉、手配してくれ」

喜八郎は言った。

「わかりました。たまちゃんに今回のことは任せやしょう」

常吉は、感激したのか、涙を滲《にじ》ませ、洟をすすりあげた。

「よく決意したね、たまちゃん」

「常吉さん、頼みましたよ」

常吉は、たま子と連れだって、持田家に行き、徳子に会った。

「後は、私に」

たま子は、常吉を徳子との話の場から外《はず》した。そして徳子と向かい合った。

十七歳の若さとは思えぬしっかりした女性だとたま子は思った。この女性なら、喜八郎を任せることができると確信した。

「大倉喜八郎という男を育ててくださいませんか」

たま子は徳子をまっすぐに見つめて言った。

徳子は、無言だ。

「女の幸せは、殿方《とのがた》を育てることです。それは母親が子を育てるも同然です。たまたま縁あって、大倉喜八郎があなた様を見初《みそ》めました。ぜひに妻として迎えたいと願っておいでです。育て甲斐のある殿方です。よろしくお願いいたします」

たま子は、頭を下げた。

「あなたは如何《いかが》なさるのですか」

徳子は冷静な口調で聞いた。

「今まで大倉喜八郎という殿方を支えてこられたことを誇《ほこ》りに、姿を消すつもりです。私の役割はここで終えさせていただきます」

たま子は、きっぱりと言った。

喜八郎は、自分の敷地近くにたま子の住まいをつくると言ってくれたが、断るつもりだ。子どもたちと、どこかで離れて暮らしたい。

「そうですか。そんなに素晴《すば》らしい殿方でいらっしゃいますか」

「はい。必ず日本一の人物におなりになる方と思っております。私は、そのような殿方と一時期でも暮らせたことを幸せに思います」

たま子は、目頭が熱くなるのを抑えられなかった。

「わかりました。あなた様が、それほどまでにおっしゃるなら、女の言う言葉ではないかもしれませんが、その大倉喜八郎という殿方に賭《か》けてみましょう」

徳子は軽やかにほほ笑んだ。

「ありがとうございます。これで私も安心いたしました」

たま子は静かに頭を下げた。

「ただし、条件がございます」

「なんでございますか」

「できれば、何かとご相談できる近くに住んでいただけないでしょうか」

徳子の言葉に、たま子は驚いた。

「それはまたどうしてでございますか」

「お噂《うわさ》では、大倉様は、たいそうな冒険家でいらっしゃるとか。気苦労が絶えない気がいたします。ならばあなた様のような方が、私の良き相談相手となってくださればと思うのです。勿論《もちろん》、あなた様さえよろしければ、のことでございますが……」

徳子はたま子を見つめた。

たま子は、徳子の真意を推《お》し量《はか》った。決して思いつきで言っているのではない。深く、聡明《そうめい》な瞳《ひとみ》がそのことを物語っている。

「承知いたしました。あなた様のご相談を承《うけたまわ》ることができる辺りに住まうことにいたします」

たま子は答えた。

二人の笑い声が部屋から聞こえてくる。常吉は、怪訝そうな顔で部屋を覗《のぞ》き込んだ。たま子と徳子が楽しげに話している。

「お二人とも、お仲がよろしいようで……」

喧嘩にでもなるのではないかと心配していた常吉は、あっけにとられていた。

「徳子様が承知をしてくださいましたよ」

たま子は楽しげに言った。

「そりゃあ、ようござんした」

常吉は、喜びで相好《そうごう》を崩した。同時に、たま子の気持ちを慮《おもんぱか》って、悲しみが込み上げ、洟をすすりあげた。

「常吉さん、汚いわよ」

たま子が言った。徳子が声を出して笑った。

「旦那が羨《うらや》ましいね。こんないい女たちに囲まれて……」

常吉は笑みを浮かべて呟いた。


徳子が喜八郎との結婚を納得したことで、母親のとめの説得も上手くいった。

喜八郎は決して派手ではない、身内だけの結婚式を挙げ、持田徳子を妻として迎え、明治八年（一八七五年）五月十七日に入籍《にゆうせき》した。

初めて徳子と二人きりになった夜、喜八郎は上野の山で徳子の父に出会い、世話になったとだけ話した。徳子は何も言わず、静かに喜八郎の話を聞いていた。

「妻を迎えた以上、今まで以上に頑張るぞ」

喜八郎の言葉を徳子は静かに聞いていた。

3

「大倉殿、朝鮮に興味はないか。貴殿《きでん》は朝鮮との貿易を担《にな》う気はないか」

内務卿《ないむきょう》大久保利通《としみち》は、喜八郎に言った。

大久保は、困っていた。

明治八年九月二十日に江華島《こうかとう》事件が起きた。朝鮮江華島沖で砲撃を受けた日本の軍艦雲揚《うんよう》が応戦し、砲台を破壊した。事件は、外交交渉の場に移され、翌九年二月二十六日、日朝修好条規（江華島条約）が締結《ていけつ》された。

この砲撃戦は偶然に起きたわけではない。当時、大久保は、征韓論《せいかんろん》を抑えるために台湾出兵を強引に行ったが、特にめぼしい成果もなく撤兵《てっぺい》することになってしまった。鹿児島県を中心に、大久保に対する非難の声が大きくなり、またもや征韓論が台頭《たいとう》してきた。

大久保は、彼らの不満や国内の不穏《ふおん》な空気を抑えるためにも、朝鮮を無理やり開国させる必要に迫られていた。

そこで朝鮮の江華島周辺に日本の軍艦を侵入《しんにゅう》させ、朝鮮側を挑発したのだ。

締結された条約は、日本が欧米諸外国と結んだ条約と同じく、関税免除特権や領事裁判権を含む不平等条約だった。急速に欧米化しつつあった政府は、かつての日本のように旧弊《きゅうへい》に囚《とら》われている朝鮮などアジアの国々へは、欧米のように強圧的に臨《のぞ》んだのだ。

この結果、朝鮮は釜山《プサン》港を開港することになった。

しかし、ここでも大久保のもくろみは外れた。誰も朝鮮貿易に乗り出そうとする商人がいないのだ。

当時、朝鮮は、開国派と鎖国《さこく》派に分かれ、内戦状態とも言える混乱の中にあった。そのため、ひどい飢饉《ききん》となり、庶民は飢えていた。

大久保は、朝鮮の開国を迫る際、日本から米を自由に輸入すれば、飢饉が収まると説得した手前、なんとしても朝鮮との貿易を盛んにする必要に迫られていた。

一方、喜八郎も焦《あせ》っていた。征台の役《えき》で、政府の重鎮《じゅうちん》である大久保や木戸と関係を深めたとはいえ、岩崎弥太郎《やたろう》の三菱商会には一歩も二歩も後《おく》れていた。

三菱は、薩長派閥《さっちょうはばつ》に深く食い込み、船舶航路を順調に開拓していた。朝鮮貿易に関しても、日本・朝鮮間の定期航路を三菱が独占していた。

他の商人が、なぜ朝鮮との貿易に尻込《しりご》みするのか。日本の経済が未発達であり、それほど海外に目を向けていなかったこと、そしてなによりも日本が軍事力で無理やり開国を迫ったので、朝鮮国内で日本への反発が強いことが原因だろう。そんな危ないところと貿易をしても、どれだけ利があるかわからない。

喜八郎は、これは大倉組が飛躍するチャンスだと考えた。

俺はやる。やってやる。

俺は、戦争とともに大きくなった。戦争は危険が伴う。自分の命さえ危《あや》うくなる。いつも一か八《ばち》かだ。上野戦争、征台の役、そして今回の朝鮮開国のための江華島沖砲撃事件……。戦争はこれからも続く。その度《たび》に命知らずの俺が重用《ちょうよう》される。これも致し方あるまい。三菱に伍《ご》して戦っていくためには、常道《じょうどう》を歩んでいるばかりではダメだ。

喜八郎は、大久保の顔を見た。沈痛《ちんつう》な面持《おもも》ちだ。ただでさえ愉快そうな人ではない。いつも難しい顔をしている。

国内では不平士族が反乱を続けている。薩摩《さつま》に帰った幼馴染《おさななじみ》の西郷隆盛《さいごうたかもり》の動向も不穏だ。まさに大久保は、内憂外患《ないゆうがいかん》の渦中《かちゅう》にあった。

征台の役において大久保に頼まれ、人夫らを台湾に送り込んだが、多くが台湾病に倒れ、喜八郎は大損害を受けた。しかし、大久保の信頼は、しっかりと獲得していた。何があっても大久保の信頼に応《こた》え続けることが、飛躍するためには必要だ。

「興味がございます。私は、台湾、朝鮮、そして中国へと大倉組の仕事を広げたいと思っております。これから日本が発展していくには、アジアと一体にならねばなりません。アジアとともに歩まねばならないと思います。微力《びりょく》ではありますが、日朝貿易にこの身を捧《ささ》げたいと思います」

喜八郎は、自分の夢を語りつつ、大久保の申し出を受けると答えた。

「よく言ってくれた。いつも、すまない」

大久保は喜八郎の手を取って、「ありがたい」と繰り返した。

4

喜八郎は、常吉を伴って渋沢栄一に会いに行った。

渋沢とは、ほぼ同世代だ。喜八郎の方が三歳年上ではあるが、喜八郎は渋沢の才能を高く評価していた。

渋沢は喜八郎と違い、生粋《きっすい》の商人ではない。

埼玉の藍《あい》を扱う豪農豪商の出身だが、尊王攘夷《そんのうじょうい》運動に身を投じた後は、最後の将軍となる一橋慶喜《ひとつばしよしのぶ》に仕《つか》え、その弟、昭武《あきたけ》とともにパリ万博《ばんぱく》に同行し、ヨーロッパの先進的文化を吸収してきた男だ。

渋沢は、商人の地位を上げようと考えていた。

ヨーロッパでは、武士も商人も対等だった。そのことに衝撃を受けていた。議会でも、ありとあらゆるパーティでも、国王の前でも、商人だからといって誰も卑下《ひげ》しない。むしろ商人であることに誇りを持っているし、周囲も商人を尊敬している。

なんと日本と違うことか。

渋沢は嘆いた。その時、将軍に仕える身だった渋沢は、武士のように振る舞ったのだが、元来《がんらい》は藍商人の血が流れている。その商人の血が、ヨーロッパに来て騒いだのだ。

明治になり、渋沢は大蔵省に出仕し、大隈重信《おおくましげのぶ》、井上馨《かおる》らとともに税制、貨幣制度、銀行条例など数々の新制度を定めて、日本の近代化に力を注いだ。

明治四年（一八七一年）に、政府内で財政をめぐり、激しい意見対立が起きた。

政府は江戸末期に混乱した通貨を統合し、財政を確立することに腐心《ふしん》していたが、その中心人物であった渋沢は、「入《い》るを量《はか》りて出《い》ずるを為《な》す」との財政均衡《きんこう》の考え方をもっていた。

ところが、国家の拡張を図る大隈重信に対して大蔵卿《きょう》になった大久保は、軍事予算の拡張を望んだために対立することになった。この時は、上司である井上馨に諭《さと》され、渋沢は辞表の提出を思いとどまった。

この頃、渋沢は、国立銀行条例の制定に全力を注《そそ》いでいた。「バンク」の訳語として「銀行」を当てたのは渋沢だった。

渋沢は、財政を健全化させ、余剰金《よじょうきん》を正貨で蓄積《ちくせき》し、それを元に銀行をつくれば、産業を興《おこ》すことができ、国家が富《と》むと考えていた。徒《いたずら》に軍備を拡張して、外に拡大することには反対だった。

ようやく渋沢が心血《しんけつ》を注いだ国立銀行条例が、明治五年（一八七二年）十一月十五日に公布された。早速、渋沢は、三井と小野組を指導して第一国立銀行を開業させたのだが、渋沢は不満だった。商人は、相変わらず政府役人に対しては卑屈《ひくつ》で、ただ頭を下げるばかり。新しい制度を制定しても、進取《しんしゅ》の気風を持って取り組もうとする人材が現れない。

渋沢は、自惚《うぬぼ》れかもしれないと思いつつも、自分がやった方がいいのではないかと考え始めていた。

再び政府内では、財政問題での対立が激しくなった。大久保のみならず、司法卿の江藤新平《えとうしんぺい》、それにあろうことか、かつて大蔵大輔であり、渋沢とともに新しい金融、財政の制度をつくってきた大隈重信までが、渋沢の考え方に反対を唱えてきた。

こうなっては、官に留《とど》まる意味はない。渋沢は、大蔵大輔井上馨とともに職を辞し、野《や》に下《くだ》った。明治六年（一八七三年）のことだ。

渋沢は、水を得た魚のように八面六臂《はちめんろっぴ》の活躍を始めた。

喜八郎が、渋沢と初めて会ったのは、日本橋本町《ほんちょう》の洋服店に渋沢がコートなどをつくりに来た時だ。

喜八郎は、渋沢を認めた。同時に、当時は大蔵省の役人であったが、渋沢も喜八郎を認め、意気投合したのだった。

喜八郎は、商人が強くならなければ、国家が富むことはないという渋沢の考え方に共鳴していた。一方の渋沢は、喜八郎の中にある、利を優先する商人ではあるが、利以上に国家のために役立ちたいという強い熱意を感じていた。以前にも増して喜八郎との関係は深まった。明治八年には共に東京会議所の肝煎《きもいり》になり、活動を開始した。

喜八郎にとって、安田善次郎《ぜんじろう》と並ぶ盟友となったのが渋沢栄一だった。

「今度、朝鮮に行くことになりました」

喜八郎は渋沢に言った。

「朝鮮ですか。あの江華島事件ですね」

渋沢は硬い表情で答えた。大久保が引き起こしたとも言える事件だからだ。大久保は、不平武士を抑えるために、国家の拡張を急いでいる。これでは財政はいずれ立ち行かなくなる。下野しても、渋沢はそのことが気がかりだった。

「旦那、今度は朝鮮ですか」

常吉は、初めて聞く話に驚いた。

「そうだ。お前にも行ってもらう」

喜八郎は、平然と答えた。

「ええ、そりゃ、勘弁《かんべん》してくださいよ」

常吉の慌てる様子に、喜八郎、渋沢が共に大声で笑った。

「大久保さんに頼まれましたか」

「はい。頼まれました。誰も朝鮮貿易を担ってくれないと困っておいでででした」

喜八郎は穏《おだ》やかにほほ笑んだ。

「そうでしょうな。どれだけの利が見込めるかわからないことには、誰も投資しません。喜八郎さん以外にはね」

渋沢もほほ笑んだ。

「朝鮮は飢饉で苦しんでおります。まずは貿易というものが、どれだけ国を豊かにし、民衆を救うことができるものかということを朝鮮の人たちにわかってもらうつもりです。私は大久保さんに頼まれて朝鮮の貿易を担いますが、我が身の利益ばかり考えているわけではありません。このお役目は必ず朝鮮の人たちの利益にもなると確信しています」

喜八郎は抱負《ほうふ》を語った。

「喜八郎さん、よく朝鮮を見て来てください。私は、朝鮮にも銀行や為替《かわせ》交換所などが必要であろうと考えています。ぜひ一緒にやりましょう」

渋沢は喜八郎の手を強く握りしめた。

「私は、外国との商売こそが日本の生きる道だと思っております。それには定期航路が必要です。現在のように三菱だけに独占させるわけにはいきません。政府に要望するつもりです。渋沢さん、ご支援ください」

喜八郎の頭の中には、日本とアジアの国々を結ぶ定期航路の太い線が描かれていた。

明治九年（一八七六年）十月、大倉組は、ロンドンに続いて釜山に支店を開設した。

「徳子、朝鮮に行くぞ。その次は大陸だ」

喜八郎は、まだ家に落ち着かぬ新妻《にいづま》に言った。

徳子は、静かに笑みを浮かべ、「はい」とだけ答えた。

自分の意志が道を拓く

1

常吉《つねきち》が、じっと喜八郎《きはちろう》を見つめていた。喜八郎は、また冒険に命を捧《ささ》げようとしている。今や妻も子もある身だ。少しは大人しく商売をしてくれればいいものを、と、常吉の目は語りかけているようだった。

「なあ、この仕事はやらねばならないんだ。命をかけてもな。それが商人というものだ」

喜八郎の決意は固かった。

喜八郎は、朝鮮の釜山《プサン》に大倉組の支店を開設し、飢饉《ききん》に苦しむ朝鮮から米麦《べいばく》一万石《ごく》の注文を受けた。

ところが折り悪《あ》しく明治十年（一八七七年）二月十五日に、鹿児島県に下野《げや》していた西郷隆盛《さいごうたかもり》が決起し、西南戦争が勃発《ぼっぱつ》した。

前年の明治九年（一八七六年）には神風連《じんぷうれん》の乱、秋月《あきづき》の乱、萩《はぎ》の乱と立て続けに政府に不満を募《つの》らす不平士族が反乱を起こしていた。政府は、なんとかそれらを鎮《ちん》圧《あつ》したものの、次は西郷が反乱を起こすのではないかと恐れていた。そして予想通りの事態となった。

このため朝鮮に米を運ぶ船が政府に徴用《ちょうよう》され、喜八郎は代わりに和船で運ぼうとして、無惨《むざん》にも失敗していた。

また大倉組が政府軍の陸軍御用達《ごようたし》に命じられたため、喜八郎自身が直接、九州の戦地に乗り込み、米や梅干しの調達に当たっていた。

しかし、この間《かん》も朝鮮のことが気にかかっていた。早く約束の米麦を送らねば、朝鮮の人々は飢えに苦しみ続けるに違いない。そう思うと喜八郎は、いてもたってもいられず、外務権大書記官《ごんのだいしょきかん》渡辺洪基《ひろもと》を通じて、政府に米麦を運ぶ傭船《ようせん》の要望書を提出した。

要望書の中で、喜八郎は、朝鮮が未曽有《みぞう》の飢饉に陥《おちい》っている時に米麦を送ることは、朝鮮の人々に貿易の実利を理解してもらえる好機であるので、大倉組が運賃を負担するから、とにかく船を用立ててもらいたいこと、さらに長期的視点から、日朝間に常時、蒸気船を一艘《そう》就航させること、朝鮮に紙幣《しへい》や銀貨などの為替《かわせ》交換所を設置することなどを建議した。

渡辺は後に東京帝国大学の初代総長に就任するほど、聡明で、勉強好きの男だが、喜八郎とは岩倉使節団で洋行中に知り合った。喜八郎の破天荒《はてんこう》さ、正直さを気に入っていた。朝鮮貿易にかける喜八郎の熱意を買った渡辺は、外務卿《きょう》寺島宗則《むねのり》に要望書を提出する。それを寺島は内務卿大久保利通《としみち》に提出した。

京都にいた大久保は、喜八郎の要望書を政府高官の会議に諮《はか》った。ところが西南戦争の戦況がいまだ不透明な中、傭船は認められないとする意見が多い。大久保は、それらの意見に対して「九州の内乱は、つまり一揆《いっき》である。内乱があるからといって、隣邦《りんぽう》の危機を救わないのは善隣《ぜんりん》の誼《よしみ》ではない」と強く主張して、朝鮮への米麦の輸出を決定した。大久保は、すぐに喜八郎を呼んだ。

「大倉殿、安堵《あんど》なさい。貴殿《きでん》のご要望である朝鮮への米麦の輸出は許可になったぞ。政府の船、瓊浦丸《たまうらまる》をお使いください」

目の前で平伏《へいふく》する喜八郎に大久保は言った。

喜八郎は、喜びを顔いっぱいに溢《あふ》れさせ、大久保を見上げた。

「あなたには羅紗《らしゃ》製造や台湾でご迷惑をおかけしましたからね」

大久保は、その厳しい顔を僅《わず》かにほころばせた。

喜八郎のアイデアだった毛織機械輸入計画を政府が横取りしてしまったり、台湾出兵に際し、大倉組に大きな損をさせてしまったことに対する、大久保なりの詫《わ》びの思いだった。

「西南の役《えき》で大変な時に、本当に勝手を申し上げました。喜八郎、命をかけて朝鮮との友好を図ってまいります」

「お願いしますよ。このような時に頼りになるのは、あなただけだ」

「わかりました。お任せください」

喜八郎は、全身の血がたぎる思いだった。

「吉《きち》は、死にますね」

ふと、大久保は顔を曇《くも》らせた。

喜八郎は、聞き慣れない名前に心を動かされた。西郷隆盛の若き頃の名前だ。

喜八郎は、大久保の立場を慮《おもんぱか》って言葉を発することができなかった。大久保と西郷は、若い頃から共に新しい国づくりのために戦ってきた。今、その二人が争うことになった。

「内乱は、これで終わります。全《すべ》て、吉が持って行ってくれるでしょう。本当に身勝手な男です。大倉殿、日本がぐずぐずしていたら、欧米はアジアを支配してしまいます。私たちは奴隷《どれい》にされます。それだけは防がねばなりません」

大久保は悲しみを押し殺したような口調で言った。

「内乱は終わりますか？」

「終わります。終えねばなりません。ぐずぐずしてはいられないのです」

大久保は、再び厳しい表情になった。

西郷隆盛は、不平士族を全て引き連れて決起した。やっと死に場所を見つけたのだ。大久保は、それが悲しくてたまらないのだろう。

「さあ、一刻の猶予《ゆうよ》もありません。朝鮮に向かってください」

大久保は、喜八郎を促《うなが》した。

「なにも自分で朝鮮に行かなくてもよろしいのではと申し上げているのです。かの地は、飢饉で人が人を喰《く》っているような状態だと言います。そんなところにわざわざ」

常吉は眉根《まゆね》を寄せて、ぐずぐずと文句とも意見ともつかぬことを言った。

「もう言うな。商人とはな、約束が命だ。約束を守らぬ人間は商人ではない。約束を守ることが信用になる。それが商人の土台だ。私は、朝鮮の人々に米麦を送ると約束をした。その約束をなんとしてでも果たさねばならない。その思いが大久保様に通じたのだ。大久保様は私を信用してくださった。それに応《こた》えるのは人間として当然だ」

喜八郎は強く言った。

「でも、誰かに運ばせればいいではないですか」

「まだ言うのか。大事な米麦が、一粒も残すことなく朝鮮の人に届けられたかどうか、それをこの目で確認するのも、商人の役目だ」

喜八郎は、大きく目を見開き、その目を指差した。

「わかりました。もう何も申しません。とにかくご無事でお戻りください。徳子《とくこ》様も、たまちゃんも待っていますから」

常吉は諦《あきら》めたように言った。

喜八郎は、神戸港に停泊していた瓊浦丸に米麦を積み込み、朝鮮に向かった。

「なんと酷《ひど》い……」

喜八郎は釜山港で米麦を降ろしながら、周辺を見て回った。

そこには餓死《がし》した死体が山と積まれ、道路のあちこちにも死体が放置されていた。

荷降ろしを監視している役人の周りに、餓死寸前のやせ衰えた人がまつわりついた。なにかを叫びながら、役人は、手に持った鞭《むち》で、痩《や》せた人を打った。皮膚が破れ、血がほとばしり、骨が剝《む》きだしになった。喜八郎は、思わず駆けより、「やめなさい」と叫び、役人の鞭を摑《つか》んだ。

「何をする！」

「鞭打つのをやめなさい。私は日本からはるばる、この人たちを助けるために米や麦を届けに来た。とにかく一日でも早くこれらを与えなさい。それがあなたの仕事だ」

喜八郎は、目に涙を溢れさせて訴えた。そして米を詰めた袋を、役人から取り上げた鞭の柄《え》の部分で突き破った。米がこぼれ出た。その米に向かって人々が集まって来る。

「お前、何をする！」

役人が怒鳴《どな》った。

「心配するな。私は日本の商人だ。この米の代金は差っ引いておくから」

喜八郎は、鞭を役人につき返した。地に溢れた米に、痩せた人々が蟻《あり》のように群がってくる。

「政治が悪いと、こうなる。日本はこうなってはいけない」

喜八郎は、大久保の顔を思い浮かべた。

喜八郎は、熱心に朝鮮の実情を調査した。朝鮮の物産は貿易する価値が十分あったが、この地に必要なのは、金融機関や交通、輸送手段だと確信した。

ふと港を見ると、瓊浦丸が港に見えない。白い波を残して、もはや点にしか見えない。

「おーい！」

叫んだが、後の祭りだ。船は、西南の役に使われるため帰国を急いでいたのだ。そのため喜八郎を乗せ忘れてしまった。

「こんなことをしていられない」

喜八郎は帰国を急ぐことにした。西南の役のことが心配であり、今回のことで尽《じん》力《りょく》してくれた大久保に、朝鮮の実情を報告しなければならない。

船を待っても来るはずがない。こういう時の喜八郎の決断は早い。港に停泊していた小さな漁船をすぐに借りた。

対馬《つしま》まで行けば、後はなんとかなる。そこからは博多まで船が出ている。

「頼んだぞ」

喜八郎は漁船に乗り込んだ。

対馬へ向かうなど、無謀なことは承知の上だ。漁師は驚き呆《あき》れた顔をした。

海は凪《な》いでいた。このまま順調に対馬まで行くと思われた。ところがしばらくすると、急に冷たい風が吹いて来て、波が荒くなる。船べりに波が打ち寄せ、白い泡が立つ。小さな漁船は波に煽《あお》られ、木の葉のように揺れ始めた。そのうち波が甲板《かんぱん》を洗い、時には、船の帆《ほ》よりも遥《はる》かに高い波が押し寄せて来る。雨が降り出し、徐々に激しくなる。夜の帳《とばり》につつまれると、辺りは、真っ暗になった。海獣《かいじゅう》が叫んでいるような、ものすごい波の音が響いている。心臓が止まりそうになるほどの恐ろしさだ。

「旦那《だんな》、泳げますか」

船長が喜八郎に聞いた。

波の音にかき消されないように大きな声で答える。

「泳ぎなど、知らん」

「それなら仕方がないですな。帆柱に身体《からだ》を縛《しば》らせてもらいます。海に投げ出されたら、お終《しま》いですからね」

船長は、喜八郎の身体をロープで帆柱に縛り付けた。

船は、ますます波にもてあそばれ、バラバラになってしまいそうだ。喜八郎は縛られ、身動きがとれないまま、高い波の頂上にまで持ち上げられたかと思うと、一気につき落とされた。今度ばかりはダメかと思う時もたびたびだった。

しかし、そのたびに、「俺は、運がいい」と自分に言い聞かせた。今までどんな死地も切り抜けて来たではないか……。

意識が遠のきそうになる頃、ようやく波が静まり、空が白《しら》み始めた。目の前に島影が見えた。

「旦那、対馬、対馬が見えました。助かりましたよ」

船長が言った。

「助かったか……」

喜八郎は、安心すると、急に瞼《まぶた》が重くなり、眠りに落ちた。

2

九月二十四日、西郷隆盛が城山《しろやま》にこもり、自刃《じじん》した。西南戦争は終わった。

喜八郎が道を拓《ひら》いた朝鮮貿易は、ますます盛んになってきた。海上輸送は三菱《みつびし》が握っていたが、西南の役で中断されていた定期船が再開された。為替交換所は、渋《しぶ》沢栄一《さわえいいち》が仕切る第一国立銀行が担《にな》うことになった。喜八郎は、建議した定期船の常時就航や為替交換所を傘下《さんか》に収めることはできなかったが、釜山支店を拠点にして貿易活動を活発化させていた。

「旦那」

常吉が鬱陶《うっとう》しそうな表情で近づいてきた。

「どうした？」

喜八郎は、常吉の表情が気になった。いつもはこちらが呆れるほど快活な振る舞いをする。以前は、尻《しり》っぱしょりで、岡《おか》っ引《ぴ》きとして江戸の町で十手《じって》を振り回していたとは、誰も想像ができない。

「いやねぇ。気になるんです」

上目遣《うわめづか》いで見る。

「何が？」

「旦那の評判」

他の従業員は、喜八郎のことを頭取《とうどり》とかご主人様と呼ぶが、常吉だけは旦那と呼ぶ。喜八郎もそれを許していた。

「俺の評判かい？」

「そうです」

「いい評判なのかい？」

喜八郎の問いかけに、常吉は眉根を寄せて、何か苦《にが》い物でも口にしたような顔をした。

「はっきり言ってよかぁないんです。こうして今や、持丸長者番付《もちまるちょうじゃばんづけ》にも名前を連ねるようになられたのに、一向に評判はよくねぇ。むしろ昔の方が、あまりご出世されていない時代の方が良かった。今や、西南戦争で儲《もう》けただの、朝鮮で儲けただの、さんざんです。俺は悔《くや》しくって」

常吉は悔しさを、身体を捩《よじ》って表した。

「ははは」

喜八郎は笑った。

「世間とはそんなものだ。出世をすれば妬《ねた》むようにできている。何もしない者は妬まれたり、恨《うら》まれたりしない」

「そうは言ってもね、旦那」

常吉は恨めしそうに喜八郎を見つめた。

「なあ、常吉。商人とは足らずを埋めるのを生業《なりわい》にしている。あっちで余っているものを、足りないこっちに回しているんだ。世間では、ただそれだけで口銭《こうせん》を取っている不届き者が商人だと言う輩《やから》もいる。しかし足らずを埋めることも容易ではない。そう思わないか」

常吉は、大きく頷《うなず》く。喜八郎が命がけで商売をしているのを知っているからだ。

「相手が必要としている物を知らなければならない。仕入先にはご迷惑がかからぬように早めにお支払いをして、信用を得ねばならない。できるだけ安く仕入れて、自分の利益は薄くとも相手が喜ぶ価格で提供しなければならない。その品物は、きっちりと相手に受け渡さねばならない。これだけの気遣《きづか》いをして、やっと商人として一人前だ」

「旦那のお考えはよくわかります。しかし、戦争で儲けていると悪く言う連中が多くて困ります」

「今、この国で何もかもが足りないのは政府だ。いまだ、西欧から見れば、よちよち歩きのひよこのようなものだ。だから俺があちこちから足りないものを埋めてやろうとしている。朝鮮も台湾も同じだ。みんな足りないから、俺が埋めてやるんだ。戦争で儲けているのは、言われてみると、その通りだ。しかし、戦争が続いて商売が盛んになるわけがない。商売は、平和であってこそ儲かるんだ。今は、政府の御用が多いが、いずれ平和になれば人々の用事が増えてくる。そういうものだ。それに常吉、商売が盛んになれば戦争はなくなるんだ」

「戦争がなくなるんですか？」

常吉が驚いたように目を見張った。

「商売は、武器を売ったり、兵隊の食料を調達したりするばかりじゃない。今は、それを頼まれることが多いだけだ。だけど朝鮮との間で商売が盛んになれば、朝鮮と戦争なんかできやしない。お互い、物を売ったり、買ったりするのに喧嘩《けんか》するわけにはいかない。台湾、清《しん》国、みんなそうだ。商売が盛んになることが平和になるってことだ。今は、日本は、やっと西欧の尻尾《しっぽ》にぶら下がった。もっと立派な国になって朝鮮や台湾や清国の手本にならないといけない」

「でも政府のお役人は、朝鮮や清国や台湾に、なんだか喧嘩腰で迫っているように見えますぜ」

常吉は、世間の情報に鋭い。それがもともとの生業《なりわい》だからだ。政府が台湾を攻めたり、朝鮮を武力で開国させようとしたりしていることを批判的に見ている。

喜八郎は、ふっと悲しい顔をして、「お前の言うことは一理ある。しかし、今は、いち早く西欧と並ぼうと決意した日本が、欧米の喰いものにされる前に朝鮮や清国を変えていかねばならないんだ。俺は、朝鮮の飢饉の惨状を見た。人が人を喰っているような有様《ありさま》だった。そこを太った役人が笑いながら歩いている。徳川様の時代でもそんなことはなかった。それは朝鮮の政治が悪いからだ。こんな政治は日本が変えてやらねばならない。俺はそう思う。いずれ、俺が朝鮮との商売を盛んにすれば、日本政府も無理なことは言わなくなるさ」と言った。

「わかりやした。旦那の評判が悪いのは、一時的なことだと思いやしょう。旦那にゃ夢がおありになる。その夢にどこまで近づきなさるか、この常吉、とくと見させていただきます」

「頼んだよ。お前のことは頼りにしている。こうして多くの従業員を雇《やと》うようになったが、俺に、ずけずけと意見をしてくれるのはお前くらいなものだ」

喜八郎は常吉の手を握って、軽く頭を下げた。

「もったいねぇことです」

常吉は恐縮した。

「さて、先ほど使いが来て、また大久保様がお呼びだ。今度はどんな用事なのだろう」

喜八郎は、馬車を出すようにと常吉に命じた。

「そういやぁ、大久保様の評判も悪いですな。西郷様を裏切っただの、国を自分の物のように思っているだの……」

「あの人は、私心《ししん》のある人じゃない。この国をどう独り立ちさせたらいいかを悩んでおられる。世間の悪評を気にするな」

「こんなにあれこれと忙しくなるなら、徳川様の御代《みよ》が懐《なつ》かしくなってきますな」

常吉は寂《さび》しそうな顔をして、姿を消した。

「大久保様も評判が悪いのか。俺とどっちが悪いのだろうか」喜八郎は、ふっと笑《え》みをこぼした。「しかし、やるしかない。俺は、この日本では収まらない商人になる。日本とアジアと欧米を結びつけるような商人になるんだからな」

3

大久保が喜八郎に頼んできたのは、集治監《しゅうじかん》、すなわち刑務所の建設だった。場所は、仙台の伊達《だて》藩古城址《こじょうし》だ。

「西南の役で多くの捕虜《ほりょ》が出た。そのうち三百人を収容する目的だ。この捕虜は、普通の待遇《たいぐう》ではいかん。それに罪を償《つぐな》ったら、また国事《こくじ》に参画《さんかく》してもらいたい者も多い。だから強盗や凶悪犯と一緒というわけにはいかんのだ。生活は快適、出所後のための学習もできる。しかし脱獄《だつごく》は絶対不可能でなければならぬ。国論を乱す連中に対しては、威圧しなければならぬ。そして何よりも私は、どこの国に対しても恥ずかしくない立派な集治監にしたい。これから建設する欧風建築の模範にしたい。手抜きのない大倉組なら安心して頼める。予算は十六万円だ」

大久保は笑みを浮かべた。

喜八郎は心底ありがたいと思った。このような仕事なら三井、三菱も請け負《う》《お》いたいと大久保のところに日参《にっさん》するだろう。それを喜八郎に任せると言う。大久保の頼み事は、どんなことでも無理をしても聞いてきた。それが信用となったのだ。

「ありがとうございます。やらせていただきます」

喜八郎は言った。

「大倉殿には、なにかと迷惑をかけた。私の無理難題をことごとく聞いてくれたのはあなただけだ。感謝している。私の身辺《しんぺん》もいろいろと騒がしい。どんなことが起きるかわからないが、まあ、最後まで国のためにご奉公するつもりだ。よろしく頼む」

大久保は、用件が済み、退出しようとする喜八郎を摑まえて、しみじみと言った。

喜八郎は、常吉の言葉を思い出した。

「なんだか私の評判も悪いですが、閣下《かっか》の御評判も芳《かんば》しくないとか申す者がおります。お気をつけくださいませ」

「ありがとう。大倉殿に言われるのは本当にうれしい。聞くところによると、私の命を狙《ねら》う者がいるという。もとより国のために捨てた命だ。吉も死んでしまったし、私も運命に従うだけですよ」

大久保は寂しげに笑った。

喜八郎は、帰りの馬車に乗りながら、大久保の影が薄くなったことが気になった。

木戸《きど》様もお亡くなりになった。西郷様もお亡くなりになった。大久保様も役割を終えた気になっておられるのだろうか。まだまだ頑張ってもらわねばと思うが……。喜八郎は不吉な予感に背筋が寒くなる思いがした。

今回の集治監の仕事は、喜八郎にとって転機になる仕事だ。今までも銀座などの建築土木工事を請け負ってきたが、これほど本格的な建物は初めてだ。歴史に残るようなものを建て、大倉組の仕事の核に建築を据《す》えるきっかけにしたいと思った。

宮城集治監は、ベルギーのルーバン刑務所を参考につくられた。木造で、中央に六角形の四階建ての見張り棟があり、そこから六方に二階建の建物が放射状に延びている。構造的にも優れ、大倉組の名前を世に知らしめる建物になった。

建物は明治十二年（一八七九年）に完成したが、大久保はそれを見ることはなかった。

明治十一年五月十四日、麴町紀尾井坂《こうじまちきおいざか》で六人の刺客《しかく》に襲われ、斬殺《ざんさつ》された。享年《きょうねん》四十九。護衛も付けていなかったという。

「大久保様が亡くなった……」

喜八郎は、呆然《ぼうぜん》とした。

「酷《むご》いものだったそうです。肉が飛び散り、骨は砕かれ、頭蓋骨《ずがいこつ》が割れて脳みそが飛び出し、ぴくぴくと動いていたそうです」

常吉が、大久保殺害の様子を説明した。

「そうか……」

喜八郎は落涙《らくるい》した。

「石川県の不平士族が犯人だとか……。斬奸状《ざんかんじょう》には私腹《しふく》を肥やしたとか、いろいろ書き連ねてあったようです」

「大久保様は私腹を肥やすような方ではなかった。他者に対しても厳しかったが、自らにも厳しかった」

喜八郎は、なにかと自分に目をかけてくれた大久保を偲《しの》びつつ、その生き様に思いを馳《は》せた。大久保は悪評をものともせず、日本の国づくりに邁進《まいしん》したのだ。その遺志を商人とはいえ、受け継いでいかねばならない。

大久保がいなくなった。もはや強力な後ろ盾《うしろだて》がなくなった。しかし、喜八郎は、次の後ろ盾を伊藤博文《ひろぶみ》と決めていた。岩倉使節団の際に親しくなったこともあるが、大久保が紹介してくれていたからだ。実際、伊藤は、大久保の後を受けて内務卿に就任した。

もっとも喜八郎の大倉組は、今や飛ぶ鳥を落とす勢いの新興財閥となっていた。もはや以前のように政府高官の後ろ盾がなくても、事業を進められるようになっていた。

反対に、政府は新興財閥の支援を得るために、廉価《れんか》で大名屋敷の払い下げを進めていた。基盤の弱い政府は、こうまでして新興財閥を味方にしなければ、立ちゆかなかったからだ。

その一環として、喜八郎も赤坂霊南坂《れいなんざか》に面した、旧前橋藩主松平大和守《やまとのかみ》の約七千九百坪の屋敷を手に入れた。同じように岩崎弥太郎《やたろう》は、西南の役で死んだ桐野利秋《きりのとしあき》の本郷湯島の屋敷、安田善次郎《ぜんじろう》は両国《りょうごく》の田安邸《たやすてい》を払い下げられた。この頃、詠まれた落首《らくしゅ》にこんなものがある。

「何事も　ひっくり返る　世の中や　田安の屋敷　安田めが買う」

時代の波に乗り、大金持ちとなった新興財閥たちに対して、庶民は決して快く思っていなかった。それがこの落首の「安田め」という、軽蔑《けいべつ》とも憎しみとも言える言葉に表れていた。

喜八郎の邸宅は妻の徳子が「こんな広い家をどうするのですか」と怒り出すほどで、喜八郎自身も邸宅内で迷ってしまうことがたびたびあった。敷地内に住まいを建てて貰《もら》った常吉は、「畏《おそ》れ多いことです。お大名様のお屋敷に住むなんて」と、身体が震《ふる》えるほど恐縮した。

しかし、喜八郎は得意だった。越後《えちご》から身一つで飛び出して、まさかここまで出世できるとは思わなかった。

「とにかく真面目《まじめ》に働け。働いたら道は拓ける。出世の機会は、どこにでも転がっている。それを摑むかどうかは、運ではない。自分の意志だ」

喜八郎は、広い庭の真ん中で、天に向かって話しかけていた。

4

喜八郎は、明治十年（一八七七年）、渋沢らと共に東京商法会議所設立を出願した。これは商人らが集まって相談する機関だった。翌年、八月一日には第一回総会が開催され、喜八郎は外国貿易事務委員となる。会頭《かいとう》は渋沢、第一副会頭は福地源《ふくちげん》一郎《いちろう》、第二副会頭は益田孝《ますだたかし》が就任した。

また明治十二年（一八七九年）二月十五日には、横浜洋銀取引所の設立を出願した。これも渋沢との共同事業だった。

この他にも喜八郎は、北越親睦会《ほくえつしんぼくかい》、後の新潟県人会を主宰《しゅさい》するなど、富豪《ふごう》らしく公的活動を盛んに行った。

この時期、喜八郎は実業家としてもますます活動の場を広げている。

まず土木建築で特筆すべきは、鹿鳴館《ろくめいかん》の建設を受注したことだ。

外務卿井上馨《かおる》は、欧米との不平等条約を改正することに腐心《ふしん》していたが、そのためには積極的な欧化政策が必要だと考えた。そこで、外国の賓客《ひんきゃく》を接待する場所をつくることを計画したのだ。それが鹿鳴館だった。

内山下町《うちやましたちょう》一丁目（現・千代田区内 幸 町《うちさいわいちょう》）の敷地に、イギリス人ジョサイア・コンドルが設計し、建築は喜八郎が、堀川利尚と共同出資で設立した土木用達組で受注した。単独で受けたかったのだが、宮城集治監などの仕事が負担となり、それを許さなかった。

鹿鳴館は、建て坪四百六十六坪（千三百五十三平方メートル）。イタリア・ルネッサンス様式とイギリス様式を折衷《せっちゅう》した煉瓦《れんが》づくり二階建て。総工費は約十四万円だった。着工は明治十四年（一八八一年）一月、二年後の七月に完成し、鹿鳴館時代といわれる華やかな社交文化の舞台となった。

「旦那様、奥様、早く、早く」

常吉が、顔を紅潮《こうちょう》させ、窓際に陣取って手招きをしている。

「おいおい、急《せ》かすな。私がいないと始まらんだろう」

喜八郎は、徳子が抱く、長男の喜七《きしち》の顔を覗《のぞ》き込んでいた。

「そんなことはありませんよ。予定の七時半に点灯しないと大騒ぎになりますよ。もう通りは大変な人だかりですから」

「わかった。わかった」と喜八郎は常吉に言い、「喜七の生まれたお祝いに銀座中、いや日本中を明るくしてやろうと思って企画したんだ。さあ、喜七にとくとアーク灯を見せてやってくれ」と徳子の背中を押した。

銀座二丁目の交差点にある大倉組の本社ビルの二階から、喜八郎は通りを眺《なが》めた。

常吉が、興奮して言う通り、往来は文字通り黒山の人だかりだ。夜店こそ出ていないが、大勢の人がアーク灯の点灯を今か今かと待っている。

「上手《うま》くいったな」

喜八郎はほくそ笑んだ。

ガス灯のぼんやりとした灯りしかない世の中を明るくしようと、喜八郎は他の実業家たちと諮って、東京電燈《でんとう》会社を設立しようとしていた。

アーク灯とは、電気を炭素棒に流し、放電させることで灯《あか》りを得る仕組みだ。従来のガス灯とは、明るさがまったく違う。この文明の利器を世間に知らしめるには、人通りの多い銀座でデモンストレーションするのが一番だろうと、喜八郎は考えた。

アーク灯を売り込みに来ていた米国のブラッシュ商会に頼み込み、電源は大倉組の二階に据え付け、窓からアーク灯を路上に出した。

「さあ、スイッチを入れてくれ」

喜八郎は、時計が七時半を指したのを確認して、技師に声をかけた。

通りから、大倉組の建物を揺らさんばかりのどよめきが起きた。

「おおっ」

喜八郎も驚きの声を上げた。

六月に生まれたばかりで、まだ半年にも満たない喜七が言葉にならない声を発している。笑顔だ。徳子の腕の中で、両手を伸ばし、全身で喜びを表現している。

「喜七を抱かせてくれ」

喜八郎は、喜七を抱きかかえると、両手で高く掲《かか》げた。

「あなた、危ないですよ」

徳子がはらはらしながら見ている。

「なんの危ないものか」

喜八郎は、喜七を抱きかかえて、窓のそばに立った。

「見てみろ、喜七。まるで真昼のようだろう」

アーク灯に照らされた銀座通りは、白く輝いていた。人々は、まばゆさに目を細めて、灯りを見上げている。どの顔も笑顔だ。

「これからもどんどん文明が入ってくる。世の中は、瞬《またた》く間に変わる。お前の父親は、日本中に電燈をつけて明るくしてやるぞ」

喜八郎は、喜七に語りかけた。

「本当に明るいですな。お天道様《てんとうさま》の次はお月様、その次はアーク灯と言われるんじゃないですかね。たいしたものだ。にしても、こんなもの日本人がつくれますかね」

常吉が聞いた。

「つくれる。すぐつくれる。東京電燈会社ができれば、日本人の手で製造したアーク灯を至るところに付けて、日本中を昼にしてやる」

喜八郎は言った。

「ぼっちゃま、旦那はたいしたお方ですよ」

常吉は、喜七の柔《やわ》らかい頰《ほお》を指でつんと押した。

「おい、常吉、もう喜七にごまをすっているのか」

喜八郎が声に出して笑った。

東京電燈会社は、明治十九年（一八八六年）に営業を開始する。喜八郎は二番目の大株主として経営に参画した。

この時期、喜八郎は多くの事業に乗り出していた。

渋沢とともに大阪紡績《ぼうせき》会社を設立した。これは日本で初めての大規模経営の紡績会社だ。そして東京湾の浚渫《しゅんせつ》工事も請け負った。また東京瓦斯《がす》会社をやはり渋沢らと共に設立し、実現はしなかったが、電話会社まで創業しようとした。また喜八郎の発案で設立されたも同然の、軍服製造を目的とした千住製絨所《せんじゅせいじゅうしょ》の原料となる羊毛《ようもう》の輸入を一手に引き受け、その販売も担った。

とにかく興味がそそられるものには、全て関わっていくようだった。何にでも貪《どん》欲《よく》に挑んでいくその姿勢は、風采《ふうさい》が上がらないことと相まって、〝だぼはぜ〟とも揶揄《やゆ》された。

事業は順調に拡大していた。しかし、満足はしていなかった。それは三菱の岩崎弥太郎への対抗心だった。

喜八郎は、大久保との個人的な繋《つな》がりで、ここまで事業規模を拡大してきた。大久保が亡きあとは伊藤との絆《きずな》を強めようと努めてきた。しかしそれらはあくまで個人的な関係から生まれたものだ。

一方の三菱の岩崎は、薩長土肥《さつちょうどひ》という藩閥《はんばつ》に組織的に食い込んでいる。そのため、征台《せいたい》や西南の役においても海上輸送を独占するなど、有利な立場で経営基盤を強固にしていた。

また喜八郎の盟友である安田善次郎は、ともに東京電燈などの企業の設立に関係しているが、喜八郎にはない金融の才能があり、それを核にして、金融資本家として着々と地位を不動のものにしていた。

なにかと事業の相談にのる渋沢は、かつての上司である井上馨らとともに三井との関係が深く、また大隈重信《おおくましげのぶ》など、政府要人との関係も、喜八郎とは比べられないほど強固だった。

「俺には何がある。何が強みだ」

喜八郎は、絶えず自分に問いかけていた。

海外だ。俺には、海が似合っている。

喜八郎は自分に言い聞かせた。事業の飛躍は、いつも海だった。戊辰《ぼしん》戦争の際の弘前《ひろさき》藩への鉄砲売却、征台の役、朝鮮への米麦の輸出など、誰もが恐れて、二の足を踏む海外との貿易、そして海外への進出。これが自分の強みだ。いや、これを強みにしなければならない。

「常吉」

喜八郎は、常吉を呼んだ。

「へい、旦那様」

「これからはもっと海外に出て行くぞ。日本は狭い」

喜八郎が、また冒険心を燃え上がらせているのかと思い、常吉は渋い顔をした。

「私なんぞには、この江戸、いや東京でさえ十分に広いですがね」

「これからは朝鮮だけじゃない。朝鮮を足がかりにして清国とも関係を深めねばならん」

「清国ですか……」

「そうだ。日本は、小さな国だ。欧米と本気で張り合うためには朝鮮や清国と力を合わさねばならない。アジアの国々と協力してこそ、西欧と伍《ご》していけるのだ。俺は、それを商売で現実のものにする」

喜八郎は目を輝かせた。その目は、今、通りを照らしているアーク灯より炯々《けいけい》としていた。

独立運動を援助する

1

別荘の庭の木々の間から滔々《とうとう》と流れる隅田川《すみだ》が見える。時折、寺島の渡し船を使って向かいの浅草から、向島《むこうじま》に渡ってくる客の喧騒《けんそう》が川風に乗って流れて来る。

隅田川に面した向島は桜の名所だ。喜八郎《きはちろう》が征台《せいたい》の役《えき》の際、この世の見納めとばかりに盛大な花見を催《もよお》したのは、この向島だ。その縁もあってここに別荘を建てた。

赤坂葵町《あおいちょう》に本宅があるが、この向島の別荘は、自分が寛《くつろ》ぐためではない。渋沢《しぶさわ》栄一《えいいち》や益田孝《ますだたかし》、伊藤博文《ひろぶみ》など政財界の有力者を呼んで、楽しんでもらうためだ。

しかし、今日は久しぶりになんの予定もない。

決意したものの、大陸への足がかりが摑《つか》めない苛立《いらだ》ちからなのか、大勢の人間たちと騒いでも最近、一向に楽しくない。

事業は順調だ。明治二十年（一八八七年）に発足した日本土木会社は、次々と大型工事を受注している。

資本金二百万円の会社だ。政府の年度予算が七千九百九十三万円だから、その大きさはとてつもない規模である。土木建築に関することはなんでも請け負《うお》う会社だ。

こんな巨大な会社になった直接のきっかけは海軍だ。大倉組は海軍から軍港などの工事を請け負っていた。藤田組も同様だった。大倉組、藤田組が海軍の工事を独占していた。そこで海軍から一つになって、より強固な経営基盤で仕事をやってほしいと依頼があったのだ。

喜八郎は、すぐに動いた。渋沢栄一に相談して取締役に入ってもらい、大倉組と藤田組の技術者や職員らを集めて会社を設立したのだ。

喜八郎は、土木建築業を近代化し、欧米に負けない水準に引き上げようと考えていた。そのため従業員教育を徹底し、「工事心得書」を制定した。この中では信用を重んじ、無駄を削るということが徹底されたため、仕事の依頼が引きも切らなかった。

たとえ軍の後《うし》ろ盾《だて》で設立した会社であっても、それに安住《あんじゅう》せず、より良いものを、より顧客を満足させるものを目指すところが喜八郎らしいと言えた。

「常に工費を予定より十パーセント安く仕上げて、その半分をお得意先に返し、残りを当社の利益にせよ。そうすれば我が社はますます繁栄するだろう」

これは、喜八郎が従業員に絶えず言い聞かせていたことだった。

仕事はいくらでもあった。海軍関係の工事は当然だが、帝国ホテル、皇居造営まで手掛けた。日本中の主だった建築、土木工事はほとんど引き受けているといっても過言ではない状況だ。

明治二十年には明治学院ヘボン館。ヘボン式ローマ字の創始者であるジェームス・カーチス・ヘボンの記念館だが、木造三階建ての、当時としては随一の木造大型建築だ。

明治二十二年（一八八九年）には、歌舞伎座《かぶきざ》。木造三階建ての和洋折衷《せっちゅう》建築であり、日本最初の大劇場だ。この歌舞伎座の経営にも喜八郎は関与したが、芝居に関係がない人間が経営することに対して、演劇界からの反発が強く巻き起こった。大スターであった九世市川團十郎《だんじゅうろう》、五世尾上《おのえ》菊五郎らは既存《きぞん》の劇場を守ろうと、歌舞伎座への出演を拒否するよう演劇人に呼びかけるなどしたが、大衆は歌舞伎座を支持したため、次第に演劇の中心は歌舞伎座に移るようになった。

明治二十三年（一八九〇年）には、渋沢栄一とともに自ら発足から経営にまで関与した帝国ホテルが開業。日本最初の洋風ホテルであり、ルネッサンス様式の美しいホテルは東京の名所になった。

この他にも喜八郎が手掛ける建築は、日本初というものが多く、また華麗さなどから大衆を引きつけ、単なる建築の枠を超え、時代の文化をリードしていったといえるだろう。

しかし、日本土木会社は明治二十五年（一八九二年）に解散することになる。設立からたった五年の命だった。これは余りに巨大になりすぎた日本土木会社に対して、政府が警戒を強めたためだった。

日本土木会社は、官からの仕事が多く、信用を第一にしていた。そのため受注は、ほとんど特命指名入札だった。これに批判が高まったのだろう。政府は明治二十二年に、官の工事は全《すべ》て一般競争入札にすることにした。

喜八郎は、「信用を武器としての政府との結びつきが、制度的に打ち破られた」として、受注に努力したが、あまりにも巨大な会社のため、無理が生じて来た。そこで渋沢らと相談し、解散することにしたのだ。

喜八郎は、決して落ち込んだりしなかった。むしろさばさばした思いだった。官の後ろ盾で設立された会社は、やはりそれがなくなれば当然役割を終えるだけのことだ。

喜八郎は、日本土木会社の株主に対する責任を果たすためにも、その事業継続の一切を個人で引き受け、翌、明治二十六年（一八九三年）に大倉土木組を設立した。同じ年、合名《ごうめい》会社大倉組を設立し、喜八郎の多くの事業の中核と位置付けた。

金はいくらでもある。大日本資産家大鑑に三井八郎右衛門《はちろうえもん》や鴻池善右衛門《こうのいけぜんえもん》らと並んで登場するようになった。

あまりに儲《もう》けすぎて、人々に憎まれるようにさえなってしまった。貧乏だった自分が、ここまで金持ちになれたのだから、誰でも努力すれば成功できると思うのだが、世間ではなかなかそうもいかないらしい。金持ちと貧乏人の差がどんどん開いている。

喜八郎は、世間の評判など気にせずに、この別荘を使って派手に宴会をやっている。それは仕事のためだ。宴会をやる度《たび》に新しい仕事が増えていく。

「今井寅太郎《とらたろう》という社会主義者が、米の値上がりは、俺や渋沢さんのせいだとばかりに決闘状を送ってきたことがあった。俺は、米の買い占めなどというセコイことはしない。誤解もはなはだしいが、金を儲けるほどそんな連中が増える。これも憂鬱《ゆううつ》なことだ」

喜八郎は、畳《たたみ》の上に寝転び、天井《てんじょう》を見つめた。格子組《こうしぐみ》の天井には金箔《きんぱく》を張り、その上に花鳥風月《かちょうふうげつ》が見事に盛り上がっている。当代一流の職人が何日もかけて描いた。でき上がりに満足している。いつもならこの絵を見上げる度に、自分の成功を喜んだものだが、どうも今日は気分がのらない。

「旦那《だんな》、旦那」

呼びかける声がする。喜八郎は、がばっとはね起きた。

「おう、常吉《つねきち》か」

「どうされたのですか。天井を見上げてぼんやりされて。珍しいじゃありませんか」

「なんだか面白くないんだ」

「へえ、贅沢《ぜいたく》ですな。こんな立派な別荘を持っておられるのに。ねえ、たまちゃん」

「おう、たま子もいるのか」

「はい、旦那様。連日、お客様ですから、お疲れなんですよ」

「そうかな」と喜八郎は、首を回してみた。確かに肩が凝《こ》っているのか、ぽきぽきという音が聞こえる。

「お揉《も》みしましょうか？」

たま子が寄ってくる。

「ああ、頼むか」

喜八郎はたま子に背を向けた。

「お前も忙しいだろう。この別荘を任せているからな」

喜八郎はうっすらと瞼《まぶた》を閉じている。

「そんなことありません。常吉さんがよく手伝ってくださいますから」

たま子は常吉にほほ笑《え》みを向けた。

「俺も五十八歳だ。常吉はいくつになった?」

「もう六十五歳ですよ」

「そうか、そんなになったか」

「でも飽《あ》きることはありませんよ、旦那と仕事をしていますとね。荒れる海で遭難《そうなん》しそうになったり、鉄砲の弾《たま》が飛んで来るところで働いたりと、いつも命がけですから」

常吉が、懐《なつ》かしそうに言った。

喜八郎の頭になにかが走った。鋭い光が走り抜けたような気がした。

「そうだ」

喜八郎は、大きな声を出した。

「旦那、びっくりするじゃありませんか」

常吉が目を丸くした。

「ほんと、なにが、そうだ、なんですか」

たま子も驚いた様子で聞いた。

「戦争だよ、戦争」

「戦争がどうかしましたか」

「戦争が起きないから退屈なんだ」

喜八郎は真面目な顔で言った。

「まあ、怖《こわ》い」

たま子が肩を揉む手に力を込めた。

「旦那の戦争好きが始まりましたか。まるで子供だ。これだけ大きい屋敷に住めるようになられても、守りに入るってことが嫌なんでしょうな」

「俺は、今、順調すぎるんだ。だから退屈なんだ。別に人が殺し合う戦争がいいとは思ってはいない。しかし、あのなんとも言えない緊張感、命がなくなるかもしれないという痺《しび》れるような感覚がないと、生きている感じがしない。それに現実の問題として、戦争がなければ、なかなか俺の大陸への思いが実現していかない。国内にばかりいたんじゃ、身体《からだ》がなまってしまうんだよ」

「困ったお人だな」

常吉が苦笑した。

「国内ではどんなに頑張っても三菱や三井にはなかなか勝てない。彼らは藩閥《はんばつ》とくっついて業績を伸ばすんだ」

負けず嫌いの喜八郎の顔が歪《ゆが》んだ。

「旦那もしっかりと、大久保様亡きあとは伊藤様らに食い込んでおられるではありませぬか」

たま子が言う。

「俺は食い込んでいるわけではない。天下国家のために仕事をしていると、伊藤様らと考えが一緒になるだけだ。商売ということだけを取って見れば、三菱や三井の方が商売上手だ。俺は、派手に振る舞うから世間が敵視するが、彼らはもっと狡猾《こうかつ》だからな。ところで常吉、世間では面白い話はないのか」

喜八郎は常吉に視線を向けた。

常吉は、少し考える風をしたが、ふいに笑みを浮かべて、「面白い話、ありますよ」と言った。

2

常吉は、神妙な顔つきで話し始めた。

「この間、日本橋の店へふらりと来た客がいましてね。ちょうど私がいたもので、お相手したのです」

「背広をつくりに来たのか」

喜八郎の質問に、常吉は、笑い出した。

「なにがおかしい」

「背広なんて、とてもとても。熊のような男でしたよ」と常吉は両手を広げて、「大きな身体に汗の臭《にお》いが沁《し》み込んだような和服姿で、髭《ひげ》がぼうぼう。ただ目の光は、とても強くて、なんだか子供のようにきらきらしておりましたね。ちょうど昔の旦那のようでした」と、喜八郎をしげしげと見つめた。

「昔の、はないだろう。今も、ほら、きらきらしているだろう」

喜八郎は、おどけて、目を大きく見開き、常吉とたま子を見た。

「いらっしゃいませと申したのですが、まあ、そんな姿ですから胡散臭《うさんくさ》く見えまして、『背広の御入り用ですか』と申しましたら、『お主《ぬし》は、大倉喜八郎の手代《てだい》か。ならば大倉殿に取り次いでほしい』と、こうおっしゃいます」

常吉は真面目な顔に戻った。

「ほう？」

喜八郎は、興味を覚えたようで、今度は本気で目を輝かせた。

「なにかいわくありげでございましたので、私は、その男を奥に上げました」

「それでどうした？　話を進めろ」

「茶を出しまして、『なにか大倉に御用でしょうか』と聞きましたら、『日本は、清《しん》国を倒さねばならない。倒すことでかの国の民衆は救済され、アジアが欧米の支配から逃《のが》れることができる。そのことで我々は協力をすべきだ。特に、大倉殿は、台湾や朝鮮に関心が強いお方だ。支援をお願いしたい』と、こうおっしゃるのです」

喜八郎は、西南戦争後、朝鮮貿易に進出していた。元山《ウオンサン》などにも支店を開いた。しかし朝鮮の反日的空気は収まらず、支店役員だった兒玉朝次郎らが襲撃される事件が起きるなどした。喜八郎は、反日的機運を引き起こすのは、日本の影響力が大きくなりすぎたのだと思っていたが、経済的利益を追求する限り、それはどうしようもなかった。朝鮮政府は、こうした日本の影響力との均衡《きんこう》を保つために、清国との関係を深めていた。

また一方の台湾についても、征台の役で多くの犠牲者を出しながらも、やはり清国との関係で、磐石《ばんじゃく》ではなかった。

喜八郎は、国家的見地から、朝鮮の飢饉《ききん》を救うために米麦《べいばく》を命がけで輸送したり、台湾では五百人余りの人夫たちのうち百二十八人もの犠牲者を出したりしたが、苦労の割に報われていないというのが現状だった。国内の土木、建築事業や茶の輸出などが好調なお陰で、大倉組としては十分な利益を出してはいるが、喜八郎は、燃焼しきれない燻《くすぶ》りのようなものを抱《いだ》き続けていた。自分の本当の活躍の場は海だ、そういう気持ちだった。初めて横浜で、黒い煙を吐《は》く鉄の塊《かたまり》である黒船を見て以来の強い思いだった。

「俗に言う壮士《そうし》みたいなものか。口だけで金をせびって行く連中だ。どうせ金をやっても酒と女に消えてしまう」

喜八郎は、わざと常吉を刺激するように言った。

「私もそう思ったのですが、その男が言いますには、朝鮮は今や国の体《てい》をなしてはいない。日本と清国に挟《はさ》まれて右往左往している。近いうちに国内で反乱が起きるだろう。それに乗じて清国が朝鮮に軍を送る。そうなれば日本も兵を送るであろう。ここで日清両国は戦争となる。日本が勝つか、負けるかはわからないが、今の勢いからすれば日本は勝利を収めるに違いない。その機会を逃さず、清国内でも反乱が起きる。それは、日本に負けるのは清国政府が腐敗《ふはい》しているからだという民衆からの声が高まるからだ。これは革命だ。これをやろうとしている男がいる。孫文《そんぶん》というが、ぜひ大倉殿にお会いいただき、支援してもらいたい。と、こういうわけです。面白いことを言う男だと思ったのと、先を見通す力が備わっているように思えたのです」

常吉は話し終えた。

喜八郎は、滾《たぎ》るような思いに囚《とら》われた。血が騒ぐ。

実際、その男の言う通りに事態が進んでいる。政府の海外進出志向は強い。欧米列強に肩を並べたいと願望している政府にとって、朝鮮や台湾への本格進出は悲願というべきものだ。

喜八郎もその機を逃さず、あるいは率先してその尖兵《せんぺい》になろうとさえ思っている。政府はただ領土欲を抑えられないだけだ。しかし、喜八郎は違う。喜八郎は、とにかく海外と商売がしたいのだが、朝鮮や台湾が、今のままの、日本と比べれば未開の地であっては困るのだ。かの地の物産を日本に持ち帰り、日本で売り、日本の物をかの地に売る。これが商売だが、そのためにはかの地の安定と民衆の富が必要だ。そのために政府を利用するのだ。政府に利用されているような顔をして、商人たる喜八郎が政府を利用する。そうでなければならない。

アジアの国を商売で豊かにしていく。そして、政府と協力して欧米と伍《ご》して、さらに大きな商売をする。それが俺の夢だ。

三井や三菱は、政府そのものだ。どんなに偉そうに振る舞っても、政府にくっつくコバンザメにすぎない。しかし俺は違うと、喜八郎は強い自負心を持っていた。

自分は、政府をも食い破る本物のサメになる、そんな思いだった。

「その男は、なんという名だ」

「宮崎滔天《とうてん》といいました」

「どういう男か調べたのか」

喜八郎の問いに、常吉は目じりに皺《しわ》を寄せ、うれしそうな笑みを浮かべ、「私を誰だと思っているのですか」と言った。

「江戸で一番の岡《おか》っ引《ぴ》き、常吉だと思っているぞ」

喜八郎がにっこりとすると、常吉は「うれしいね。なあ、たまちゃん。こういう風に話をしていると、昔通りだな」と言った。

「そうね。私もすっかりおばあちゃんになったけど」

たま子が穏《おだ》やかにほほ笑んだ。

「さあ、もったいぶらずにその男の素性《すじょう》を教えてくれ」

常吉は、調査結果を語り始めた。宮崎滔天は明治三年（一八七〇年）十二月三日に熊本県に生まれた。

「まだ二十代か。若いのぉ」

喜八郎が驚きを発すると、常吉も「いやはや、そんなに若いとは思いませんでした。その迫力たるや、堂々たる大人《たいじん》の風がありました」と答えた。

滔天は、父から武芸を学び、兄である八郎、民蔵《たみぞう》、彌蔵《やぞう》らの影響を受けて、早くから自由民権運動に参加した。

「とくに長兄《ちょうけい》の八郎には影響を受けたようで、両親や親族から『八郎様のようになりなさい』と言われて育ったようです」

「その八郎とは」

「へえ、それが熊本協同隊というのを組織して、西郷隆盛《さいごうたかもり》様の軍に参加して、官軍と戦い、戦死されたとか。二十七歳であったようです」

「自由民権家でありながら西郷軍と一緒に戦ったのか」

「なんでも西郷と組んで、藩閥政府を倒すのだと仲間に話したそうです。大変な勉強家であったようで、若くして亡くなったことを残念がる人は多いと言います」

喜八郎は、常吉の話を聞いて、腕を組み、目を閉じた。

運命というものを感じた。滔天の兄は、西南戦争で命を落とした。喜八郎は、その戦争に大久保らの要請で兵糧《ひょうろう》の提供などで協力し、財を得た。

「徳子《とくこ》もそうだった……」

上野山での戦いで命を落とした徳子の父。官軍に武器を提供したのは、喜八郎だった。

喜八郎は、自分の業《ごう》というものに身体が震《ふる》える気がした。戦争が起き、それに協力し、財を得る。それは多くの死によって富貴《ふうき》になるということだ。その死の中に、徳子の父もいれば、滔天の兄もいる。彼らの遺志を継いだ者が、喜八郎のもとを訪ねて来る。これを業と言わず、何を業と言えばいいのか。

喜八郎は、畏《おそ》れとでも表現するべき思いに囚われたが、その業を引き受けざるをえないと決意した。

「常吉、滔天という男に会いたい。ぜひここに連れて来てほしい」

喜八郎は言った。目の中に、久しぶりに強い光が戻った。

3

自由民権運動は、明治六年（一八七三年）に征韓論《せいかんろん》に敗れて、政権から下野《げや》した板垣退助《いたがきたいすけ》らによって始められた運動だ。薩長《さつちょう》の支配に反発した運動としてスタートしたものだが、徐々に民衆の権利を確立しようとする運動へと変化していった。

そのような中、政権内でも自由民権運動への対応で対立が起き始めた。このまま天皇親政《しんせい》で政権を安定させるのか、国会を開設して議会制民主主義に変えていくのか議論が活発になった。

一方で、ますます薩長閥の専横が目立つようになり、薩摩《さつま》出身の北海道開拓使長官の黒田清隆《きよたか》が、同じく薩摩の実業家五代友厚《ごだいともあつ》に官有物を無償《ただ》も同然で払い下げるという事件が起き、それを批判する大隈重信《おおくましげのぶ》と、長州《ちょうしゅう》閥の中心である伊藤博文との対立が決定的となって、大隈は下野する。それが明治十四年（一八八一年）の政変だ。下野した大隈は政党を結成し、福沢諭吉《ゆきち》らともに政府批判を強めていった。伊藤らは、国会開設の勅諭《ちょくゆ》を発し、政府批判を抑えようとするが、それがかえって自由民権運動に火をつけることになる。

遂には、明治二十二年に大日本帝国憲法が制定され、翌年には第一回総選挙が実施されて、帝国議会が開催された。

こうして憲法が制定され、議会が開催されたとはいうものの、選挙民は十五円以上納税した成年（二十五歳以上）男子に限られ、人口の一・一パーセント程度と、まだまだ民衆の権利が確立されたものとは言えず、政府と自由民権運動の流れをくむ政党との対立は続くこととなる。

喜八郎は、大久保亡き後、伊藤博文との関係を深めていたが、一方で自由民権運動にも理解を示していた。もともと武士に反発して、実業の世界に飛び込んだ喜八郎にとって、権威、権力に反発する動きに対して血が騒ぐのだろう。

福沢諭吉の書生から講談師になった川上音二郎《おとじろう》という男を支援していたのも、そうした理由からだった。彼は、自由民権運動に参加していたが、オッペケペー節という政治風刺歌謡《ふうしかよう》を歌って人気を博し、新しい演劇運動を興《おこ》しつつあった。

財力があり、いろいろなものに関心を示す喜八郎のもとには、多くの人が集まるようになっていたのだ。

宮崎滔天という男は、血を騒がせてくれるかもしれない。喜八郎は、一刻も早く会いたいと思った。

4

「旦那、お連れしました」

常吉が、男を向島の別荘に案内して来た。

その男を洋風の居間に迎え入れた喜八郎は、その異容に改めて驚きを覚えた。

この豪奢《ごうしゃ》な別荘に来るには、全く相応《ふさわ》しくない荒《すさ》んだ風体《ふうてい》だ。話を聞く前に、風呂に入れて、身体を洗わせ、服を新調してやりたいと、本気で思ったほどだ。

「ここが今様聚楽第《いまようじゅらくだい》ですか」

男は、喜八郎に挨拶《あいさつ》もせず、無遠慮《ぶえんりょ》な態度だ。格天井《ごうてんじょう》の、金銀で描かれた菊や鳳凰《ほうおう》などの絵を見上げている。

「まあ、お座りなさい」

喜八郎は、椅子《いす》を勧めた。

滔天は、その巨体を無造作《むぞうさ》に椅子に置いた。

「宮崎です。この度は、お目通りが叶《かな》い、幸甚《こうじん》に存じます」

「大倉です。まあ、ゆっくりなさいませ。なにかお飲みになりますか。美味《おい》しいワインがございますよ」

「いただきます」

滔天は、伸びた顎髭《あごひげ》を触った。

「常吉、ワインを頼む。最高級の赤だ」

「わかりました」

常吉は、飛ぶように居間《いま》を出て行った。

「大成功ですな。今や、向島堤を威勢よく走る人力車に、大年増《おおどしま》、中年増、若い芸者、いずれも粋《いき》な装いで、皆、この大倉別荘を目指すというではないですか」

滔天は言った。皮肉っぽくはない。澄んだ眼が輝き、喜八郎を見つめている。

喜八郎は言った。

「運が良かったのです」

常吉が、ワインのボトルを運んできた。宝石のように輝く細やかなカット細工を施《ほどこ》した大ぶりのグラスを二人の前に置いた。

「たっぷりとお願いします」

　滔天は遠慮なく言った。

　喜八郎は、愉快《ゆかい》そうに笑った。

　常吉が、滔天のグラスに赤ワインをなみなみと注《つ》いだ。それはまるで彼の血潮《ちしお》のように見えた。

　乾杯と喜八郎はグラスを上げた。

　滔天も同じようにグラスを上げたが、口をつけたかと思うと、まるで水のように、喉《のど》を鳴らしてワインを飲んだ。

　常吉が驚いて、喜八郎を見た。喜八郎は、笑っている。それを見て、常吉は再び、滔天のグラスに赤ワインを満たした。

「天下の情勢のことを聞かせていただけるとか」

　喜八郎は、静かに言った。

「大倉殿にお聞かせするようなことは余りないとは思いますが、一つ、質問してもよろしいでしょうか」

「結構です。なんなりと」

「今日《こんにち》のアジアの情勢を如何《いかが》お考えですか」

　滔天は視線を強めた。

喜八郎は、眉根《まゆね》を寄せ、答えに詰まった。

喜八郎は、朝鮮と台湾は知っている。清国には関心があるが、まだ行ったことはない。他のアジアの国々はさらに知らない。欧米には、二度も旅をし、それなりに風土、人情を理解しているつもりだが、アジアと言われれば、答えが難しい。

「日本は、アジアの国々に比べて早く開国したお陰で、欧米列強の植民地化をまぬがれました。そのため今や欧米と同じようにアジアの国々を蔑視《べっし》し、欧米の真似《まね》をし、植民地化しようとしています」

喜八郎は、滔天の言うことが政府の海外政策の批判に聞こえた。その政策の尖兵を担《にな》っているのが、喜八郎の経営する大倉組だからだ。

「だが、それらは遅れた朝鮮や台湾の人々のためになっているのではありませんか」

喜八郎の言葉に、滔天は、赤ワインをぐいっと呷《あお》ると、「本当にそうでしょうか」と言い、身体を寄せて来た。

「私の信念は、商売を通じて彼らを豊かにすることです」

喜八郎は、滔天の勢いを押し返すべく語気を強めた。

「私たちの国は維新の大業を成し遂《と》げはしましたが、その時の人間たちが支配し、民《たみ》は貧しさに苦しんでおります。民は、基本的に平等であります。誰でも自由であり、幸せになる権利があります」

「あえて言わせていただければ、貧しさは、努力が足りない面もあると思います。この国の人々は、アジアのリーダーたらんとすれば、もっと努力すべきでしょう。私も貧しい中から今日、豊かになった。友人の安田善次郎《ぜんじろう》も同じだ。人より努力したことが報われただけだ。この国は、努力をすれば報われる国に変わったと言えないでしょうか」

「確かにおっしゃる通りの面はあります。しかし、今では、薩摩長州の人間と、それに繋《つな》がった人たちで維新の利益をむさぼっているとも言えるでしょう。ですから民の怒りが収まらないのです。あなたも怒りの対象です」

滔天は喜八郎を睨《にら》むように見つめた。

「あなたは私の成功を批判しに来られたのですか。それなら私も忙しい身です。あなたと話をするために時間を割《さ》くわけにはいかない」

「私は、そのようなことのために参ったのではありません。むしろ自分の才覚で、ここまでになられたあなたを尊敬しているくらいです」

滔天はほほ笑んだ。その笑みは、熊のような体軀《たいく》に似つかわしくない素直さが溢《あふ》れていた。

「アジアの国の話でしたが……」

「あなたのように成功する人間をアジアに増やさねばなりません。そのためには欧米の力をアジアから排除しなければなりません。今や、欧米はアジアを植民地化しようと虎視眈々《こしたんたん》と狙《ねら》っております。このままでは遠からず、そうなってしまうでしょう。そうなれば、アジアの国々にあなたのような成功者は現れない。全て欧米に搾取《さくしゅ》されてしまうからです。あるいは日本にです。日本は、アジアの良きリーダーになる必要があります。アジアの独立、民族の自立を助けねばならないのです。例えばフィリピン、例えば清国です」

いよいよ本題に入ってきたと、喜八郎は興味深げに耳を傾けた。

滔天は、スペインに支配され、貧しさに苦しむフィリピンの民衆の話をした。そして欧米の進出に揺らぐ清国の実情についても話した。このままでは清国は早晩、欧米に支配されてしまうだろうと言った。

「どうすればいいとお考えですか」

「フィリピンの民衆の独立を助け、清国を倒し、真《しん》に民のための国家を樹立させることでしょう」

「現実的に可能とお考えですか」

「可能です。必ずできます」

滔天は力強く言った。

「フィリピンでは独立運動を興す機運があります。ぜひ大倉殿の武器商人としての力を貸してもらいたいと思っております。また、近いうちに必ず日清両国は戦火を交えるでしょう。そうなれば弱った清国政府を倒すべく、民衆が立ちあがります。それを支援してもらいたいのです」

滔天はグラスの赤ワインを飲み干した。

「私はかねがね、アジアの国々を豊かにし、アジアの国々と協力し、欧米に伍していくことを夢見ております。日本は欧米ではなく、アジアの国々の側に立つべきなのです。しかし、私は商人です。利益があり、商売にならなければ動くことはできません」

喜八郎は、滔天の話に心を動かされながらも、冷静に言った。

「承知しております。それぞれの国において、民衆の独立が叶えば、あなたはそれを支援した実業家として、その後のそれらの国々における商売を担われればよい。ちょうど日本における三菱や三井のようなものです。あなたは彼らに怒りがあるはずだ」

滔天はにやりと笑った。

喜八郎は、一瞬、硬い顔になったが、すぐに頬《ほお》を緩《ゆる》めた。

「たしかに、私は三菱や三井に怒りを覚えることもあります。しかし、私は彼らと違う。私はアジアの国々のためを思って、今日までやってきたのです」

「私は、あなたが三菱や三井に怒りを覚えるのは、当然だと思っております。あなたは彼らに倍する努力とリスクを負いながら、半分の利益しか得ていない。三菱や三井は、政府、というより薩摩長州についているだけで、安全なところで、あなた以上に事業を拡大している。日本では、彼らを凌《しの》ぐことはできない。あなたの悔《くや》しさは充分に理解できます。その悔しさをフィリッピンや清国で晴らしなさいと提案しているのです」

滔天は、淀《よど》みなく言った。

喜八郎は、口を固く結び、滔天を見つめた。

「あなたは、非常に面白いことをおっしゃる。愉快になってきましたが、さて、それで私にどうしろと……」

喜八郎は言った。

「時機を見て、フィリピンに武器の提供をお願いしたい。そして中国に孫文という若き革命家がおります。素晴らしい人物だと聞いております。いずれ日本にやってきます。その時にはぜひ彼にお会いいただきたいのです」

滔天は頭を下げた。

「宮崎さん、今日、あなたとお会いしたことは誰にも内密にしておきましょう。そのほうが、お互いのためのようですな」

喜八郎は言った。

「承知いたしました」

滔天は、落ち着いた口調で答えた。

「それでは今日は、飲みますかな？」

喜八郎の声が弾《はず》んだ。

戦争で儲ける男

1

明治二十七年（一八九四年）八月一日、日清《につしん》戦争が始まった。

朝鮮半島で東学党《とうがくとう》という宗教集団が農民を巻き込んで反乱を起こしたのが、その発端だ。

それを鎮圧するために、朝鮮政府が清国に派兵を求めた。日本は清国の朝鮮派兵に反対して軍を朝鮮に派遣することを決め、日清両国が戦端を開くことになった。

あの宮崎滔天《とうてん》という男の言う通りになったと、喜八郎《きはちろう》は思った。

戦争は最大の商機であるとともに、喜八郎の血肉を湧《わ》き立たせ、躍《おど》らせてくれる。

喜八郎率いる大倉組は「なんでも引き受ける」と重宝《ちょうほう》がられ、軍の御用達《ごようたし》を命じられた。

三井や三菱が尻込《しりご》みするような、弾丸が飛び交う戦地でも大倉組は厭《いと》うことがなかった。

喜八郎は、軍夫《ぐんぷ》の供給、建築工事請負《うけおい》、資材納入や酒保《しゅほ》の経営まで、とにかくなんでも引き受けた。

「常吉《つねきち》、残念だが、戦争になってしまった。一方で、戦争になると俺は命が吹き込まれる。こうなった以上は、国のために働いてこそ商人というものだ」

喜八郎は、常吉を連れて銀座を歩いていた。

常吉は、浮かない顔をして、何も答えない。

「どうした？　何か心配ごとがあるのか？　このにぎやかな銀座の通りをそんな浮かない顔で歩くんじゃない。この景気も俺がつくったようなものだぞ」

喜八郎は、軍の仕事を大きく引き受け、儲《もう》けた金は銀座で派手に使った。戦争というものは国外で行われている分には、当事者の国に好景気をもたらすものだ。

常吉は、喜八郎の評判の悪さを気にしていた。

「旦那《だんな》、最近巷《ちまた》じゃなんて言われているかご存じですか？」

「俺のことか」

「へえ」

「なんだ？」

「大倉喜八郎という男は、正義に燃えた皇軍《こうぐん》を利用して大儲けをしている。こともあろうに戦地に石ころ入りの缶詰を送り込み、飢えに苦しむ将兵をよそに濡《ぬ》れ手《て》に粟《あわ》の大儲け。これで反省するかと思いきや、この大儲けに味をしめ、なんと腐った肉の缶詰まで送った強欲《ごうよく》商人だ。と、まあ、こんな具合で」

常吉は、申し訳なさそうな表情で、頭を掻《か》きながら、喜八郎の様子をうかがっている。

「はっはっはっ」

喜八郎は、身体《からだ》を揺するようにして笑い出した。

「お前、そんなことを気にしているのかい」

「気にするもなにも、旦那が身体を張ってお国のために働いておられるのは、おいらが一番知っています。ましてや石ころの缶詰なんか、旦那の一番嫌いなことだ。世間の誤解も甚《はなは》だしい。そんなことをして軍の御用が務まるはずがない。信用第一。自分が損をしても信用を守っていなさる旦那に対して、あまりにも世間は酷《こく》すぎます」

常吉は、大きくため息をついた。

「世間とはそんなものだ。俺は確かに戦争で儲けている。戦争で命を落としている人から見れば、恨《うら》み骨髄《こつずい》だろう。言いたい奴には言わせておけ」

喜八郎は、気にする様子もなく先を急いだ。

喜八郎の評判の悪さは、派手な振る舞いにもあった。四女、時子の結婚式では向島《むこうじま》の別邸に百数十名の友人を呼び、園遊会を開くなど、贅沢《ぜいたく》振りを世間に見せつけていた。

ライバルの三井や三菱は、軍に隠れるように仕事を進め、派手さはなく、じっくりと利益を上げていた。ひと言で言って、喜八郎は一人だけ目立っているのだ。そのため世間の攻撃対象になりやすい。

「残念です。悔《くや》しいです」

「まあ、言い訳は好まない。そのうちわかってくれるだろう」

喜八郎は気にする風もなく歩いていた。

「旦那！」

突然、常吉が喜八郎に身体をぶつけた。

喜八郎は、驚き、何事が起きたのかわからず、よろよろと身体を揺らし、その場に尻もちをついた。

周囲を歩いていた人が悲鳴を上げ、一斉《いっせい》に喜八郎から離れた。

「どうしたのだ」

喜八郎は、自分を抱《かか》え込むようにして身体をかがめている常吉に聞いた。

「暴漢です」

常吉が厳しい顔をして周囲を睨《にら》んでいる。

「暴漢？」

喜八郎は道路に落ちている短刀を見た。不気味に光っている。

「もう大丈夫です。どこかに行ってしまいました」

常吉は、喜八郎の手を取って立ちあがらせ、袴《はかま》の埃《ほこり》を払った。

「助かったな。ありがとうよ」

喜八郎は、息の乱れを整えた。修羅場《しゅらば》は多く経験しているが、銀座の通りの真ん中で襲われるとは想像だにしていなかった。

警官が駆けつけて来た。

「如何《いかが》されましたか」

警官が聞いた。

「なんでもありません。大丈夫です」

喜八郎は答えた。

「暴漢ですか？」

警官は道路に落ちた短刀を拾い上げた。

「ええ、馬鹿な奴がいるものです」

「あなたは大倉喜八郎翁《おう》ですか」

「ええ、そうですが」

「警官ですから、こんなことを言ってはいけないのだが、皇軍兵士に石ころの缶詰を送ったというのは本当でございますか。そんなことをしていると、命がいくらあっても足りませぬぞ」

警官は軽蔑《けいべつ》したように、ふんと鼻を鳴らして言った。

喜八郎は、警官を睨みつけ、「いずれあなたにもこの大倉喜八郎のことがおわかりになるでしょう」と言い、「常吉、行くぞ」と歩き去った。

石ころ缶詰事件は、その後も尾を引いた。喜八郎や三井が海軍軍人を新橋の料亭に招待した時のことだ。

酔った将校が突然、喜八郎の襟首《えりくび》を摑《つか》んで、引きずり始めた。座敷から廊下《ろうか》に出ると、二階の階段からそのまま喜八郎を突き落としたのだ。あっという間のできごとで、誰も止めることができず、喜八郎さえ何が起きたのかわからない有様だった。

気がつくと、階下で転がり、頭を打ったのかふらふらとする。額に手をやると、ぬるっと生温《なまあたた》かい感触だ。そっと手を目の前に持ってくると、血で指から掌《てのひら》が赤く染まっている。

喜八郎は、ゆっくりと立ちあがり、袖《そで》で血を拭《ぬぐ》った。手すりを握り、一歩、一歩確かめるように階段を上って行った。

階段の上には、自分を突き落とした将校とその仲間がいる。喜八郎は、目を合わせないようにうつむき気味で上って行く。

息を呑《の》んでいるのか、誰もひと言も発しない。

階段を上り切った。喜八郎はその将校の前に立った。彼は酔いが醒《さ》めたらしく、目を見開き、喜八郎を見つめている。自分がしてしまったことを、どのように始末をつけていいのか、考えつかないという顔だ。

喜八郎は、彼を見つめ、続いて目を伏せ、深く頭を下げた。

「なにか私にお気に召さない点がございましたら、お許しください」

喜八郎の頭の上で、彼が大きく息を吐《は》くのがわかった。

「いやあ、こちらも酔ったうえでのこととは言え、失礼をした。お許し願いたい」

彼が頭を下げた。

周りの空気が一気に解《ほぐ》れるのが喜八郎にわかった。

「さあさ、飲み直しだ」

誰かが威勢のいい声で言った。

「大倉殿、中へ」

誰かが、喜八郎の背中を押した。

「ありがとうございます」

喜八郎は、辞を低くして再び宴席《えんせき》に戻った。

酒のうえでの狼藉《ろうぜき》とはいえ、喜八郎を突き落とした将校は、石ころ缶詰事件に憤《ふん》慨《がい》していたのだ。誤解もはなはだしいが、ここで自分は石ころを缶詰に詰めるような真似など絶対にしてはいないと声高に叫んだところで、言い訳に聞こえるだけだ。喜八郎は、怒りや悔しさを呑み込み、にこやかな笑《え》みを浮かべて、再び、将校に酒を勧めた。

「いつかはわかってくれる時が来るだろう」

喜八郎は、声にならない声で自分自身に言い聞かせた。

2

「評判は最悪ですな」

滔天は豪快に笑いながら、喜八郎が注《つ》ぐ赤ワインを飲んだ。

「世間では戦争で儲ける男と思われております」

喜八郎も赤ワインのグラスを傾けた。

横浜の大倉組の一室には、滔天の笑い声だけが響いていた。

日清戦争は、明治二十八年（一八九五年）四月十七日、講和条約が調印され、日本の勝利で終わった。

喜八郎は、戦争の間、軍と共に行動した。大倉組の社員らを朝鮮に派遣し、前線で土木建築工事に従事させた。日本国内の工事を全《すべ》て一時中止し、全精力を日清戦争に傾けたのだった。

「私は、大倉殿が金儲けの亡者《もうじゃ》のようであるとは、微塵《みじん》も思っておりませぬ」

滔天は髭《ひげ》を触った。

どう見ても臈長《ろうた》けた人物に見えるが、まだ彼が二十歳代だと思うと、喜八郎はおかしくなった。急に笑いたくなった。

「何かおかしいことでも？」

滔天が怪訝《けげん》そうに喜八郎を見つめている。

「いや、失礼申した。あなたを見ていると、維新の多くの英傑を思い出し、あなたは彼らとそっくりであると思ったら、なんだか愉快になりましてね」

「維新の英傑とは？」

「大久保様などに私はお世話になり、今日《こんにち》があるわけですが、あの方も外見は大変に年輩《ねんぱい》に見えました。そう、あなたのように髭も蓄えておいででした。しかし、笑うと子供のように目が輝くのです。ちょうどあなたのように……」

「ほほう、そうですか。それは名誉なことです」

滔天は照れたような笑《え》みを浮かべた。

「日本も清国を負かすまでになりました。国が大きくなると、それに比べて人間が小さくなるような気がいたします。皆、守りに入るからでしょう。維新の時代は、誰もが子供のように夢を語っていたものですが……」

喜八郎は、往時を思い出すように目を細めた。

「私は、今、アジアの維新を起こすつもりです。そのことに命を捧《ささ》げるつもりです。ご支援をお願いしたい」

滔天は頭を下げた。

「アジアの維新ですか。いい言葉だ。血湧き肉躍る思いがしますな。しかし今は、台湾に力を注《そそ》いでおります」

日清戦争で台湾が日本の領土となった。

しかし台湾では日本の支配に対する反発が大きく、住民たちの抵抗が続いていた。

政府は、台湾に軍隊を派遣し、住民たちの抵抗を抑えつつ、植民地経営を進めていた。そこでも喜八郎は軍と共に行動した。

征台《せいたい》の役《えき》に従事した経験のある喜八郎は、台湾に乗り込み、土間《どま》に莫蓙《ござ》をしいただけのあばら家に住んで、鉄道工事などを自ら指揮し、推《お》し進めた。

台湾に視察に訪れた首相の伊藤博文《ひろぶみ》は、鉄道工事に感激し、「開物成務《かいぶつせいむ》」の書をしたためて大倉組に与えた。「開物成務」とは、『易経《えききょう》』からの言葉で、人知《じんち》を開発し、事業を成し遂《と》げるという意味だ。未開の地である台湾で、人知を駆使《くし》し、困難な鉄道工事を進めている大倉組に相応《ふさわ》しい言葉だった。

「それほどまで海外に目を向けられるのは、国内に不満があるからですか?」

「以前にもお話ししたと思うが、私には夢があります。大陸に本格的に進出し、日本とアジアを商売で一つにしたい。アジアの国々と協力してこそ、欧米に伍していけるからです。とはいうものの、国内が窮屈《きゆうくつ》であると思っているのは事実です」

そう言って喜八郎は、赤ワインをグイッと飲み干し、「国内では三井や三菱の後《こう》塵《じん》を拝すると言いますか、どうしても彼らを気にして事業をしなくてはならない。海外ならそんなことはない。腕の振るい放題ですから」と笑った。

明治二十九年（一八九六年）に三井の三井八郎《はちろう》右衛《え》門《もん》高棟《たかみね》、三菱の岩崎弥《や》之助《のすけ》、岩崎久弥《ひさや》が実業家として初めて男爵《だんしゃく》の爵位《しゃくい》を授与された。

勲章《くんしょう》や名誉など派手なことが好きな喜八郎としては、自分が最初に授与されるべきだと思っていた。それは幕末、明治維新、征台の役など、弾《たま》が飛び交う中を実際に走りまわったのは自分だけだという強烈な自負があったからだ。

三井や三菱のトップは安全な場所に身を置き、部下に指示をするだけだ。その彼らに爵位授与で後《おく》れをとることなど、考えるだけで悔しい。喜八郎は、事あるごとに懇意《こんい》にしている伊藤博文など、政界の大物に働きかけていた。しかし、一番に爵位を授与されるという栄誉には与《あずか》れなかった。

石ころ缶詰事件などの悪評が影響していることは、間違いのないところだった。

なぜ自分にだけ悪評が立つのか。それは組織というものと個人というものの違いだ。彼らは組織を重視する。個人が表に出ない。そのことによって、同じように戦争で儲けた三井や三菱に攻撃が向かっても、三井八郎右衛門や岩崎弥之助には批判が集まらない。ところが、と喜八郎は思う。自分は彼らと仕事のやり方が全く違う。自分が前面に出てしまう。だから、石ころ缶詰などといういわれなき中傷《ちゆうしよう》が自分に集中する。では同じように組織を固めて、自分は後方に下がればいいではないか。そう思うのだが、それは自分には合わない。

何も、後世に財産を残そうと思って商売をしているわけではない。自分がこの世界でどれだけ大きな事を為《な》せるか試してみたいのだ。自分が面白くなくて何が商人だ。こせこせと金勘定《かねかんじよう》だけが楽しみで財産を守ることに汲々《きゆうきゆう》とするなんぞ、自分の性《しよう》には合わない。

三井や三菱のことは腹立たしいが、自分にはせせこましい日本国内より広大な大陸が似合っているのではないか。

還暦《かんれき》を迎え、喜八郎の夢はますます膨《ふく》らんでいこうとしていた。

「三井、三菱は大倉殿のように目立つことなく、着実に国内で地歩を固めておるようですね。爵位も授与された。彼らは銀行をつくり、資本を集め、事業を進めています。大倉殿とは生き方が違うようですな」

「私は、彼らとは違います。親友に安田善次郎《ぜんじろう》がおりますが、彼も三井や三菱と同じように銀行業を進めております。私にはどうもそのやり方は向かないようです。他人の金を当てにしていては、自由に腕を振るうことはできないからです」

「戦争を利用し、自分の金を使って、海外に雄飛《ゆうひ》した方がやりがいがあると……」

滔天はにやりとした。

「戦争を利用してというのは、人聞きが悪いですな。でもその通りです。どうも冒険家の血が騒いでしかたがないのが、私の良いところであり、欠点です。ところでフィリピンは如何ですか?」

フィリピンは、スペインの支配下にあり、独立運動が盛んになっていた。

「スペインの力は衰えております。そこにアメリカが替わろうと画策しております。アメリカは、自分の足元のキューバを己《おのれ》のものにしようと、キューバを支配するスペインに戦争をしかけるつもりでしょう。その時、同時にフィリピンもわがものとし、太平洋での勢力を拡大しようとしています」

滔天は世界の動きについて話した。

「まさに弱肉強食ですな。誰かの力が弱れば、間髪《かんはつ》をいれずに誰かがそれに替わろうとする……」

喜八郎は血が騒ぐのを覚えた。

「いずれアメリカはスペインと戦争をするでしょう。スペインは、勢力交替を恐れて戦争を回避したいと考えているようですが、まあ、不可避《ふかひ》でしょうな。そうするとフイリッピンでは独立運動が一気に盛りあがる。それはまるでアメリカと気脈を通じているように見えますが、実は、アメリカとの戦いの始まりです。日本はなんとか免《まぬか》れておりますが、欧米諸国は太平洋、そして大陸と、植民地化の触手《しょくしゅ》を伸ばしております」

滔天は強い口調で言った。

戸が開いて、常吉が入って来た。

「お着きになりました」

「おう、通してください」

喜八郎は言った。その顔には緊張があった。

「来られましたな」

滔天が相好《そうごう》を崩して、椅子《いす》から腰をあげ、立ちあがった。

3

その人物から、大きな「気」を感じた。大久保利通《としみち》や西郷隆盛《さいごうたかもり》らと会った時も同じように「気」を感じ、その力に圧倒されそうになったことがある。目の前の青年から発せられる「気」は、彼らよりも強いかもしれない。

孫文《そんぶん》。

形の良い頭をしている。姿勢がすっと伸びている。目は涼やかで喜八郎を見据《みす》えて、動じることがない。慶応《けいおう》二年（一八六六年）生まれというから、年齢は三十二歳。

喜八郎は、自分の年齢の半分しかない男と対峙《たいじ》し、その男が発するエネルギーを全身で受け止めていた。

「大倉喜八郎殿、お会いできて光栄です」

「こちらこそお会いできて光栄です。お名前はかねがね、こちらの宮崎さんから伺《うかが》っておりました」

二人の話は静かに始まった。

孫文の弁舌《べんぜつ》は爽《さわ》やかで、流暢《りゅうちょう》だった。

清《しん》国の民衆の状況を説明し、革命の必要性を強調する。決して声高《こわだか》に言い募《つの》ることはしない。静かにじっくりと相手の心に沁《し》み入《い》るように話す。

「清国政府は人民を眠らせたままにしている。人民の意識が覚醒《かくせい》しないようにしているのです。このままでは欧米列強に支配されるのは必定《ひつじょう》です。私の信念は、共和制です。人民が国を治めるのです。そのために革命を起こさねばなりません」

「日本のことはどう思われていますかな」

「日本のことは尊敬しております。天皇を戴《いただ》いてはおられますが、実質的に共和制を布《し》かれているという認識でおります。徳川幕府という圧政を人民の力で倒し、欧米にも負けぬ力を蓄えられた。清国との戦いでも勝利を収められた。あの事実は私たちに非常なる勇気を与えたのです。しかし、このままでは清国は、わが国土を欧米列強に与えてしまいます。これではわが国は永遠に屈辱《くつじよく》を強《し》いられることでしょう。ぜひ、大倉殿に私たちの革命にご賛同いただき、ご支援をいただきたいのです。これは四億の人民のためだけではなく、アジア全体、ひいては貴国、日本のためでもあると確信いたします」

孫文は、喜八郎から視線を外《はず》すことなく話した。

喜八郎は、孫文の隣に座る滔天を見た。

「大倉殿、ぜひともよろしくお願いしたい」

滔天が頭を下げた。

「私は貴国に非常に関心を持っております」

喜八郎は孫文に言った。

「宮崎さんからもそう伺っております。私は八月十六日にカナダから横浜に着いて以来、興中会《こうちゆうかい》の同志たちと日本に革命拠点を設けるために活動してきました。多くの日本人がわが国に強い関心を持っているのがわかりました」

孫文は明治三十年（一八九七年）八月二日にカナダを発《た》ち、同十六日に日本に着いた。

日本に着いて以来、滔天の紹介で犬養毅《いぬかいつよし》や頭山満《とうやまみつる》、内田良平《りようへい》などの政治家やアジア主義者らと接触を重ねていた。

孫文は革命家であるが、夢想家《むそうか》ではない。革命には資金がいる。武器を購入するにも人民を革命側になびかせるのにも、先立つものは資金だ。そのためには清国に関心のある実業家の支援は、ぜひとも必要だと考えていた。

「私は日本では戦争屋、死の商人などと言われております。言いたい奴には言わせておけという姿勢ですが、そう言われても仕方がありません。幕末からずっと今日まで、戦争と共に事業を拡大してきました。先だっての清国との戦いでも軍と共に行動しました。私は戦争で金儲けをしようと思っているのではありません。戦争が私の血をどうしようもなく騒がせるのです」

喜八郎は孫文の目を見つめた。

孫文が大きく頷《うなず》いた。

「あなたを見ていると、私と一緒に戦った維新の志士たちと同じ臭《にお》いがする。それは戦いの臭いです。あなたと組めば、私はもっと面白い人生を送れるような気がします」

喜八郎は笑った。

「私も同感です。大倉殿と組めば、面白いことになりそうだ」

孫文も笑った。

「あなたを支援するから貴国での利権を寄こせなどと、ケチなことは言いません。一緒に貴国を欧米に負けない国にしましょう。貴国が発展すれば、日本も発展するでしょう。四億もの貴国の人々が必要とするものを、日本から輸出すればいいのですから。お互いが栄える関係にしたいものです。戦争は血が騒ぐと申し上げましたが、戦争のあと、商売を拡大して、その国を豊かにしていくことにこそ、男の血が騒ぐのです」

喜八郎が話し終えると、孫文が立ちあがった。テーブル越しに手を伸ばし、喜八郎の手を取り、力を込めて握りしめた。

「大倉殿、革命が成就《じょうじゅ》した暁《あかつき》には、あなたのわが国における活動の自由を、私の責任において保証いたします」

孫文は力強く言った。

「条件があります」

喜八郎は、孫文の手を握りながら言った。

「はて？　なんでしょうか？」

孫文が怪訝そうな表情をした。

「私の名前は伏せていただきたいのです。私はあなたの理想を陰で全面的に支援いたします。しかし、それは商売ではありません。貴国の発展のための無私の支援だと思ってください。ですから、私の名前を表に出さないようにしていただけますか？」

喜八郎は、にこりとほほ笑んだ。

孫文は意表を突かれたように少し間を置いたが、「承知しました」と答えた。

孫文は、再び席に着くと、喜八郎をじっと見つめて「あなたと私は似た者同士のようだ」と言った。

「それは畏《おそ》れ多いことです。私は一介《いっかい》の商人です」

喜八郎は楽しそうに答えた。

「いや、商人と革命家は似ていると思います。商人は客の心を摑むためにいつも感度を高くしている必要があり、農民のように一カ所にとどまるのではなく、変化をしていかねばなりません。変化を恐れれば、大商人にはなれません。革命家も同じです。状況に合わせ、人民の要求するところに従い、変化せねばなりません。その変化を恐れるようでは立派な革命家にはなれません」

孫文は、テーブルに置かれていた赤ワインのグラスを持ち上げた。

「大倉殿と私の友情に」

孫文が言った。

「乾杯しましょう」

喜八郎も赤ワインのグラスを持ち、孫文のグラスと合わせた。

「乾杯」

喜八郎と孫文の声が室内に静かに響いた。

喜八郎は孫文に、陸軍から払い下げを受けた武器・弾薬を提供した。これらは喜八郎の名前を出さないようにするため、外国商人に転売した形式を取った。

しかし、明治三十二年（一八九九年）七月、武器を積んだ船が航海中に沈没したため、孫文がそれらを、フィリピン独立運動に活用することはできなかった。

4

喜八郎は、人材を育てることに強い関心を持つようになっていた。自分のように志を持っている若者を応援することが、成功した人間の役目だと考えるようになっていたのだ。

明治三十一年（一八九八年）五月二十三日から二十五日にかけて、喜八郎は赤坂の邸宅で、還暦と徳子との銀婚式を祝う盛大な祝賀会を催《もよお》した。

その席で喜八郎は、基金五十万円を拠出《きょしゅつ》して学校を新設する構想を発表した。

明治三十一年当時の大卒銀行員の初任給は三十五円。現在は約二十万円だから、喜八郎の基金五十万円を現在の価値に換算すると、約三十億円にもなる。

祝賀会に集まった人々から歓声が上がった。

喜八郎は得意満面の顔で会場を見渡した。


「旦那、うれしそうですね」

常吉は、たま子に囁《ささや》いた。

「本当にたいした人ですね」

たま子も、基金五十万円の話を聞き、驚いていた。

今日の祝賀会は、当然のこと銀婚式の徳子が主役だが、たま子も招かれていた。徳子から、どうしても出席してほしいと言われていたからだ。

「そろそろ私も引退ですかね」

常吉は壇上で小柄《こがら》な身体をそりかえらせている喜八郎を見つめながら、ぽつりと言った。

「どうしたの常吉さん。弱気になって」

「私もそろそろ古希《こき》を迎えますからね。身体もガタがきていますし、もう旦那のお役には立たないでしょう」

「まだまだよ。旦那様は、まだあんなにお元気じゃないの」

たま子が目を細めて喜八郎を見つめている。

「そうだよな。旦那は今度は清国に行くと仰《おっしゃ》っている。どこまで羽をお広げになるんだろう」

常吉もまぶしそうに喜八郎を見つめていた。

「私は、越後《えちご》から出て来て、貧しさに耐えながら、多くの人たちの協力で今日、このような祝賀会を催すことができるまでにならせていただきました。そこで感謝の気持ちを込めて、人材を育てる学校をつくろうと、渋沢《しぶさわ》翁や石黒忠悳《いしぐろただのり》様らとご相談してまいりました」

喜八郎は学校設立に至った経緯を説明した。

会場にいた渋沢や石黒が、笑みを浮かべて聞いている。

石黒は年少の頃、越後《えちご》の石黒家の養子になった。その後幕府の医学所を卒業し、軍医総監にまで出世した。喜八郎とは、同郷人として親しく付き合っている。

「石黒様は、私が五十万円を出すと申し上げますと、『本当に五十万円も出すのか』と座布団《ざぶとん》から滑《すべ》り落ちられましたな」

会場から笑いが洩《も》れた。

「教育というものは、すぐに成果が出るものではありません。十年先、二十年先に大きく花開いてくれればいいと考えております」

喜八郎は、盛大な拍手に包まれた。

喜八郎の構想した学校は、渋沢や石黒が協議委員会をつくって準備を進め、赤坂の邸宅の隣に校舎が建築されて、明治三十三年（一九〇〇年）九月に開校した。これは東京経済大学として現在に至り、喜八郎の願い通り、多くの人材を世に送り出している。

5

「武器は出せぬということです。残念ながら、政府は華南《かなん》地区への進出は不可との方針です。児玉《こだま》様、後藤様も同意されております」

喜八郎は、苦渋《くじゅう》に満ちた顔で滔天に言った。

滔天は腕を組み、天を仰《あお》いだ。

明治三十三年五月、清国では義和団《ぎわだん》事件が発生した。

義和団は排外主義的な秘密結社というべき組織で、貧困層に支持者を広げ、蜂起《ほうき》した。当初は清国政府を倒し、明《みん》に戻るというスローガンを掲げていたが、やがて庶民の排外的な気運に乗じるようになり、キリスト教徒や外国商品を扱う商店などを襲い始めた。それに火をつけたのは清国政府だった。義和団の力を借り、欧米の力を削《そ》ごうとし、宣戦布告《せんせんふこく》したのだ。内乱が、対外戦争に発展してしまったのだが、たちまち清国政府は欧米諸国の連合軍に打ち負かされ、多額の賠償金《ばいしようきん》を支払うはめになった。

清国は急速に内部から崩壊を始めつつあった。この機に乗じて孫文は、滔天たち日本の支持者と諮《はか》って清国政府の打倒を図ろうとしていた。

孫文は、喜八郎や犬養毅らの紹介で、台湾総督府《そうとくふ》長官の児玉源太郎《げんたろう》と民政長官後藤新平《しんぺい》に会った。

二人はかねてより、台湾の統治を固めた後は大陸への進出を計画していたため、孫文への支援を約束した。

児玉が率いる台湾政府が清国アモイに進攻するのに呼応《こおう》して、孫文が武装蜂起するという計画だった。

しかし戦争の拡大を望まない伊藤博文たち日本政府は、児玉の計画を中断させた。

孫文は武装蜂起を諦《あきら》めざるをえなくなった。そこで孫文は再度、台湾に渡り、後藤に会った。

後藤は孫文との会談で、「児玉大将は、海豊《かいほう》、陸豊《りくほう》まで出れば武器を提供すると言いました。その武器をもってアモイに出てください。そこには台湾銀行の支店があります。その銀行の地下室に二、三百万円あるはずです。革命というのは戦争でしょう。それが襲われて誰かにとられたって、我が方は与り知りません」と言った。

後藤は、言外に孫文の革命行動については、見て見ぬふりをすると伝えたのだ。

児玉と後藤は、日本政府が清国への進攻を認めていないことを承知していたが、暗黙裡《あんもくり》に孫文の革命を支援することで、革命が成功すればそれを契機《けいき》に大陸進攻を図ろうとしていたのだ。

孫文は、後藤の言葉に感激し、同志に決起を促《うなが》した。

革命軍は、恵州《けいしゅう》（現在の広東省《カントン》あたり）で蜂起し、戦いを有利に進めていたが、徐々に武器が不足してきた。

孫文は、児玉や後藤たち台湾総督府に支援の実行を要求した。

ところが彼らは動かなかった。日本政府は、児玉の動きを封じるために彼に帰国を命じ、陸軍大臣に据《す》えた。実質的に、孫文らの革命軍への支援を不可能にしたのだった。

滔天も、革命軍の蜂起に呼応して喜八郎に武器の提供を依頼したが、さすがの喜八郎も、今回ばかりは日本政府の清国の革命に関与しないという強い方針を知っていたため、彼の依頼を断ったのだ。

革命軍は各地の民衆を集め、二万にも膨れ上がり、アモイに迫った。しかし、決定的に武器が不足し、待ちうける清国政府軍と戦うことができる状況ではなくなった。

孫文は、「もう一歩……」と無念の思いを抱《いだ》きながら、革命軍の現地指揮官に「撤退するも進軍するも、そちらに任せる」と指示した。事実上の敗北だった。

明治三十三年十月二十二日、恵州蜂起から十六日目のことだった。

孫文は、児玉や後藤などの日本の支援者から裏切られたことに酷く傷ついた。喜八郎さえ武器の提供に応じてくれなかった。なぜだという悔しさに身を焦《こ》がす思いだった。ましてや自分の呼びかけを信じて、蜂起した多くの同志を死なせてしまった後悔の気持ちも強かった。

さらに孫文に追い打ちをかけたのは、日本政府から好ましからぬ人物としてマークされるようになったことだ。

ある日、孫文は喜八郎から連絡を受けた。それは横浜の大倉組で会おうという内容だった。

孫文は、身を隠しつつ、大倉組のビルに入った。そこに喜八郎が待っていた。

喜八郎は、孫文を部屋に案内し、料理と酒を出した。

孫文は、料理にも酒にも手を付けず、硬い表情を崩さない。

「先だっての恵州蜂起の件では、ご協力できずに申し訳ない」

喜八郎は素直に謝った。

途端に孫文の表情が和らいだ。

「同志には申し訳ないことをしました。しかし、革命はまだこれからです。ぜひ大倉殿には、今後とも支援をお願いしたい」

孫文は、目の前にあったワインの瓶《びん》を摑むと、喜八郎のグラスに注いだ。

「よく承知しております。次回は何があってもご支援します」

喜八郎は、グラスを持ち上げた。

「ぜひ、一度、わが国をご案内したい」

孫文もグラスを持った。

「ぜひ貴国に伺いたいものです」

喜八郎は孫文のグラスに自分のグラスを合わせた。

大陸、そこでもうひと暴れしたいものだ。

喜八郎は密《ひそ》かに心に誓った。

軍人の役割、商人の役割

1

喜八郎《きはちろう》は、常吉《つねきち》の痩《や》せて骨が浮き出た手を強く握りしめた。

「ご無事で」と、常吉は涙でうるんだ目を喜八郎に向けた。

喜八郎の後ろには上海《シャンハイ》に向かう客船、大貞丸が停泊している。明治三十五年(一九〇二年)十一月、喜八郎は念願の上海に旅立つのだ。

喜八郎は、かねてより孫文《そんぶん》が革命を夢見ている大陸へ行こうと思っていたが、思いがけなく政府から大陸行きの要請が来たのだ。

政府は重工業の進展を図ろうとしていた。その中心となる八幡《やはた》製鉄所が操業を開始したが、鉄鉱石の安定的な供給体制の構築が急務だった。そのため政府は、清国《しん》の鉄鉱石購入権獲得を欧米諸国と激しく争っていた。

清国政府の漢陽《かんよう》鉄政局と交渉し、借款《しゃっかん》を条件に漢口《かんこう》に近い大冶《だいや》の鉄山の権益を確保しようとしていたのだ。

政府は自ら交渉に乗り出したいのはやまやまだったが、欧米諸国の目が光る中、また国内の様々な思惑がうごめく中では動きが鈍くなってしまう。そこで、こういう時は民間人に動いてもらう方がいいと考えた、伊藤博文《ひろぶみ》ら政府首脳が、喜八郎に白羽《しらは》の矢をたてたというわけだった。

清国は、日清戦争にも敗れ、もはや死《し》に体《たい》と言ってよかった。そのような国と交渉するのはリスクが高い。ましてや借款という形で資金を出すとなると、不良債権化する可能性が高い。たいていの民間人なら尻込《しりご》みする。しかし喜八郎は、二つ返事で承諾した。

それは孫文という人物が、この国の未来図を喜八郎に描いて見せたことが大きく影響している。

彼のような人物が新しい国をつくるなら、投資してもいいだろう。

これが喜八郎の考えだった。

それに「こんな時は大倉殿しか頼りにならない」と言われると、まんざらでもないと思ってしまうのが喜八郎のいいところであり、経営者としてはややリスク管理に欠けるところでもあった。

政府にはどうしても鉄鉱石を安定的に輸入し、重工業を発展させ、さらに国力を増大しなければいけない事情がある。

それはロシアとの関係だった。

欧米諸国に追いつけ、追い越せと発展してきた日本と、南下政策をとるロシアは早晩、どこかでぶつからざるをえない状況に追い詰められていた。

朝鮮国も、日本が清国に勝ったことにより、清国からの独立を確保したが、ロシアの南下に脅《おびや》かされ、日本との関係を強化するべきではないかという意見も出て国論は割れていた。

このままではロシアの南下は止められない。満州、朝鮮半島がロシアの支配下に入ってしまえば、日本の独立さえ危《あや》うくなってしまう。日本の危機感は強まっていた。

政府は明治三十五年に、イギリスと日英同盟を結んだ。これは同じように欧州進出を図るロシアを牽制《けんせい》したいイギリスが、遠いアジアで日本がロシアと対峙《たいじ》してくれることに、大きなメリットがあると考えたためだった。

「お前も一緒に行ければよかったのに」

喜八郎は寂《さび》しげに言った。

「私もそのつもりでしたが、もうこの身体《からだ》では旦那《だんな》の足手まといになるだけです」

常吉は悔《くや》しそうに顔を歪《ゆが》めた。

常吉は七十三歳。まだまだ元気だと思っていたが、急速に身体が弱っていた。上海に出発する喜八郎を見送りに横浜へ来るのさえ、やっとのことだった。

喜八郎は、常吉が長くないのではないかと気がかりだった。二人で多くの修羅場《しゅらば》を渡り歩いてきた。陽気な常吉は、いつも喜八郎の支えだった。それが今までの苦労がたたって、このように痩せ、衰えている。なんとも哀《あわ》れな気がした。

「養生《ようじょう》してくれ。大陸の土産《みやげ》をいっぱい持って帰ってやるからな」

喜八郎は無理に笑《え》みをつくった。

「へえ、お待ちしています。身体を治して、また旦那のお役に立つようにいたします」

常吉は言った。

汽笛《きてき》が鳴った。船の出発が迫った。

「常吉さん、旦那様が出発されますよ」

常吉の身体を支えているのは、たま子だった。

「たま子、常吉を頼んだぞ」

喜八郎は、たま子に言うと、後ろを振り返らずタラップを上って行った。

2

喜八郎を乗せた船は上海の港に入った。空はどんよりと重苦しい灰色の雲で覆《おお》われている。目の前に広がるのは長江《ちょうこう》だ。空の色を映して川面《かわも》は灰色に濁っているように見える。船の周りではイルカの群れが遊んでいる。

これは河か?

喜八郎は驚き、言葉が出なかった。

これまでに訪れた欧米諸国とは明らかに違う景色だ。一衣帯水《いちいたいすい》といわれる隣国の景色とは思えない。河でありながら長江には白波が立ち、つま先立ちして遠くを眺《なが》めても、対岸は見えない。

孫文が革命を起こし、新しく国をつくろうとしているのは、このような広大な国なのだ。

喜八郎は、あらためて孫文の大きさに感動していた。

船はゆっくりと河を遡《さかのぼ》って行く。喜八郎は飽きることなく波と空を眺めていた。

遠くに、山のような黒々としたものが見える。ようやく陸地が見えたかとどこかほっとした気になる。その時、冷たい風が吹いた。首を竦《すく》め、巻いていたマフラーを両手で摑《つか》んだ。

ああ、なんだ、あれは。

黒い山がゆらゆらと揺れ動いている。山だと思っていたのは、遠い地平線から湧《わ》きあがってくる雲だったのだ。

すごい。この地は天地が一つになっている。日本など比べものにならない広さだ。この国で思いっきり残りの人生の羽を広げたいものだ。

船は長江をさかのぼり、寄港地九江《きゅうこう》に着いた。喜八郎は、同行の者と共に上陸することにした。

タラップに足をかけた時だ。港に群がっている人びとが見えた。地面が見えないほどの人だ。上半身裸で荷物を運んでいる者、街を取り囲む高い城壁に身体を預けて何もしないで座り込んでいる者、山高帽《やまたかぼう》を被《かぶ》った欧米人に鞭《むち》打たれ、泣《な》きながら謝っている者など、人が溢《あふ》れている。男と女が喧嘩《けんか》をしている。喚《わめ》き、殴《なぐ》り合っている。耳に突き刺さってくるほどの甲高《かんだか》い声だ。犬が吠《ほ》えている。油と汗と、何か動物が腐ったような臭《にお》いで鼻が曲がってしまう。

同行の者はタラップに足を止めたまま動こうとしない。

「どうした？　後ろがつかえているぞ」

「気分が悪い。この臭い、うるささはなんだ！」

顔を歪《ゆが》めている。

喜八郎は愉快になった。同行の者は清国の空気に怖気《おじけ》づいているのだ。

「お前もこの国で商売をしようと思っているのだろう。情けないことを言うな」

喜八郎は、彼の横を通り抜け、一人でタラップを下りて行った。

たちまち群衆に取り囲まれた。上半身裸で、痩せてあばら骨が浮き出ている。身体は汚れ、中には疥癬《かいせん》で皮膚がぼろぼろになっている者も多い。手を差し出し、口々に意味不明な言葉を発している。金をくれと言っているのはわかるが、お願いというより奪い取らんとする勢いだ。

そのそばをきれいに着飾った欧米人の女性が、召使いを連れて歩いて行く。

外国人の方が豊かな暮らしをし、自国民である清国人が貧しく、虐《しいた》げられている。喜八郎は、日本のことを考えた。日本にもこうした人はいる。

しかし、これほど外国人との差があるわけではない。今、清国は、日本との戦争に負けるなど、弱体化が激しい。欧米諸国の食いものにされているというのが実情だ。日本はなんとか独立を保っているが、もしも欧米諸国に支配されていたら、このようになってしまったことだろう。孫文が革命を起こしたい理由は、こうした現状を打破し、欧米諸国からこの国を守りたいのだ。

「金はない、金はない」

喜八郎は、群がってくる群衆をかきわけて歩く。同行の者は喜八郎の後ろを青ざめた顔でついてきている。

「飯《めし》を食おう」

喜八郎の言葉に、同行の者は顔をしかめながら頷《うなず》いた。

大ホールのような建物がある。間口《まぐち》、奥行きとも数十メートルもある。石づくりで壁面には豪華に装飾が施《ほどこ》され、ガラス製の燭台《しょくだい》が何十個も据《す》え付けられている。夜になると妖《あや》しい光を放つのだろう。飯店《はんてん》という看板が掲《かか》げてあるから、ホテルにもなっているのだ。

「ここに入るぞ」

中は広く、天井《てんじょう》も高い。椅子《いす》に囲まれたテーブルや、ソファが整然と並べられている。壁際の椅子には、清国人の男がのんびりと長い煙管《キセル》をくわえて座っており、甘い臭いが漂《ただよ》っている。アヘンを吸引しているのだろう。

喜八郎たちがテーブルにつくと、給仕がやってきた。中国茶の茶葉の入った蓋《ふた》つきの湯呑《ゆのみ》を並べ、そこに熱い湯を注いでくれた。

「飲んで大丈夫ですかね」

同行の者が心配そうな顔をする。

「どうした？　茶じゃないか」

喜八郎が飲んで見せた。香りが良い。

「水が悪いでしょう？　ウオッカで消毒しても腹を壊《こわ》すっていいますよ」

彼は眉根《まゆね》を寄せた。

「馬鹿なことを言うな。私が台湾に行った時などは虫のわいた水を飲んだものだ」

苦しかった征台《せいたい》の役《えき》のことを思い出した。

明治も三十五年も経つと、日本人も弱くなったものだ。これからロシアとも戦争しなければならないかもしれないのに、これではダメだと思う。周りを眺めると、客がぽつりぽつりとテーブルを囲んでいる。皆、欧米人か、彼らの取り巻きの清国人だけだ。清国の庶民には手が届かない高級なレストランなのだ。

適当に何か持ってこいと給仕に命じると、トランペットのような壺《つぼ》に入った紹《しよう》興酒《こうしゅ》、バジーという南京豆《なんきんまめ》、ビブーという小さな黄色い果実、ビスケット等を運んできた。

それらを摘《つ》まみにして酒を飲んでいると、鯉《こい》の丸揚げを運んできた。

「おおっ」

同行の者が歓声を上げた。煮えたぎった油の中で鯉が躍《おど》っているようだ。一度揚《あ》げた鯉を皿に盛り、その上から再度熱い油をかけたものだ。なんとも派手な料理だ。

次々にいろいろな料理が運ばれてきた。どれもこれも食べたことがない。

「外に比べて、ここは王様の料理と酒。まことにこの国は広大だな」

喜八郎が笑みを浮かべて言った。先ほどまで情けない顔をしていた同行の者はどの料理も口に合ったのか、うれしそうな顔をしている。

「大倉殿、この国で、さらにひと旗、揚げたいものですな」

「ああ、ひと旗も、ふた旗も揚げますぞ」

喜八郎は言い、鯉にかぶりついた。

3

喜八郎は、漢陽鉄政局との間に二十五万円の借款の締結合意を取り付け、鉄鉱石購入権獲得という期待された役割を無事果たし終えて帰国した。

自邸に帰ると、徳子《とくこ》とたま子が迎えてくれた。二人は正妻と妾《めかけ》という関係だ。徳子には自邸、たま子には別荘の管理を任せている。喜八郎が言うのもおかしいが、二人は仲がいい。それは徳子の賢さであり、たま子の謙虚さのお陰だ。

ところが、二人が浮かない顔をしている。

「どうした？　大陸の土産もあるぞ」

喜八郎は首を傾《かし》げた。

二人は、顔を見合わせて何も答えない。

「常吉はどうした？」

見送りの際の憔悴《しょうすい》した常吉の姿を思い出した。いつもなら真っ先に迎えてくれるはずの常吉がいない。このことが、二人の表情の翳《かげ》りの原因なのだろうか。

「そのことでございますが、常吉が屋敷を出たのでございます」

徳子が思い切ったように、真剣なまなざしで言った。

「屋敷を出た？　どういうことだ」

常吉はこの敷地内に住まいを持っている。

「常吉の体調がすぐれないのはご承知の通りでございますが、医者からもう先がないと言われておったのでございます。常吉には、屋敷内でゆっくりと養生するようにと申しておったのですが……」

「何か問題が起きたのか」

喜八郎は険《けわ》しい顔になった。

「わたくしから申し上げます」

たま子が前に出て来た。

「話してくれ」

「常吉さんは、ご自分の最期が近いことを覚悟《かくご》され、どうせ死ぬなら、旦那様と初めて会った上野の長屋で死にたいと、わざわざ貧乏長屋を探して移ってしまったのです」

たま子が顔を曇《くも》らせた。

「あの野郎、小癪《こしゃく》なことをするもんだ」

喜八郎は頬《ほお》を緩《ゆる》めた。

二人は喜八郎が怒りを顕《あら》わにしなかったため、ほっとして、顔を見合わせた。

「それで面倒は見ているのかい？」

「それは勿論《もちろん》です。もう寝たきりになっておいでですので……、それほど長くはないかと……」

たま子が寂しげに言った。

「なんてことだ。すぐ見舞いに行くぞ。支度《したく》をしてくれ」

喜八郎は、馬車に乗り、常吉が住む長屋に向かった。

喜八郎が初めて店を持った下谷上野の摩利支天《まりしてん》横町だ。上野広小路《ひろこうじ》の通りから中に入ったところだが、この辺りは江戸から東京に変わっても、まだ江戸の風情《ふぜい》を色濃く残していた。

狭い通りを喜八郎を乗せた馬車が行く。やがてなりたき男一匹、と大志を抱《いだ》いて、長屋から見える狭い空を眺めていた。まさかここまで大きく羽を広げることになろうとは思っていなかった。これは自分一人の力ではない。常吉が陰になって支えてくれたからだ。

「着きました」

御者《ぎょしゃ》が言った。

馬車は狭い路地までは入れない。喜八郎は馬車から降りた。

「一乗寺《いちじょうじ》の近くだと言っていたな」

昔と変わらぬ長屋が並んでいる。急激に懐《なつ》かしさが込み上げてきた。あの頃の若さが戻ってきたような気がする。

「この辺りで、常吉さんという方のお家はご存じないですか」

通りかかった女に聞いた。

「ああ、最近、ここに移ってきた人だね。その人ならあそこの家だよ」

女は三軒先を指差した。

喜八郎はゆっくりと歩いた。常吉と一緒に苦労した思い出が浮かんでくる。

「ここだな」

喜八郎は勢いよく戸を開けた。

「おい、常吉、喜八郎だ。ちょいと顔を貸してくれねえか」

部屋の中には外からの薄日が差しているだけだ。がらんとした何もない殺風景な部屋の中に布団《ふとん》が敷かれている。そこに常吉は横たわり、顔を喜八郎に向けた。

「旦那、お帰りなさい」

か細い声で言う。顔はやつれているが、無理やり笑みを浮かべた。身体を起こそうとしている。

「常吉、そのままでいい」

若い頃のように弾《はず》んだ声で常吉を呼んだのだが、当の常吉は想像以上に弱っている。

喜八郎は草履《ぞうり》を脱ぎ、部屋に上がった。

「清国はどうでしたか」

「すごい国だった。孫文が言っていた通りだ。これから発展するぞ」

「それはようございました。旦那の活躍の場が広がって……」

常吉の声は掠《かす》れ、聞き取れないほど弱々しい。

「早く身体を治して、私と一緒に大陸に行くんだ。いいな、常吉」

喜八郎の言葉に、常吉は薄く笑った。

「もうご一緒できないです。この身体を悪い病気が蝕《むしば》んでいやがるんで。悔しいですが、寿命です。思えば旦那とお会いできたお陰で、楽しい一生でした」

「何を弱気なことを言っていやがるんだ」

喜八郎は、常吉の手を取った。痩せて骨が浮き出ている。

「自分の身体は自分が一番わかっています。もう先は長くありません」

「屋敷に戻れ」

「ありがとうございます。身勝手だと思いましたが、最期はここで終えたいと思いましてね」

常吉は微笑した。土気色だった顔にわずかに赤味が差したように見えた。

「ここは私の出発したところでもある」

喜八郎は言った。

「おいらは、しがない岡《おか》っ引《ぴ》きでした。それが、なんだか威勢だけがいい若い干物屋の旦那と出会った……」

「威勢だけがいいとは余計だな」

喜八郎は笑った。

「二人で遭難《そうなん》しそうにもなりました」

常吉は、津軽《つがる》藩へ鉄砲を運んだ時のことを言っているのだ。

「そうだったな。常吉には本当に世話になった。ありがとうよ」

喜八郎は常吉の手を強く握った。常吉も握り返したが、力は弱い。

「旦那は、おいらが見込んだ通りに偉くなられた。うれしいですよ」

常吉の目から涙が一筋、流れた。

「屋敷には戻らないのか」

「へえ。勝手致します。生まれる時も、死ぬ時も、そんなに広い場所はいりませんやね。畳《たたみ》一畳あれば十分でさぁ」

「わかった。しっかり面倒を見るから、ここで養生して、必ず一緒に清国に行こうな」

喜八郎の目にも涙が浮かんだ。

死ぬ時は畳一畳で十分か……。余計なことを言いやがる。喜八郎は苦笑した。

常吉は、喜八郎の原点であるこの長屋で命を終えることで、喜八郎に大事なことを教えようとしたに違いない。それは、どれだけ栄耀《えいよう》栄華を極めようと死ぬ時は誰も同じで、畳一畳もあれば十分だということだ。それは欲張りすぎるなということか。それとも、最期は誰も同じなのだから思い切ってやれということなのか。おそらく両方の意味をかけているのだろう。

「旦那……」

「常吉、もう言うな。ゆっくり休め」

喜八郎の言葉に安心したのか、常吉は瞼《まぶた》を閉じた。喜八郎は握っていた常吉の手を布団の中に戻した。

静かな寝息が聞こえている。喜八郎は常吉の眠りを邪魔しないように、そっと長屋の外に出た。

涙が再び込み上げてきた。

「常吉……。一日でも長生きしろよ」

常吉が亡くなったのは、喜八郎が訪ねてから数日後のことだった。年の瀬も押し迫り、その日は寒く、木枯《こが》らしが吹いていた。

4

明治三十七年（一九〇四年）二月八日、日露戦争が始まった。

義和団《ぎわだん》事件で混乱、弱体化する清国にロシアは強引に侵攻した。満州を占領して軍を駐留《ちゅうりゅう》させ、その勢いは朝鮮半島に及び、日本に対しても圧力をかけてきた。

このままではロシアに侵略されてしまうと恐怖心を募《つの》らせた日本が、ついにロシアとの戦端を開いたのだった。

戦闘は朝鮮半島の仁川《インチョン》で始まった。仁川港に停泊していたロシアの軍艦に、日本軍が奇襲を仕掛けたのだ。

喜八郎は、日露は衝突を回避するだろうと予想していた。それは戦争でロシアは窮乏《きゅうぼう》することが目に見えていたし、日本がロシアの首都サンクトペテルブルクまで攻め入ることは到底困難だと考えていたからだ。

しかし、予想に反して開戦となった。

こうなったからには、やるぞ、お国のためだ、と喜八郎は亡き常吉に誓った。

ロシアは強大な国家だ。それに比べれば日本は取るに足らない小さな新興国にすぎない。無謀な戦争だった。

日本は巨額の戦費を調達せねばならない。そのために、欧米諸国に頼らざるをえない。欧米諸国の中には、アジアにおけるロシアの影響力の肥大化を阻止したいと考える国があった。イギリスもその一つだった。日銀副総裁高橋是清《これきよ》の求めに応じ、英米資本が日本に巨額の戦費を支援した。

一方、国内でも首相桂《かつら》太郎は、喜八郎や、三菱の岩崎弥之助《やのすけ》、三井の三井高保《たかやす》などを官邸に呼び、戦争への協力を依頼した。戦争を遂行《すいこう》するための資金に乏《とぼ》しい政府が、民間の実業家に戦時公債《こうさい》の引き受けなどを頼んだ。喜八郎は、他の実業家が尻込みする中で、率先して、意気軒昂《けんこう》に三百万円もの公債を購入した。

喜八郎は、常に国家と共に歩むことを決意し、それを実践していた。清国に行き、漢陽鉄政局との間に借款契約の合意を取り付けたのもその一環だが、日露戦争開始直前の明治三十六年（一九〇三年）十二月には、総額二十五万円の契約をまとめた。民間人としては初めての海外借款契約となった。

このお陰で、戦争遂行のための鉄鉱石の確保が可能になった。喜八郎の貢献は大きいが、これほどのリスクを負うのは、多くの実業家の中で喜八郎くらいのものだった。

戦争が始まると、明治三十七年十月には、さらに三十七万円の追加借款に応じた。喜八郎はこの漢陽鉄政局に対する借款を足がかりに、大陸に進出するつもりだった。そのためには、日本に勝ってもらわねばならない。

喜八郎はある時、陸軍大将で日露戦争を指揮していた児玉源太郎《こだまげんたろう》に呼ばれ、礼を言われた。

「この戦争には勝たねばならない。あなたのような豪傑《ごうけつ》の商人がぜひとも必要だ。軍と仕事をしていると、死の商人だとかなんとか、いろいろと非難の声があるだろうが、そこは忍んでほしい」

「よく承知しております」

喜八郎は深く礼をした。

「軍には戦略上、多くの秘密がある。それに、予算に関しては議会がうるさい。議会の結論を待っていては勝機を失《しっ》してしまうこともある。そんな時は、大倉殿に頼まざるをえない。あなたは天野屋利兵衛《あまのやりへえ》のように頭も切れ、度胸《どきょう》もある人物だから、頼りにしています」

児玉は頭を下げた。

天野屋利兵衛は大坂の商人だが、「忠臣蔵」の赤穂《あこう》浪士の討ち入りを支援したことで有名だ。利兵衛は、赤穂浪士に武器を調達したが、そのことで役人に拷問《ごうもん》にかけられても一切、自白しなかった。「天野屋利兵衛は、男でござる」といい、苦しみに耐えたのだった。

児玉とは、彼が台湾総督《そうとく》府長官時代から縁が深いのだが、このように自分を評価してくれていることがわかり、喜八郎はうれしくなった。

「もったいないことです。どうぞなんなりとお申しつけください」

「これからも世間ではとやかく言うだろうが、ぜひとも忍んでくれ」

児玉が喜八郎に頭を下げるのは、当然のことだった。

日清戦争後、喜八郎は政府の朝鮮政策に協力を惜《お》しまなかった。京釜《キョンブ》鉄道、京《キョン》義《ギ》鉄道など多くの鉄道敷設《ふせつ》工事を請《う》け負った。これらは、ロシアとの戦争を想定して進められた工事だった。

大倉組は明治三十五年から明治四十一年に至る期間で、約五百八十万円もの朝鮮関連工事を成し遂《と》げている。

現在の価値に換算すると、数百億円にも上る巨額なものだった。

喜八郎を頼りにしてくれる児玉たち軍関係者は別にして、世間には戦争で稼《かせ》ぐ大倉喜八郎の名がますます広がり、死の商人として定着することになった。

しかし、喜八郎はそんなことは歯牙《しが》にもかけない。部下の一人を日露戦争に従軍させ、命がけで軍の用事をこなせと命じた。何でも請け負い、即座に間に合わせるという大倉組の面目躍如《めんもくやくじょ》だ。

「皇国の興廃《こうはい》はこの戦争によって決まる。足下《そっか》は今よりただちに従軍し、微力《びりょく》なりとも身を献じ、赤忠《せきちゅう》を披露《ひろう》して軍に奉仕し、以《もっ》て国恩《こくおん》に報《ほう》ずべし」

喜八郎は、従軍する部下に訓示した。

その一方で事業の種があったなら、すぐに報告するようにと指示しているところは抜け目がない。

喜八郎は上海、漢口と旅した時に眺めた広大な大陸の風景が忘れられなかった。

もし日本がロシアに負けることになれば、広大な清国で事業を行うことが不可能になる。それはなんとしてでも避けたかった。その意味で、他の実業家とは違い、喜八郎は政府、それも軍と一心同体にならざるをえなかったし、望んでその道を突き進んでいるとも言えるだろう。

従軍した部下は、製材工場を建設してほしいとの軍の要請があることを報告してきた。

戦いの最前線では、塹壕《ざんごう》や架橋《かきょう》工事に木材が大量に必要とされる。そのため可能な限り前線に近い場所、鴨緑江《おうりょくこう》流域に製材工場をつくりたいというのが軍の意向だった。

この報告を受けた喜八郎は、輸出用茶葉の箱を製造していた沼津《ぬまづ》の製材工場の機械を取り外し、すぐに戦地に送った。

鴨緑江流域は、ロシア軍と激しい戦闘が行われており、まさに弾丸が飛び交う中で製材工場を建設し、軍の要求を満足させた。喜八郎率《ひき》いる大倉組しかやりえない事業だった。この製材工場は、後に鴨緑江製材無限公司《こうし》となる。

同じ明治三十七年四月、台湾の対岸、中国の潮州《ちょうしゅう》・汕頭《せんとう》間を結ぶ鉄道敷設工事の特命が、政府から大倉組に下った。この工事の実質的なスポンサーは、台湾総督府だった。

現地からの報告を受けた喜八郎は、「そんなことなら損得に拘《かか》わらず存分にやれ」と指示した。

喜八郎は、この鉄道敷設工事で、日本の高い土木技術力を世界に示すことができると喜んだ。それにあの広い大陸に大倉組がつくる鉄道が延々と伸びて行く様を想像するだけで、胸が躍動《やくどう》する思いだった。

5

明治三十八年（一九〇五年）一月、旅順《りよじゅん》のロシア軍が降伏した。年末から朝鮮京《けい》城《じょう》に滞在中の伊藤博文を、喜八郎は訪ねた。

伊藤は韓国統監府《とうかんふ》長官に内定していた。日韓併合《へいごう》を急ぐ桂太郎など政府首脳とは一線を画《かく》している立場だった。

喜八郎は、伊藤とは関係を密にしていた。自分の向島《むこうじま》の別荘に頻繁《ひんぱん》に招待し、宴《うたげ》を開いた。喜八郎が、あまりに伊藤に近づくため、口さがない新聞に「朝鮮の大鯛《おおだい》を釣る喜八郎殿の胸算用《むなざんよう》こそ逞《たくま》しくも抜け目なしや」と、からかい気味に書かれることもあった。朝鮮の大鯛とは、喜八郎の朝鮮での事業の拡大を揶揄《やゆ》したものだろう。

「大倉殿、旅順も落ちたことだから、満州に慰問《いもん》に行ったらどうかね」

伊藤は気安く喜八郎に言った。一月の満州と言えばマイナス二〇度近くにまで冷え込む極寒の地だ。それに旅順は陥落《かんらく》したとはいえ、まだまだロシア軍とは前線で激しく戦っており、どんな不測の事態が起きるともわからない危険地帯だった。

伊藤にしてみれば、喜八郎が清国に関心の強いことを十分に承知しており、今後の満州経営を考えた場合、喜八郎の力を借りたいと考えていたのだろう。

喜八郎は伊藤の誘いに、なんの躊躇《ちゅうちょ》もせずに乗った。慰問旅行という名を借りた満州視察だった。

喜八郎は、朝鮮から部下を連れて極寒の満州へと向かった。旅順に立ち寄り、最も戦闘の激しかった二〇三高地の将兵たちを慰問した。

第三軍司令官は乃木希典《のぎまれすけ》だ。乃木とは、彼が台湾総督府長官であった時に何度も面談を求めたが、断られ続けたという苦《にが》い思い出があった。

乃木は、軍人が国に命を捧《ささ》げている厳粛《げんしゅく》な場に、利権漁《あさ》りのようにやってくる実業家を嫌悪《けんお》していた。そのため台湾総督府長官時代も喜八郎とは会おうとしなかったし、今回も面談を拒否した。

しかし、六十九歳もの高齢でありながら、まだ血の匂いが漂う戦場に喜八郎が来たことには、正直、乃木も驚いただろう。

喜八郎は、原野にそのままにされ、野ざらしになっている累々《るいるい》とした戦死者を見て、胸を痛めた。

乃木は、この戦争で二人の息子を失っていた。その気持ちを察すると、喜八郎は乃木が面談を拒否したことに怒りは覚えなかった。むしろ当然だろうと思っていた。軍人には軍人の役割があり、商人には商人の役割がある。乃木が金を儲《もう》ける商人を嫌うのは勝手だ。しかし、商人も命がけで国のために尽くしている。製材工場もつくり、金も出した。

軍人は戦闘で勲章《くんしょう》をもらい、名誉を与えられる。商人が戦争に関わる事業を行って金を儲けることは、それと同じことではないか。軍人だけでは戦争に勝てないのだ。

乃木にわかってもらえなくても構わない。わかってくれる人はわかってくれる。喜八郎には強烈な自負心があった。

「この戦死者たちに報いるためにも満州で事業を興《おこ》し、日本とこの国の発展に寄与《きよ》せねばなるまい」

喜八郎は、肌を切り裂くような冷たい風が吹く荒野にいつまでもたたずんでいた。

その夜、喜八郎は冷気が吹き込んでくる清国人の民家に泊まり、彼らとともにコーリャンの粥《かゆ》を食べた。熱い粥をひと匙啜《さじすす》る度《たび》に、喜八郎はこの国へのめり込んで行く気がしていた。

支援に自分の名は出さず

1

明治三十八年（一九〇五年）八月二十日、孫文《そんぶん》は宮崎滔天《とうてん》とともに進歩党代議士坂本金弥《きんや》邸に来ていた。

そこには、百人ほどの清《しん》国の留学生や在日華僑《かきょう》らが集まっていた。

孫文は、欧米で行っていた革命支援活動を一旦休止し、日本へとやってきた。日本に中国革命同盟会が結成されたからだ。

彼らは今、母国の崩壊の危機に焦《あせ》っていた。漢人である彼らは、満州族に支配されていることをよかれと思っていないことに加え、母国が欧米列強に蚕食《さんしょく》されていることに我慢ができなくなっていた。

日本がロシアに勝った。日本は、その勝利をきっかけに欧米諸国と同様に大陸に進出しようと機会をうかがっている。また、欧米諸国も今まで以上に清国への圧力を強めている。早く自立しなければ、中国が列強の植民地になってしまう。この危機感が、孫文を日本へ向かわせ、日本にある革命勢力を団結させた。

「日本にいる清国人同志たちと一体になって革命に進むべきだ」

滔天は、孫文を説いた。

孫文は、滔天の説得に応じ、七月三十日に赤坂の黒龍会事務所で清国人同志たちと会った。この会合には二百人以上もの清国人革命家が集まり、孫文を大きな拍手で迎えた。そして「清朝陥落《かんらく》、革命万歳」と足を踏みならし、歓声を上げた。それは建物の床を踏み抜いてしまうほどだった。

「いよいよこの日が来ました。これほどの革命家が集まるとは」

孫文はうれしさに相好《そうごう》を崩した。

「この場所を提供してくれたのは大倉殿ですよ」

滔天が言った。

「大倉喜八郎《きはちろう》殿か？」

孫文が目を見張った。

「大倉殿にあなたがいよいよ立ちあがるので、支援をお願いしたのです。資金面は勿論《もちろん》ですが、同志が集まる場所の提供もお願いしました」

「そう言えば、すぐ隣は大倉殿の屋敷ではないですか？」

滔天は得意気に笑みを浮かべ、「坂本邸も大倉殿の敷地ですよ」と言った。

「そうでしたか」

「ご自分の名前は出したくないが、存分に支援すると仰《おっしゃ》っております」

「それで親しい代議士の屋敷になったのですか」

孫文は、静かに目を閉じた。深い暗闇の向こうに喜八郎の精気溢《あふ》れる顔が浮かんできた。

「なかなか抜け目がないですよ。あの大倉殿は」

滔天が言った。

「どういうことですか」

孫文は聞いた。

「この場所の提供を表に出さないこともそうですが、あなたを支援しても、一切、そのことは他言しないでほしいとのことです」

「私を信用していないのですか」

「そうではありません。大倉殿は商人なんですよ」

「商人？」

「彼は、清国が大きく変化すると見ています。流動的になり、多くの勢力が割拠《かっきょ》してくるだろうと予想しています。そしてここからが大倉殿らしいのですが、自分は商人だ、商人とは金を払ってくれる人間が客だ、だからいろいろな人間と付き合う、孫文殿一人というわけにはいかない、と言うのです」

滔天の言葉に孫文は感心したように、「ほう」と言った。

「大陸に進出したい大倉殿は、清朝に代わって主導権を握りそうな勢力と等距離で手を結ぶおつもりなのでしょうな」

「なんと抜け目のないことか」

「さすがだというべきでしょう。我々は、ますます大倉殿の力を借りねばなりません。大倉殿は、国というものは民《たみ》が集まってつくるものだから、民の支持が集まる人物が上に立たねばならないと言われました。この言葉は、あなたに向けられたものですよ」

滔天は、強く孫文を見つめた。

「大倉殿の支援が途切れることがないように、民の支持を集めつつ、革命を成就《じょうじゅ》しましょう」

孫文は滔天の手を強く握った。

「孫文君、皆が待ちくたびれておるよ。早く来たまえ」

同志が迎えに来た。

「わかりました。すぐに参ります」

孫文は、同志たちの拍手の渦《うず》の中に入って行った。

この大会で、孫文は総理に推《お》された。そして山東《さんとう》、湖南《こなん》など十七省の代表も決め、それぞれの省に革命の拠点を置くことが決まった。

孫文は、同志たちの熱い視線が集まる中で、「我々は、天に誓って、清国政府を倒し、中華を高揚《こうよう》し、民国を建設しよう。そのためには戦いあるのみだ」と拳《こぶし》を突き上げた。途端に庭の樹木が揺れるほどの拍手が鳴り響いた。

2

喜八郎は、大陸にのめり込んだ。それは国内における三菱、三井と対抗するためであったが、喜八郎という人間が絶えずフロンティアを求めるからでもあった。

喜八郎の事業の中心である大倉土木は、日露戦争真っ最中の明治三十八年に北京《ペキン》に出張所を開設し、日本公使館の建築工事を請け負《お》った。

日露戦争後は、漢口《かんこう》に出張所を設け、多くの土木工事を手掛けた。

喜八郎の配下のすごいところは、どんな劣悪《れつあく》な環境、それは衛生面にとどまらず、銃弾が飛び交うような中にあっても決して手抜き工事をしないことだ。命がけで工事を行うのは、まさに喜八郎の面目躍如《めんもくやくじょ》と言えるだろう。

喜八郎は、鉄道と鉱業に投資を惜《お》しまなかった。漢陽《かんよう》鉄政局や江西《こうせい》省鉄路公司《こうし》など、多くの日本の実業家がまだリスクが高いと尻込みする事業に、果敢《かかん》に投資した。

喜八郎は、投資をして利益を得ることの外《ほか》に、別の役割も果たしていた。革命軍への資金提供だった。孫文をはじめ革命を進める人間たちに、利益の一部を還元していたのだ。これは、喜八郎が決して表に出ることなく進められていた。

喜八郎が、大陸での自らの権益を確保するために行動していたことは事実だが、自らが稼《かせ》いだ資金を多くの革命家に還元することで、清国が日本のように、欧米に負けない国家へと変貌《へんぼう》することを期待していた。大陸に安定した国ができれば、さらに商売を発展させることができるからだ。

孫文は、喜八郎と何度も会った。

「日本政府は我々の行動を歓迎していないようです」

孫文は額の皺《しわ》を深くした。

日本で密《ひそ》かに暮らし、革命組織を拡大していく孫文の活動に、日本政府は目を光らせていた。

「日本は大陸における権益を失いたくないのです。だから、あなた方のような革命を目指す人は目ざわりなのでしょう」

喜八郎は言った。

「あなたはどう思われますか」

「日本の民衆や私たちは、あなた方に同情的です。一日も早く清朝を倒し、皆さんの自由を確立すべきだと思っています。そのための応援は惜しみません」

喜八郎は、国、特に軍の方針にしたがって商売を進めて来た。

しかし、それはただ軍に追従《ついじゅう》するだけではなかった。軍をリードしなければならないこともあった。目の前にいる孫文、そして革命を起こそうとする他の若い人たちを応援することは、必ず日本の将来的な国益に資することになると信じていた。

「本当にありがたいことです」

孫文は頭を下げた。

「私は芝居が好きでしてね」

「ほう、芝居ですか」

孫文は感心したように言った。

喜八郎は趣味人だった。狂歌《きょうか》は玄人《くろうと》はだしであり、美術品蒐集《しゅうしゅう》、書道、邦楽などに精通していた。仕事と同じで、興味を持ってしまうと我を忘れて没頭してしまうのだ。

芝居も同じだった。歌舞伎《かぶき》や能にも詳しかった。喜八郎は欧米各国と肩を並べるには、日本の文化を育てなければならないと考えていた。欧米に旅行した際、上流階級の人々がオペラなどの芝居を鑑賞し、社交を楽しんでいたのに喜八郎は感心した。

日本では、役者などは河原乞食と蔑《さげす》まれている。しかし歌舞伎や能などは世界に誇るべき文化であり、欧米からも関心をもたれるに違いないと考えていた。そこで喜八郎は、渋沢栄一《しぶさわえいいち》らに声をかけ、明治四十年（一九〇七年）に帝国劇場株式会社をつくったのだ。その発起人には伊藤博文《ひろぶみ》や西園寺公望《さいおんじきんもち》、福沢桃介《ももすけ》、日比翁助《ひびおうすけ》など政財界の大物たちが名を連ねた。

喜八郎の本来の事業に、芝居は全く関係がない。それでも嬉々《きき》として設立に奔走《ほんそう》した。三菱や三井など、事業の拡大に汲々《きゅうきゅう》としている人間たちからみれば、喜八郎は想像を超えた人物だったに違いない。

「あなたが成功され、平和になれば、貴国からも役者を招きましょう」

「ぜひお願いしたいと思います。我が国には京劇という、日本の歌舞伎に匹敵《ひってき》する素晴らしい演劇がございますから」

孫文は愉快そうに言った。

帝国劇場は、明治四十四年（一九一一年）に開場した。完全予約制の千七百席の座席、オーケストラ・ボックスもある欧米に負けない本格的な劇場となった。

初代会長には渋沢栄一が就任し、喜八郎は取締役になった。建物は地下一階地上四階建てのフランス風ルネサンス様式の日本初の洋式劇場だが、喜八郎は劇場運営においても初めて尽くしのことを行った。

従来の「茶屋」という劇場に付随した特権制度をやめた。チケットは全《すべ》て前売り制に変えたのだ。食事も客席ではなく食堂を利用するようにした。こうした制度の変革で、多くの人に平等に芝居を楽しんでもらえるようにした。

さらに劇場専属の役者を置き、付属学校で役者の養成にも乗り出したのだ。

喜八郎は、女優になろうとする女性たちに「あなたたちが日本の最初の女優なのだから、しっかり頑張ってほしい」と励ました。

この帝国劇場は、「今日は帝劇、明日は三越」と言われるほどの東京の風俗の象徴となり、人気を博していく。

孫文が期待し、信頼を寄せる日本の実業家はそれほど多くはない。なぜなら彼らは自分の金儲《かねもう》けのみに熱心だからだ。どれだけ自分の事業を大きくするか、それだ

け を競い合っている。

目の前にいる喜八郎は違う。確かに世間では死の商人と言われ、国や軍部と一体になって金儲けにいそしんでいると思われている。

しかし、その一方で自分たちのような革命を目指す者たちに、惜しげもなく支援をしてくれる。それは国や軍の方針に反していることだが、そんなことは関係ないという覚悟があるのも頼りがいがある。

それはなぜなのだろうか、と孫文は考えてみる。喜八郎も革命成立後の大陸との取引を考えて、今から布石《ふせき》を打っておくという商人らしい抜け目のなさを持っていることは事実だ。

しかし、それだけではない。喜八郎の中には、とてつもなく大きい夢が存在している。

「あなたは変わっている」

孫文は笑いながら言った。

「変わってますかね」

喜八郎も笑いながら答えた。

「他の実業家は私とは付き合わない。今では、日本政府のお尋《たず》ね者ですからね」

「私は世の中を変えたいと思って実業家になった。金ができたから守りに入りたいとは思わない。守れば、自分を滅ぼすだけです。いまどきの人は、どうも自分で事業を興《おこ》すより、人に使われることを好むようになってきたようだ。それではいけない。変化し続けること、世の中を変え続けること、それが人として生まれて来た愉快であり、私の夢で、楽しみでもあるのです。財産を後の世に残したいなどとは思っていない。こういう男が、その時代にいたという記憶くらいは人々の間に残っていてほしいとは思いますがね。やっと七十歳になりましたが、その思いは変わらないですよ」

喜八郎は、ほほ笑《え》みを浮かべて答えた。

明治三十九年（一九〇六年）に、喜八郎は七十歳となった。古希《こき》を迎えたのだが、意欲はますます高まるばかりだった。

「七十路《ななとじ》の　翁《おきな》さびゆく　すさびには　難波《なにわ》をよしと　たつる学校」

これは古希に当たって、大阪に商業学校をつくる際に詠《よ》んだ狂歌だ。

喜八郎は、すでに明治三十三年（一九〇〇年）に大倉商業学校をつくり、教育に乗り出していたが、古希を記念して大阪と朝鮮の京城《けいじょう》に商業学校をつくることにしたのだ。

大倉商業学校を任せていた石黒忠悳《いしぐろただのり》と、初代韓国統監府長官に就任した伊藤博文の依頼によるものだ。

「あなたは教育にも力を入れておられる。実業家でそこまでなされる方はない。もし我が国が安定したならば、ぜひ学校をつくっていただきたいものです」

孫文は言った。

「私は、教育が最も重要な事業だと思っております」

ただ、喜八郎は、教育に力を入れながらも、実は大学出身者をあまり評価していなかった。

戦いの場で実力を蓄えてきた喜八郎にとって、大学出身者は学識はあるが、議論ばかり上手で実際の行動が伴わない存在に思えたのだ。

喜八郎は大学出身者を上手《うま》く使えなかった。支店の責任者などの重責に据《す》えるのだが、あまり上手くいかなかった。

原因は、唯一つ。あまりにも喜八郎のスケールが大きすぎるからだ。大学出身者だろうと誰だろうと、喜八郎に評価される仕事をするのは難しかった。三菱や三井が大学出身者を積極的に採用し、組織固めをしている中で、大倉組がいつまでも個人商店であると言われる所以《ゆえん》だった。

頭でっかちではなく、実戦に強い人材を育てること、それが喜八郎の人材育成の理念だった。そのため実務重視の商業学校をつくったのだ。

「私も、我が国には教育が最も必要だと思います」

「あなたが貴国の責任者になられたら、ぜひ私が教育面でも協力いたしましょう」

喜八郎は、孫文と夢を語り合って飽きることがなかった。

「教育を　孕《はら》みて建つる　学舎《まなびや》は　有為《ゆうい》の士をぞ　産み出すらむ」

これは明治四十二年（一九〇九年）、喜八郎が京城の商業学校開校で詠んだ狂歌だ。

3

「満州についてのお考えは如何《いかが》ですか」

孫文は聞いた。

「満州は、我が国の同朋《どうほう》が八万九千人も戦病死し、さらに十五万四千人もが負傷した戦いの果てに獲得したものです。非常に関心があります」

喜八郎は言った。

「やはり欧米列強と同じように、植民地化を日本は考えるのでしょうか」

孫文は眉根《まゆね》を寄せた。

「植民地化というのは違います。日本が満州を経営することで、貴国はロシアの

脅　威を免れるでしょう。そのことを考えたら、当面の間、満州は日本に任せればよい。そのほうが、貴国にとっても得策だ。そう考えますが」

「満州は日本に任せろと仰るのか」

「任せてという表現が気に入らないなら、貴国は日本と協力して新しい国をつくっていけばいいのです。今回の日露戦争の結果、日本の実力は世界にとどろきました。これからの日本の選択は重要です。欧米につくのか、アジアにつくのか、どちらを選ぶかで日本の将来が決まるでしょう」

喜八郎は強く言った。

「欧米の走狗《そうく》となってアジアを侵略するのか、アジアのリーダーとして欧米と対峙《たいじ》するのか、日本は難しい選択を迫られるようになるということですか」

「その通りです」

「あなたはどうされますか?」

孫文の質問に、喜八郎は明るい表情で、「私は商人です、実業家です。そして夢があります」と答えた。

「どういう意味でしょうか」

「商人、実業家は、商売、事業をする相手の国が平和で発展していなければ、儲けることはできません。私があなたに協力するのもそれが理由です。あなたは何も考えずに早く貴国を、私が商売しやすいような国にしてください。私は、他の実業家がどうするかなどということは関係がありません。貴国が発展するためなら投資を厭《いと》いません。そして私の夢は、アジアの国々を豊かにし、アジアの国々と協力して、欧米各国に伍《ご》していくことです。アジアは一つにならねばなりません。そのために、今までも、そしてこれからも私は戦っていきます」

喜八郎の言葉に孫文は感激し、思わず立ちあがると、「期待に必ずお応《こた》えします」と言った。

日本国内の満州への期待感は過熱していた。

明治三十九年七月に喜八郎は南満州鉄道（満鉄）の設立委員に任命される。九月に第一回の株式募集を開始したが、一般公募数九万九千株に対し、申し込み株数は一億六百六十四万三千四百十八株と、なんと千七十七倍となった。満州ブームと言うべき状態だった。

喜八郎は、九万九千株を申し込み、九十一株の割り当てを受けた。

満鉄初代総裁には、台湾総督府民政長官だった後藤新平《しんぺい》が就任した。後藤とは台湾時代にも気が合い、その後も親しい関係が続いていた。そのため喜八郎も満州の工事受注を精力的に推し進めた。

同じ明治三十九年には奉天《ほうてん》、四十一年には大連《だいれん》に出張所を設置し、受注体制を整えた。

満州は日本の統治下に入りつつあったとはいえ、まだまだ治安が悪く、馬賊《ばぞく》が襲来したり、土匪《どひ》が蜂起《ほうき》したりした。また、満州の風土気候に日本人はなかなか慣れることができず、健康を害する者たちも現れた。そのため、勢いよく満州に進出した建設請負《うけおい》会社の多くが、事業遂行《すいこう》に苦労した。

大倉組の作業員たちも同様に苦労したが、彼らは他の会社に比べて過酷《かこく》な環境下での仕事に慣れていた。そのため多くの工事を受注した。

「満州に有望な投資地を見つけられたと伺《うかが》いました」

孫文は興味深そうに聞いた。

「ええ、有望な土地を見つけました。これは貴国の発展にとっても重要になるでしょう」

「場所はどちらですか」

「本渓湖《ほんけいこ》です。奉天の東南の方角にあります。ここには石炭と鉄鉱石が豊富にあります。どちらも国をつくるのに必要なものです。日露戦争の際に調査いたしました」

喜八郎は日露戦争の際、大倉組の社員に日本軍に従軍しつつ資源調査を行わせた。自らも旅順《りょじゅん》の二〇三高地を訪ねて行ったが、あれも大陸での有望な投資先を見つけるためだった。

「あの戦争中に、そんな調査をなさったのですか」

孫文は喜八郎の大胆《だいたん》さに改めて驚いた。

「戦争は必ず終わります。そうなれば、商人が活躍しなければならないのです。調査は当然です」

孫文が驚くのを、喜八郎は楽しそうに見つめていた。

「確か本渓湖は、清朝の乾隆帝《けんりゅうてい》時代に盛んに石炭が採掘されていたと記憶しています。鉄鉱石というのは、本渓湖から南に行ったところにある廟児溝《べうじこう》のことでしょうか」

孫文は聞いた。

「さすがにお詳しい。その通りです。本渓湖炭鉱は、安奉《あんぽう》線本渓湖駅近くですが、廟児溝鉄山は、その駅からさらに二十マイル（三十キロ強）南下した南攻《なんふん》駅の近くです。炭鉱と鉄山が非常に近くにあり、採掘《さいくつ》から製鉄まで一貫して行うことができます」

喜八郎はうれしそうに言った。

「今はどうなっているのですか」

孫文は聞いた。

「ははは」

喜八郎は笑った。

「なにかおかしいことを言いましたか」

孫文が怪訝《けげん》そうな顔をした。

「いえ、そうではありません。清国は崩壊するはずだと思ったのです。この炭鉱は、今や付近の住民が石炭の残骸《ざんがい》を拾い、煮炊きに使用しているだけです」

「本当ですか」

「採炭《さいたん》の技術の遅れなどにより、多くが廃坑《はいこう》になっている始末です。清国は目が届かないのでしょう」

喜八郎はうれしそうに言った。

「清国政府と相談すべきなのでしょうが、実質的に満州を支配している関東総督府に採掘の許可を受けました」

関東総督府は軍用を優先し、その残余のみを販売してよいことになった。

「関東総督府だけとの契約では、問題になるのではないでしょうか」

孫文の懸念《けねん》する通り、清国側にしてみれば占領されているのと同じであり、返還請求される事態が予想された。そのため、既成《きせい》事実を積み重ねるように喜八郎は大規模な投資を行い、採掘作業を強行していた。

「難しいものです。私のように新興の実業家は、どうしても三井や三菱の風下《かざしも》に置かれてしまう。問題は、清国だけではないのです。もっとどうしようもないのは、日本の外務省ですよ」

　喜八郎が珍しく口元を歪《ゆが》めた。

「どういうことでしょうか」

「日本政府を代表する外務省は、満州の利権が確立したら、何も私にだけ仕事をさせることはないわけです。彼らの後ろには三井や三菱がいますからね。彼らは私が成功すればするほど、やいのやいのと言ってくる。彼らは自分の儲《もう》けしか考えていない。貴国の発展に寄与《きよ》する気持ちなど、これっぽっちもない」

　喜八郎は強い口調で言った。

「なかなか大変ですね」

「ええ。ですが、貴国に本気で投資しようと思っている実業家などいませんから、結局は私になりますよ。私は誰が何と言おうと貴国の発展に賭《か》けておりますからね」

「あなたがおっしゃる通り、満州は我々と日本が経営するのがいいかもしれません。清朝を打倒しても当面は満州まで手が回らない。その間にロシアが再度、進出してきたらどうしようもない。大倉殿、ぜひ頑張ってください」

孫文は言った。

本渓湖石炭採掘権問題は、その後も喜八郎を悩ませた。満州の利権回復に関して、清国は積極的に動き出したのだ。清国は、日本政府に大倉組の採掘の禁止を申し入れた。

大倉組は清国政府に強力に交渉した。その効果があって、清国が単独で炭鉱経営を行うより、大倉組と組んで、合弁《ごうべん》で行う方が上手くいくのではないかという考えに傾いてきた。

もう一方の当事者である日本政府は、大倉組だけに採掘事業をさせることを問題視し、独走して清国と交渉、契約してしまうのではないかと、危惧《きぐ》していた。

しかし大倉組の既成事実化した投資や、本渓湖周辺に積極的に投資する計画が功を奏《そう》し、日清合弁方式を支援する方向に変化していった。

明治四十年、喜八郎は自ら本渓湖に乗り込んだ。清国と交渉するためだ。

大倉組では幹部社員が、あまりにも本渓湖にのめり込む喜八郎の姿勢を心配して、「今の計画ですと赤字が嵩《かさ》みます」と数字を示して説得を試みたが、喜八郎は「どうもありがとう」と言うだけで誰の意見も聞かなかった。利益に関しては非常に厳しい喜八郎だったが、大陸への投資は別物だと考えていた。大陸には、自分の人生をかけて悔《く》いがない、何かがあるような気がしていた。

　さらに明治四十三年（一九一〇年）五月、喜八郎は再度本渓湖に出向いた。その結果、「本渓湖煤礦《ばいこう》有限公司」という名の日清合弁企業が設立された。翌年十月に三度目の現地入りをした喜八郎は「本渓湖煤鉄《ばいてつ》有限公司」を設立した。鉱山、および製鉄の企業だ。喜八郎は、ようやく満州で大きく羽ばたく基盤となる企業を手に入れたのだ。喜八郎は七十五歳になっていた。

4

「あなたはなぜ、三井や三菱のように自前の銀行を持たないのですか」

　孫文は聞いた。

　孫文は、革命の後、銀行などの経済インフラの整備を考えていたが、最大の支援者である喜八郎が、銀行に関心がないのがよく理解できない。

「おっしゃる通り、三井、三菱のみならず、友人の安田善次郎《ぜんじろう》も銀行を持っております。でも私は銀行を持ちません」

「あなたほどの方だ。銀行を所有されれば、幾《いく》らでも事業を拡大できるでしょう」

「私は実業家です。実業家の中には、他人《ひと》から借金をして事業を興す者もおります。しかし、それでは自由に、思い通りに事業を展開できないと考える者もおります。私はどうも、そっちのほうです。それに銀行を所有して、一方で他人から預金というかたちで金を借り、他方で融資というかたちで他人に金を貸すなどという器用な真似《まね》は、私にはできません」

孫文は、納得できないという表情になった。

「でも三井も三菱も、銀行を持ちながら事業をやっています」

「彼らは彼らのやり方、私には私のやり方があります。実業家が銀行を持つことの怖《こわ》さは、誘惑に勝てなくなることです。銀行のお金は、一般大衆がコツコツ貯めたお金です。そのお金を安全に、有利に運用している間は問題はありません。しかし一たび事業が上手くいかなくなったら、その預金を自分の事業のために使いたくなります。その結果、預金をなくしてしまうことがあります。多くの人々を嘆かせ、悲しませ、路頭に迷わせかねません。そんなことをするくらいなら、私は自分の金を事業に注ぎ入れ、失敗すれば、全て自分が責任を取ります。そのほうが私らしい。だから銀行を所有しないのです」

喜八郎は、明治四十一年（一九〇八年）に大陸への投資で大きな損失を被《こうむ》った。

あとでわかったことだが、大倉組天津《てんしん》支店の幹部が綿糸投機に手を出し、二百万円もの損失を出してしまった。この手の投機によくあるように、最初は儲けが出ていたようだが、結果は損失となった。大倉組が危ないと考えた横浜正金《しょうきん》銀行は、喜八郎に融資金二百万円の返済を迫った。

喜八郎は、かねてより交友のあった日銀副総裁の高橋是清《これきよ》に、融資を依頼した。

喜八郎は、正直に「中国で五十万円の損をしました。そのため正金から二百万円の返済を求められています。融資をお願いしたい」と言った。

高橋は、「私が調べたところ、五十万円の損ではない。ご自分で調査されましたか」と聞いた。

「いえ、支店からの報告です」

「それを信用してはならない。ご自分の目で見て来ないといけません」

喜八郎は、高橋のアドバイスに従って中国に行き、自分で支店の調査を行った。その結果、二百万円もの損失が発覚したのだった。

当初、五十万円の損失だと思っていた時は、喜八郎は高橋に無担保《むたんぽ》で信用貸しを依頼するつもりだった。

しかし、損失が二百万円にもなるとそうはいかない。公債《こうさい》六百万円を保有していることを伝えて、「なんとか二百万円を融資してもらいたい」と頭を下げた。

「あなたは立派なお方だ。世評では、大胆な経営をされると言われているが、公債をこれだけ保有されているのを見ると、非常に慎重なお方のようだ。あなたのような方なら融資しても安心だ」

高橋は喜八郎の堅実さに感心して、二百万円の融資に応諾《おうだく》した。

「あなたほどの人が、そこまで頭を下げて金策をなさっておられるのですか」

孫文は感心した。

大胆なだけでは、ここまで巨大な事業を営むことはできない。大胆かつ慎重、これが大事なのだ。

「借金をして事業を行いますが、実は私は、借金は嫌いです。商業学校の学生にも『他人の金をあてにして事業をやるな。自分で働いて儲けて、一寸儲ければ一寸だけ、一尺儲ければ、一尺だけ、次第に大きくなるのが良い。これをよく覚えておきなさい』と口をすっぱくして言っています」

「自分の儲けた金の範囲で、着実にやりなさいということですね」

「かのロックフェラーが若い人に言ったそうです」

ロックフェラーとは、アメリカの石油王ジョン・ロックフェラーのことだ。

「ほう、なんと言いましたか」

「若い人が、どういう心掛けで世の中の役に立ったらいいでしょうか、と聞いたそうです。するとロックフェラーは、大人になっても借金するなよ、借金すると頭が狂ってくる、頭が狂えばよい分別ができない、と諭《さと》したそうです。まことに金言です」

「いい言葉ですね。革命を起こすために、私も多くの金を必要としますが、それは他人様が私に預けてくれた金だと思って、感謝しつつ、大事に使わねばなりません」

孫文は頷《うなず》きつつ、言った。

喜八郎は、借金ばかりでなく、投機や株の値上がりで利益を上げることも嫌いだった。

多くの株を引き受けたが、値上がりしたからといって売却することはなかった。

喜八郎は、あくまで実業家だったのだ。

男子の本懐

1

宮崎滔天《とうてん》が、大きな身体《からだ》を揺すりながら喜八郎《きはちろう》のもとに駆けて来た。

「如何《いかが》なされました」

口髭《くちひげ》や顎髭《あごひげ》から汗がしたたり落ちている。よほど急いだようだ。

しかし、顔はほころび、笑《え》みに満ちている。

「大倉殿、革命軍が勝利しました」

滔天は両手を広げて、喜八郎に抱きついた。

小柄《こがら》な喜八郎の身体が、滔天の腕の中にすっぽりと収まってしまった。

「宮崎さん、詳しく話をしてください」

喜八郎は窒息《ちっそく》しそうになったので、慌《あわ》てて滔天の腕から逃げ出した。

「大倉殿は広州蜂起《こうしゅうほうき》の失敗はお聞きになっていますね」

「はい、聞いております。心を痛めておりました」

明治四十四年（一九一一年）四月十三日、孫文《そんぶん》の同志、黄興《こうこう》ら百名余りの中国革命軍が決起し、広東《カントン》総督府内に入った。

広州には革命軍の地下組織があり、オルグ活動がさかんに行われ、シンパの数も増えていた。

一日でも早く清《しん》国政府を倒したい革命軍は、広州で決起することを決めた。

ところが指導者も武器も足りない。それに加えて革命軍の動きを警戒する清国政府は、頻繁《ひんぱん》に人々の住居を捜索《そうさく》し、革命軍やシンパを摘発《てきはつ》していた。

アメリカで革命支援の呼びかけや資金集めを行っていた孫文は、もう少し機が熟してからと、決起の時期を遅らせようと考えていた。

今まで決起するたびに、清国軍の攻撃の前に大事な同志を失っていたからだ。

しかし、孫文の考えは現地にまで届かず、広州の革命軍は計画通り決起した。彼らは建物に火を放つなどして、広東総督府内に入ったところを、清国軍の総攻撃を受けた。

黄興ら指導部の人間は逃げ出すことに成功したが、七十二人もの革命軍の尊い命が犠牲《ぎせい》になった。

これで十一回の決起のことごとくが失敗となった。革命の成功は遠のいたと思われていた。

「私も広州蜂起の失敗を聞いた時は、正直、がっくりいたしました。しかし、絶望はしませんでした。革命への孫文らの情熱に、いささかの揺らぎもなく、革命に参加したいという人間は増えていたからです」

滔天は熱く語った。

「それでどうして革命軍が勝利したのですか」

滔天は革命軍が勝利したと言ったようだが。

「広州蜂起の際、清朝軍の中に反旗を翻《ひるがえ》す軍があったのです。革命軍側に付いて清朝の軍と戦ったのです」

「ほほう、そんなことがあったのですか」

「清朝政府は、政府軍にも革命軍のシンパがいるという事実に驚き、事態の深刻さに気付きました。そこでなにをしたと思います？」

滔天が顔を近づけた。子供のように楽しげに大きな目を細めた。

「いや、わかりません」

喜八郎は、想像もつかないという風に首を傾《かし》げた。

「清朝政府は、軍に革命軍のシンパがいないかと徹底的に捜索し始めました。そんな中、十月九日のことです。革命軍の湖北省漢口《こほくかんこう》のアジトで、革命軍が製造中の爆弾を誤って爆発させてしまったのです。この事件は湖北省警察に通報され、アジトが急襲されました。その際、革命軍のシンパの軍人、兵士、民間人のリストが押収《おうしゅう》されてしまったのです」

「大変なことですね」

「リストに名前の挙がっていた軍人や民間人などが逮捕《たいほ》され、銃殺刑に処せられていきました。政府は、武昌《ぶしょう》、漢口、漢陽《かんよう》の兵舎の門を閉め、兵士を閉じ込め、革命軍シンパの兵士を全員銃殺するという命令を下しました」

「ますます大変だ」

　喜八郎の戸惑《とまど》った表情を見て、にやにやとしながら滔天は話を続けた。

「革命というのは偶然なのですなぁ。いや、偶然というのは間違っている。孫文たちが長年にわたってシンパを増やしていった成果でしょうな」

「もったいぶらずに話してください」

「すみません。つい感慨《かんがい》にふけってしまいました。革命軍シンパの兵士たちは、どうせ殺されるならと、十日の午後七時過ぎ、第八師団工兵隊四十人が上官を殺して決起したのです。その決起に他の部隊も呼応《こおう》し、なんと武昌城内を制圧してしまいました。ついに湖北省の省都を押さえて、革命政府を樹立してしまったのです。革命軍は、非常に統率がとれています。これは日ごろ、孫文が、軍律を守り、民衆に手出しをしないように教育してきた成果です。今後は、続々と各省が革命軍の支配下に入っていくでしょう。清朝政府軍の抵抗は、意外なほどありませんでした。もはや清朝政府は倒れたも同然です」

「それだけ革命軍シンパの兵士が増えていたということでしょうか」

「その通りです」

「孫文さんは、お喜びでしょう。今、どこにいらっしゃるのですか？」

「アメリカで革命への支援、募金活動を行っています。大変、興奮しています。今までの苦労が実ったと喜んでいますが、まだまだこれからだと気を引き締めています。ところで孫文が日本に滞在して革命指導をしたいと望んでいますが、入国できるようにご支援をお願いしたいというのが、今日、参上した趣旨です」

滔天が、急に表情を引き締めた。

「努力してみますが、日本政府の対応は如何なものですか？」

「日本には我々のような支援者が多数います。ですから孫文は、日本人のことは信用しています。ところが政府はこの間、一貫して清朝政府寄りです。孫文が共和制を唱えてからは、さらに一層、孫文に厳しくなりました」

滔天の話に喜八郎も同意した。

日露戦争で獲得した満州の利権などを手放したくない日本政府は、孫文らの革命政府が樹立されるより、弱体化した清朝政府の方が与《くみ》しやすしと考えている。

「日本政府は、欧米の対応を見てから態度を決めるでしょう。一方的に孫文さんに肩入れして、革命政府寄りだと見られたくはないと考えているに違いありません」

喜八郎は言った。

「どうもそのようです。フランスやアメリカ、イギリスなどは革命政府を承認する動きになっております。もし、日本政府が、今までと同じように清朝政府を支援する動きを見せれば、国際的にも孤立します。早期に孫文の革命政府を支援すると表明すべきです」

滔天が強く言った。

「よくわかります。私は商人ですが、治めるべき人間が治めなければ、国はまとまりません。もはや清朝政府は、その資格を失ったのでしょう」

喜八郎は、滔天の国際情勢の見通しに納得しながらも、欧米各国は、革命政府にまだまだ様子見をするだろうと思った。

「板垣《いたがき》さんや犬養《いぬかい》さんにお願いしましたか？」

「ええ、板垣さんにはお願いしております。また犬養さんには革命政府の顧問《こもん》就任を打診《だしん》しています」

板垣退助《たいすけ》も犬養毅《つよし》も共に孫文の支援者だ。

「私も動いてみましょう」

喜八郎は言った。

「ぜひ、よろしくお願いします。孫文は、日本の支援者を頼みにして革命運動を続けています。しかし、政府には非常なる不信感を抱《いだ》いています。大倉殿にも政府から清朝支援の要請が参りましても、ぜひとも慎重にご考慮願いたい」

滔天は、強く念を押し、帰って行った。

「さあ、難しいことになった」

2

日本政府は、孫文の滞在を認めなかった。

首相桂《かつら》太郎は、偽名なら認めても良いと言った。清朝政府がまだ完全に倒れていないこと、欧米各国の革命政府に対する態度が未定であること、過度に革命政権に肩入れすることで、国内の社会主義者たちを刺激しかねないことなどが理由だったと思われる。

政府は、前年の明治四十三年（一九一〇年）に起きた大逆《たいぎゃく》事件で死刑判決を受けた幸徳秋水《こうとくしゅうすい》らを、翌四十四年の一月に死刑に処していた。天皇制にもとづく帝国主義政策を国内外で進めつつあったからだ。

この政策はいずれ、孫文らの革命政府と対立する可能性がある。

孫文は、偽名での滞在という侮辱《ぶじょく》的な申し入れは受け入れないとして、日本には立ち寄らず、イギリス、フランスに向かった。

それらの国の支援を固めることで、中国での利権を求める日本が反革命的な動きをしないように、牽制《けんせい》するのが目的だった。

十月十三日、北京の日本公使館は清朝政府から、革命軍と戦うための武器弾薬を至急、購入したいとの依頼を受けた。

そこで内田康哉《こうさい》外相が、「帝国政府は、清国政府が革命討伐《とうばつ》の為、該《がい》銃砲弾薬を入手する最緊切《さいきんせつ》なる必要あるを顧念《こねん》し、本邦《ほんぽう》商人をして右の供給をなさしむ為十分の助力を与うることに決した」との訓令を公使館に送った。

事実上、日本政府は、反革命の態度を明らかにしたも同然だった。

武器を清朝政府に提供するようにとの要請を受けたのは、泰平《たいへい》組合だった。これは陸軍省の肝煎《きもい》りで大倉組、三井物産、高田《たかた》商会の三社で組織された、大陸における武器供給商社だが、事実上は大倉組が仕切っていた。
「どうされますか？」
喜八郎が孫文と親しいことを知る幹部が聞いた。
「お上《かみ》の命令とあれば、仕方があるまい。進めなさい」
小銃実弾千五百万発、各種砲弾、機関銃など二百七十三万円強の契約だった。
金を支払ってくれるところに売る、というのが商人だ。
しかし、孫文は裏切られたと思うだろうか、と喜八郎はいささか憂鬱《ゆううつ》になった。
十一月十八日、革命政府から喜八郎は、三百万円の資金提供の依頼を受けた。
革命政府には資金がなく、各国に資金提供を求めたのだが、応じる国はなかった。
そこで已《や》むなく、喜八郎個人に資金提供を申し込んできたのだ。
喜八郎は小躍《こおど》りして喜んだ。孫文の指示に違いないと思ったからだ。
依頼は、孫文の盟友である黄興から大倉組上海《シャンハイ》支店長を通じて、喜八郎の下《もと》に届いた。
喜八郎は迷わず、了解したとの返事を送った。
連絡をすると、すぐに滔天は、喜八郎の屋敷にやってきた。
「革命政府から資金提供の依頼がきました。三百万円です。担保《たんぽ》は、江蘇《こうそ》省の鉄道です」

「大倉殿は如何なされます」

滔天は、喜八郎が政府の要請を受け、清朝政府に武器を提供したことを知っている。

「すぐに了解したとの返事を送りました。人民の心は、既《すで》に清朝政府から離れ、正義の改革を行おうとする孫文さんらの革命政府にあると考えます」

喜八郎は微笑した。

「それは心強いことです。しかし、日本政府は協力してくれるでしょうか？」

滔天は眉根《まゆね》を寄せた。

「今から、私が用意します」

「大倉殿が？　まさか一人で」

「ええ、一人で融資します。孫文さんによろしくお伝えください」

喜八郎の満足げな表情に、たいていのことには驚かない滔天でさえ驚いてしまった。

三百万円というのは、現在であれば、数百億円にもなるのではないだろうか。

喜八郎は、融資をしてくれるよう各方面に奔走《ほんそう》した。政府にも足を運んだ。日銀総裁高橋是清《これきよ》にも頭を下げたが、拒否された。

まだまだ海のものとも山のものともつかない革命政府だ。それに革命政府が担保として提供しようという鉄道は、もともとイギリスが所有しているものだった。

融資先、担保とも不安定で、これだけの金額のリスクを負う決断をする人間は、そうやすやすとは現れなかった。

「そうでしょうな。本来は政府で対応すべきだが、今のところ革命の推移を様子見だ。民間で対応する人物はいないでしょう。それで大倉殿が一人で融資することに決めたのですか？」

「その通りです。安田銀行から年八分《ぶ》、五年据《す》え置きで十五年返済の条件で借りることにしました。善次郎《ぜんじろう》が私を信用してくれたのです」

「どうしてそこまでなされますか。清朝政府にも武器を売却されている大倉殿が……」

「商売は商売ですが、私は、あの人に応援すると約束しましたからね。日本人にもこんな男がいると思っていただきたいものです」

喜八郎は孫文を思い出しながら言った。

「日本政府が革命政府に慎重《しんちょう》な態度を取っている時に、個人でそのような巨額な融資の要請に応じたりすると、大倉殿の立場を悪くしませんか」

「そのような小事《しょうじ》にはこだわっておりません。私は、自分が正しいと思うことを貫くだけです。孫文さんには、以前の決起で武器の提供ができなかったのです」

「明治三十三年（一九〇〇年）の恵州《けいしゅう》蜂起ですね」

「その際、私は、これからはあなたを応援すると孫文さんに申し上げました。男として、その約束は守らねばならないと思っております」

喜八郎は、世間では欲で動く人物と思われているが、自分で口にした約束は、死んでも守るという一面を持っていた。商売は「信」で成り立っているというのが、喜八郎の信念だった。

それは王陽明の陽明学を学び、その知行合一《ちこうごういつ》の思想に共鳴していたからだ。

誰がなんと言おうと自分の信ずる道を行く。孫文がつくる中国に自分も足跡を残したい。喜八郎は、夢を膨《ふく》らませていた。

「実は……」

喜八郎は声を潜《ひそ》めた。

滔天が喜八郎に顔を寄せた。

「なにか」

「清国政府から頼まれた武器の納入が遅れております」

「どういうことでしょうか？」

「革命の広がりで、船舶《せんぱく》の輸送が滞《とどこお》っているのです」

喜八郎は、にやりとした。

「ということは……」

滔天の表情が明るくなった。

「このまま革命が順調に進めば、清国政府に引き渡すべき武器を革命政府に引き渡すことになるかもしれないということです。私は、契約違反に問われることはありません。引き渡し期間に相手が現れなかっただけです」

「あなたという人は……。なんと度胸《どきょう》の据わった人なんだ」

喜八郎は、資金面、武器の提供などで決して表に出ることなく革命政府を支援した。

十二月二十九日、南京《ナンキン》で革命軍が支配する十七省の代表が集まり、中華民国の設立を宣言し、孫文を臨時大総統に選出した。

喜八郎が革命政府に融資をした三百万円は、大正三年（一九一四年）二月に全額返済された。

その際、喜八郎は得意の歌を詠《よ》んだ。

「もろこしの　はらへ放せし　雁《かり》がねの　帰り来にけり　如月《きさらぎ》の空」

喜八郎は、約束を違《たが》えることのなかった革命政府と、彼らを信じて融資を実行した自分を大いに誇りに思った。

3

明治四十五年（一九一二年）七月三十日、明治天皇崩御《ほうぎょ》。明治が終わり、大正となる。

「御諒闇《ごりょうあん》　おそれ入谷《いりや》の　あさかほの　花のはかなき　世を嘆く哉《かな》」

天皇崩御に際して、喜八郎が詠んだ歌だ。

明治とともに歩んで来た喜八郎は七十六歳となった。まだまだやるべきことがあると思い、頑張るつもりだが、天皇の崩御に、人生のはかなさをひとしお感じたのだった。

喜八郎は、中国満州への投資を加速させていた。

すでに明治四十三年に本渓湖《ほんけいこ》煤礦《ばいこう》有限公司《こうし》を設立し、採炭《さいたん》事業を始めていたが、喜八郎はどうしても鉄鋼業に進出したいと考えていた。

喜八郎は、自ら満州に出向き、本渓湖を管轄《かんかつ》する東三省《とうさんしょう》（満州）総督府と交渉し、明治四十四年に本渓湖煤礦有限公司の資本金を二百万元《げん》増資し、四百万元とする本渓湖煤鉄《ばいてつ》有限公司を設立した。

この正式契約は十月六日であり、まさに辛亥《しんがい》革命直前のことだ。喜八郎と契約する東三省総督府も、政情不安な国内情勢に頭を痛めていただろう。それは彼らと契約する喜八郎も同じだ。

喜八郎は孫文と親しく、いずれ中国は革命勢力が支配すると見ている。そのような不安定な状況で投資契約を締結《ていけつ》するのは、喜八郎でなくてはできないことだろう。

喜八郎には、本渓湖煤鉄有限公司は日中双方に有益であるとの信念があった。日本人は商売について、もっと欧米人に学ぶべきだと喜八郎は思っている。日本人の商売は二流、三流だ。国家のためにということを念頭に置いて商売をすれば、一流になれるのに、いまだにそれがない。

他人がなんと言おうと、喜八郎自身は国家のために命がけで商売をしている。それを死の商人だとか、戦争屋だとか言われるが、言わせたい奴には言わせておけという思いだ。

商売とは、売り手と買い手の双方が利益を得るものだ。相手の利益もきちんと考えてやれば、愉快《ゆかい》に取引できるのだ。

こちらが、多少損をしても、相手方に利益を与えてこそ良好な関係が永く続き、商売が上手《うま》くいくのだ。

欧米人は契約の際、「これで契約しますが、あなたには儲《もう》けがありますか」と念を押してくる。こちらが「結構です。これで多少とも儲けがあります」と応《こた》えると、「それは結構なことです」と、そこで初めて握手となる。

この姿勢は学ぶべきだ。

日本人の商人は、自分さえ儲ければ、相手が損をしようと一向に意に介《かい》さない。相手方が損をするのは、相手方が馬鹿だから、しょうがないと考えている。欧米に対抗するには、商人の精神こそ正しくしなければならない。これが喜八郎の信念だった。

本渓湖煤鉄有限公司は必ず将来の中国のためになる。この信念がなければ、これだけのめり込まない。

今は亡き常吉《つねきち》が、滔天と引き合わせてくれ、その縁で孫文と出会った。そして広大な中国大陸に魅せられた。この国と日本とが手を結べば、欧米と十分に互角、いやそれ以上に渡り合えると思った。

喜八郎は、自分の財産も事業も、この世の仮の姿だと考えていた。それは数々の死線をくぐり抜けて来たからだ。

自分ほど多くの死線をくぐり抜けた商人はいないだろう。それはなぜか、と自分に問いかけてみる。

たしかに贅沢《ぜいたく》もし、財産もつくった。しかし、喜八郎個人の財産をこの世に残すために、弾《たま》にも当たらず、殺されもせず、今日まで生かされて来たのだろうか。そんなはずはないと喜八郎は思っている。なにかもっと高い次元の意味があるに違いない。

「紛々《ふんぷん》たる世の毀誉褒貶《きよほうへん》を気にして何ができる。区々《まちまち》たる世評などに頓着《とんちゃく》せず、自ら信ずるところに邁往《まいおう》し、自ら好むところに直進し、思う存分の働きをなし、倒れてのちやむのが、即《すなわ》ち男子の本懐《ほんかい》ではないか」

喜八郎は自分に言い聞かせた。

大正二年（一九一三年）、喜八郎は七十七歳、喜寿《きじゅ》を迎えた。

二月十四日、孫文が三井の招きによって来日した。

喜八郎は、孫文を大倉美術館（現・大倉集古館《しゅうこかん》）に案内した後、向島《むこうじま》別邸での晩餐会《ばんさんかい》に招いた。

孫文は、前年の二月に中華民国大総統を辞任していた。

革命政府を樹立したが、清朝打倒、国家統一のためには清朝政府の実力者袁世凱《えんせいがい》と妥協《だきょう》せざるをえない状況になり、孫文は大総統の地位を彼に譲ったのだ。

「一番困難な時期に大倉殿から貸していただいた三百万円のこと、清朝政府に送られるべき武器を当方に渡していただいたこと、この二つへの感謝は終生忘れません」

「なんの、約束を守ったまでです。ところで袁世凱を信用してはいけませんよ。滔天さんも心配していますよ」

袁世凱は、清朝に代わる自分の王朝をつくろうとしている。邪魔になるのは孫文だ。必ず彼を排除しようとするだろう。

「よくわかっております。警戒は怠《おこた》りません」

「もし何かあれば私が支えますから」

「心からありがたいと思っております」

「ところで本渓湖煤鉄有限公司を設立し、製鉄業を開始しました。私は、貴国を侵略し、簒奪《さんだつ》する気はありません。商人ですから、共に栄えたいと思います」

喜八郎は強く言った。

「中国を真に豊かな国にするには、日本の協力が必要です。投資をしてもらうのは構いませんが、主権を奪うなどということだけは考えないでいただきたい。それを切《せつ》にお願いします」

孫文は、懸念《けねん》に満ちた表情となった。来日して出会う経済人、政治家の多くが中国を侵略しようと考えているからだ。

「私は、商人です。商人は平和のために戦う戦士です。共に栄えるように努力します」

喜八郎は、孫文の手を強く握った。

4

「徳子《とくこ》、たま子、満州に行ってくる」

喜八郎は、なんとしても本渓湖煤鉄有限公司の炉《ろ》の火入れ式に行きたかった。

「長旅はお身体に障《さわ》ります。おやめください」

徳子が引き留める。

「今、大陸は反日の空気に満ちていると聞いております。そんなところにお出かけになっては、心配でございます」

たま子も止めた。

「何をくだらんことを心配する。中国は私の夢だ。行くことに決めた。ついては常吉の遺品はないか」

「常吉の遺品ですか?」

たま子が意外だという表情をする。

「あいつが中国との縁をつくってくれた。もし、元気でいれば、私の供をしたはずだ」

たま子は、黙って考えていたが、力強く言った。

「わかりました。そういうことであれば心配ではありますが、旦那《だんな》様が満州に行かれるのをお止めしません」

「たま子さん……」

徳子が呟《つぶや》いた。

「奥様、旦那様は超人ですから。大丈夫でしょう、きっと。でも若い妾《めかけ》を連れていってはいけませんよ。奥様が悲しまれます」

たま子が厳しい口調で釘《くぎ》を刺した。

喜八郎が最近、若い女性を愛妾《あいしょう》にしたという話は、徳子の耳に入っていた。

「馬鹿なことを言うな」

喜八郎は、焦《あせ》った。

喜八郎は七十九歳になるが、たま子が超人と言うに相応《ふさわ》しく、仕事にも女性関係にも、大倉組の幹部や社員が辟易《へきえき》するほどの活力を溢《あふ》れさせていた。

「常吉さんの帯があります。それを持って行ってあげてください」

たま子が言った。

「帯か」

「常吉さんが寛《くつろ》いでいる時に締めておられたものです。お亡くなりになる前に預かりました」

「それを持って行くことにする。今度の満州行きは、常吉と同行《どうぎょう》二人《ににん》だ」

「決して若い妾じゃありませんね」

徳子の目じりが、きっと吊《つ》りあがった。

大正四年（一九一五年）一月二日、喜八郎は本渓湖煤鉄有限公司の第一回火入れ式に出発した。

満州の冬は骨がきしむほど寒く、また列車の長旅は老いた身体に響くはずだが、喜八郎の心は、溶鉱炉《ようこうろ》の火のように燃えていた。

火入れ式は十三日。その時を明日に控えた日、喜八郎は製鉄所の前にしつらえた祭壇の前で、外套《がいとう》も着ずに両手を合わせ、祈っていた。

ようやく中国で製鉄所をつくることができた。この工場は、必ず日中、双方に有益であるはずだ。

身体が冷えて固まったのではないかと思われるほど長い時間が過ぎた。心配した幹部社員が近づいて、「頭取《とうどり》、お寒くありませんか？」と聞いた。

氷点下三十度である。外套を着ていても寒さを防ぐことができない。

「なんの、これしき、なんでもない。ところでスコップはあるか？」

「スコップですか？」

「あれば、貸してくれ」

「承知しました」

怪訝《けげん》そうな顔をして、幹部は一旦《いったん》引きさがり、スコップを持ってやってきた。

「これでよろしいでしょうか？」

幹部はまるで賞品か何かのように、両手でスコップを捧《ささ》げるようにして喜八郎に渡した。

「ありがとう」

喜八郎は、スコップを受け取ると、刃で祭壇の前の地面を突いた。キンというまるで金属と金属がぶつかるような硬い音がした。凍《い》てついた地面は、金属のように固く、スコップの刃を跳《は》ね返してしまったのだ。

「頭取、私がやります」

幹部は、喜八郎からスコップを受け取ろうとした。

「いや、大丈夫だ。私がやる」

喜八郎は、何度もスコップの刃を地面に突き立て、足をのせて、ぐいぐいと押した。硬かった地面が、少しずつ削れていく。額に汗が滲《にじ》んでくる。表面の硬い部分が削れると、やや柔らかい黒い土が出てきた。ようやくスコップの刃が入るようになった。

「なんでも辛抱《しんぼう》強くやっていれば、なんとかモノになるんだぞ」

喜八郎は幹部に教訓めいたことを言った。幹部は、困惑した表情を崩さない。教訓はいいが、喜八郎の息は荒くなり、額の汗が凍っていたからだ。

ようやく地面に三十センチ四方の穴が開いた。喜八郎は、祭壇に置いていた桐《きり》の箱を取った。赤い紐《ひも》で結んである。それを解《ほど》き、上蓋《うわぶた》を開けた。その中にはくすんだような布が入っていた。たま子が渡してくれた常吉の帯の切れ端《はし》だ。

「常吉、ようやくここまで来たぞ。お前が孫文さんらとの道をつけてくれたおかげだ。ありがとうよ」

喜八郎は、桐箱の中の布に話しかけた。

〈旦那、やりたいことを思いっきり、やりたいようにやられたらいいですぜ。旦那の財産だ。みんな使いきっても誰も文句は言わない〉

常吉の声が聞こえて来た。

喜八郎は、何度も頷《うなず》きながら、上蓋を閉じ、紐をかけた。そして静かに桐箱を穴に入れると、スコップで土をかぶせた。

それから再び、両手を合わせた。

喜八郎は、十三日の火入れ式に参列した後、銑鉄《せんてつ》ができ上がるまでの間、満州を旅しつつ、奉天《ほうてん》将軍張錫鑾《ちょうしゃくらん》に会うなど精力的に動いた。

十日後、出銑《しゅせん》式に参列した。製鉄所の溶鉱炉の中で炎が音を立てている。地面を揺るがすようだ。喜八郎は、身体が震《ふる》えるほどの喜びを感じていた。

炉口《ろぐち》を開けると、真っ赤に燃えたぎる溶鉱炉の中から炎が噴き出して来る。溶鉱炉がゆっくりと回転し、炉口が下を向くと、そこから一気に白熱した銑鉄が流れ出した。

「おおっ」

喜八郎は、思わず歓声を上げた。同時に、どっと涙が溢れて来た。顔は笑っているが、涙は止まらない。

「この製鉄所を中心に、中国で羽を広げるぞ」

顔が焼けるほど熱い。流れ出る銑鉄の熱気が噴き上がってくるのだ。ああ、なんという心地《ここち》よさだ。喜八郎は、いつまでも熱気を浴びていたい気持ちだった。

喜八郎は、一月二十五日に本渓湖煤鉄有限公司がつくりだした処女鉄を土産《みやげ》に、中華民国大総統の袁世凱に会いに行った。

袁世凱は、去る一月十八日に大隈重信《おおくましげのぶ》内閣から、満蒙《まんもう》における日本の利権確保に関わる二十一カ条の要求を突き付けられ、その対応に頭を悩ませていた。

前年の大正三年に勃発《ぼっぱつ》した第一次世界大戦に参戦した日本は、敗戦したドイツの中国における利権をも、手中に収めようとしていたのだ。

中国にしてみれば、日本が中国を植民地化しようという意図を剝《む》き出しにしたと受け止められる要求であり、認めがたいものだった。

この二十一カ条の要求は、喜八郎の満州での事業にも重要な関わりがある。当事者といっても良い立場だ。問題が最大に燃え上がっている時に、平気で袁世凱に会いに行くのは、喜八郎の度胸があるというか、他の実業家とは違うところだ。

それを他人は、「金儲けのためなら何も気にせずに、誰とでも会う」と言うのだろうが、喜八郎は、中国のためになる事業を行っていると素直に考えていたのだ。

「これが本渓湖でつくりだした銑鉄です」

喜八郎は、袁世凱に差し出した。

袁世凱は、小柄で、年齢の割に精力的な印象のある日本の実業家から、土産にと差し出された銑鉄を複雑な思いで見つめた。

「貴殿《きでん》の中国経済発展のための功績に、大いに感謝いたします」

袁世凱は、最大限に喜八郎を誉《ほ》め上げ、二等嘉禾章《かかしょう》を贈った。

喜八郎は、袁世凱からの勲章《くんしょう》を喜びつつも、彼を孫文のように理想に向かって進む人物とは見ていなかった。いずれ孫文とぶつかることになるだろうと思っていた。

孫文や滔天は、この二十一カ条のことを怒っていることだろう。

袁世凱は、今の日本の実力を勘案すれば、この二十一カ条を受け入れざるをえない。そうなると反日の気運が一層、盛り上がるに違いない。

「また新しい戦争が起きるかもしれない。まだまだ世の中は俺を必要としているようだ」

戦争屋の喜八郎の血が、いやがうえにも騒ぎ出すのだった。

捨て石となっても

1

孫文《そんぶん》の運命は、一筋縄ではいかない状態になっていた。

中国国内では、孫文らの革命派と袁世凱《えんせいがい》との対立が深まっていた。革命派は、反袁世凱を唱えて挙兵したが、敗《やぶ》れた。そのため孫文は、大正二年（一九一三年）八月、日本に亡命した。

日本政府は袁世凱を支持しており、孫文は、日本で喜八郎《きはちろう》ら支援者に守られて過ごしていたが、要注意人物として政府の監視下に置かれていた。

大正四年（一九一五年）、孫文は日本にいて、日本からの二十一カ条の要求に屈する袁世凱に対して苛立《いらだ》っていた。そして信じられないことに、袁世凱はその年の十二月には共和制を廃止し、清朝《しんちょう》のような帝政に戻してしまった。孫文ら革命派は、反袁世凱で、再び立ちあがった。

喜八郎は中国での事業を進めるために袁世凱とも関係を結んでいたが、孫文への支援も続けていた。

孫文は、大正五年（一九一六年）に中国に戻り、上海《シャンハイ》で反袁世凱の活動を開始する。

その年の六月、なんと袁世凱が病気で急死する。これを契機に中国はさらなる混乱に陥《おちい》る。

大正六年（一九一七年）八月、孫文は広州《こうしゅう》で広東《カントン》軍政府を樹立し、大元帥《だいげんすい》に就任する。ここにおいて中国は北京《ペキン》と広州とに二つの政府が並立する時代となり、十月には湖南《こなん》省で南北軍の戦闘が始まった。

しかし、孫文の思った通りにはならなかった。せっかくつくった広東軍政府だったが、同志の裏切りなどに嫌気がさし、そこから離れてしまった。ぶらりと日本に立ち寄り、宮崎滔天《とうてん》や喜八郎などの支持者に会った。

「大倉殿、日本は中国に対する二十一カ条の要求を取り下げないと、反日の嵐がますます激しくなります」

孫文は、喜八郎に言った。

障子《しょうじ》を開けると、隅田川《すみだ》から風が流れてきた。向島《むこうじま》の別邸に、孫文を招いたのだ。

「日本政府は、北京政府を支援しています。あなたは対日批判を続けておられますので、危険人物とみられているのです」

喜八郎は言った。手には赤ワインのグラスを持っている。

「批判せざるをえないでしょう。日本は友邦《ゆうほう》だと思っていましたが、実は欧米列強と同じく中国を植民地化しようとしている。そのために、自分たちに都合のよい北京を支援しているのです。本来なら私を支援すべきです」

孫文は強く言った。

喜八郎は顔を歪《ゆが》めた。本渓湖《ほんけいこ》開発のためだとは言え、北京政府と関係を密にしている自分が責められているように思ったのだ。

「私は、どんなことがあろうと中国に投資をし続けます。どんなに資金を投入しても底なしのように思えますが、事業は素晴らしく、将来性のあるものばかりです。日本人材を得れば、必ず成功します。私は中国人の人材も育てたいと願っています。日中両国は、いかなる障害、困難があろうとも国策上敵対してはならず、経済的に協力すべき宿命にあると考えております。実は、国内の事業は一割以上の利回りがありますが、中国では二、三分《ぶ》をあげるのも難しく、さらに元本回収不能の危険さえあります。それでも私が中国に投資を続けるのは、あなたのような人材がいて、日中両国は不可分だということを理解しているからです。中国国民がそれを納得してくれるようになるまでの捨て石でもよいとの信念を持っているからです」

　喜八郎は目を赤くした。

　これは喜八郎の本当の思いだった。反日的な気運がやむことはない中国での事業展開は、リスクの高いものだった。それでも進めるのは、喜八郎の思いが損得を超えたところにあったからだ。

　孫文も感動したのか、目を瞬《しばたた》かせた。

「あなたのような支援者がいる限り、私は日本のことを尊敬します」

　孫文は言った。

　しかし、孫文は、中国を南北に分断させ、弱体化を図ろうとする日本政府に対しての厳しい批判を、やめようとはしなかった。

　対日批判は孫文の戦略だった。明確な攻撃対象を定めることによって、中国国民を団結させることができること、日本の支援を受ける北京政府との違いを際立たせること、そして日本の勢力拡大を警戒する欧米の協力を得やすいこと、などが狙いだった。

さらに対日批判をしようとも、日本国民や喜八郎のような財界人は孫文に同情的であり、支援の姿勢に変化がないことにも力を得ていた。

「中国の大混乱もこの二十一カ条によって起こっているのであり、もしこれを破棄したら中国はすぐに統一されるだろう。革命党の党員は、この条項の破棄のために最後まで戦い続けなければならない」

孫文の対日批判に呼応《こおう》するように大正八年（一九一九年）五月四日、五四《ごし》運動が始まった。

これは北京の大学生三千人が、第一次世界大戦で戦勝国となった日本がドイツに代わって山東《さんとう》省の利権を引き継ぐことを、欧米列強が認めたことに対する反日運動だ。

反日運動は、日本国内にも波及《はきゅう》し、五月七日には中国人留学生二千人が、東京で国恥《こくち》記念デモを行った。

喜八郎は、反日運動の高まりに心を痛めていたが、自分が行っている中国投資は、いずれ中国国民の役に立つだろうという思いは変わらなかった。

大正六年十一月には本渓湖製鉄第二高炉《こうろ》の火入れ式に出席するために本渓湖を訪れ、孫文と対立する北京政府の大総統馮国璋《ふうこくしょう》にも謁見《えっけん》したばかりなのに、大正八年には再び本渓湖や北京など、二カ月ほどの旅行をする。

その間、大正八年四月には北京で見て感激した京劇の梅蘭芳《メイランファン》を招き、帝国劇場での来日公演を実現させる。

反日の気運が高まれば高まるほど、それに比例するように、喜八郎の中国への思いは強くなった。

一方、孫文は、五四運動に同調的であり、日本が北京政府と組んで中国の利権を拡大すればするだけ、中国国民の心は北京政府から離反《りはん》するだろうと考えていた。

喜八郎が中国投資を進めれば進めるほど、反日運動が高まる。それは北京政府や軍閥と組んで、中国の利権を漁《あさ》っているように見えるからだ。

「大倉殿の思いとは別の方向に行く。残念なことだ」

孫文は嘆いた。

大正九年（一九二〇年）十一月、孫文は第二次広東軍政府を樹立し、いよいよ北京政府を倒すべく北伐《ほくばつ》に乗りだそうとしていた。

2

大正十年（一九二一年）十月三日、喜八郎は、安田善次郎《ぜんじろう》の大磯《おおいそ》の別邸に来ていた。

九月二十八日、善次郎が突然死んだ。暗殺されたのだ。今日は、葬式だ。

お互いなんの係累《けいるい》もいない、頼る者もいない当時の江戸に出て、明日の出世を夢見て努力して来た。年は喜八郎の方が一つ上だが、お互い年齢が近いこともあり、なんでも相談した。お陰で、こうしてひとかどの人物と言われるようになることができた。

善次郎は、勤倹《きんけん》主義で、つつましく、真面目な男だ。吝嗇《りんしょく》だと非難されているが、実は「慈善は陰徳《いんとく》をもって本《もと》とすべし、慈善をもって名誉を望むべからず」との考えで、寄付をしてもことさら他人に誇ることはない。

「私とまったく反対だ。怨《うら》まれて殺されるなんて筋違いだ。殺されるなら私だ」

喜八郎は、溢《あふ》れんばかりの菊の花に飾られた祭壇を眺《なが》めていた。

暗殺者は、朝日平吾《へいご》という三十二歳の男だ。朝鮮半島などを放浪していた浪人と言えば聞こえがいいが、不平家の一人にすぎない。

「奸富《かんぷ》みだりに私欲を眩惑《げんわく》し、不正と虚偽の辣手《らつしゅ》を揮《ふる》って巨財を吸集《きゅうしゅう》し、なんら社会公共慈善事業を顧《かえり》みず、人類多数の幸福を壟断《ろうだん》し、ために国政乱れ国民思想悪化せんとす。奸富今や国民の怨府《おんぷ》となり、天人ともにこれを許さず。ここに天に代ってこれを誅《ちゅう》す」と書いた斬奸状《ざんかんじょう》を振りかざし、朝日は、善次郎をめった刺しにした。

世間には、成功し、富を蓄えた者への怨嗟《えんさ》の声が満ちている。善次郎は、その象徴として、怨みを一手に引き受けてしまったのだ。残念でたまらない。悔《くや》しいだろう。八十四歳とはいえ、まだやりたいことはいっぱいあったはずだ。

「善次郎さん、私はまだ死にたくない。どうぞ守ってください」

喜八郎は、手を合わせ、いつまでも瞑目《めいもく》していた。

翌年には大隈重信《おおくましげのぶ》、山縣有朋《やまがたありとも》が死んだ。二人とも喜八郎にとっては盟友というべき存在だ。政治と実業という道は違っても、共に新しい国家をつくるべく奔走《ほんそう》した。

「功《いさお》しは　高嶺《たかね》の松と　仰《あお》がれし　老木《おいき》も惜《お》しや　今日の雪折れ……。山縣さんには世話になったなぁ。軍の御用が務まっているのは山縣さんのお陰だ」

喜八郎は、自分と同世代の人間が次々と亡くなっていくことに、寂しさを禁じえなかった。

喜八郎は自らを鼓舞《こぶ》するように「四十五十は　鼻たれ小僧　男盛りは　八九十」と言い、周囲の人々を驚かせるとともに呆《あき》れさせて、楽しんでいた。

しかし、そろそろ事業の中心でいることをやめる、すなわち引退を考えていた。

「好きなことを好きなようにやるのも、長生きの秘訣《ひけつ》だ」

喜八郎は自由になりたいと思っていた。そのためにも、中国での事業を確固たるものにしなければならない。

3

大正十二年（一九二三年）九月一日午前十一時五十八分、関東地方は未曽有《みぞう》の大地震に襲われた。関東大震災だ。マグニチュード七・九の揺れは、罹災者《りさいしゃ》三百四十万人、死者行方不明十万六千人、負傷者五万二千人、家屋の倒壊焼失など七十万戸、被害総額は五十億円を超えるのではないかという空前絶後の大災害となった。

喜八郎の赤坂の自宅は全焼し、大事にしていた大倉集古館《しゅうこかん》の収蔵品も大半が焼失した。

また鎗屋町《やりやちょう》（現・中央区銀座四丁目）の大倉土木組を改めた日本土木本社、銀座二丁目の大倉本館も火災に見舞われた。

木造建築の日本土木本社は、完全に焼失したが、最新建築でつくった大倉本館はびくともしなかった。ところが本館に逃げ込んだ被災者の荷物に火が移り、内部から全焼してしまった。

喜八郎は、集古館に収められた多くの貴重な美術品などが焼失してしまったことを嘆いたが、そんなことはおくびにも出さず、幹部たちの前で、突然、空を指差し、「ほら、金が天から降ってくるぞ。どうしてあれが君らには見えんのかね」と明るく言った。

喜八郎は、向島の別荘に被災者を受け入れ、食料をふんだんに提供した。

「ほどこしのかゆいところへ　手が届き　かねて用意の　出来ぬ急震」と歌を詠《よ》んだ。

喜八郎も、玄米でつくられた握り飯を頬張《ほおば》った。

大倉組は、この後、震災の苦労を忘れないようにと、毎年九月一日には、社員に握り飯を配り、大震災当時の苦労を偲《しの》ぶ行事を行うようになった。

「一つ派手にやるか」

喜八郎は、大震災の翌年、大正十三年（一九二四年）九月に八十八歳の米寿《べいじゅ》を迎える。その祝いを行うことにした。

祝いには、再び中国から梅蘭芳や事業の関係者を招き、盛大にやる。大震災で多くの人が苦しみ、満足に食べることもできない中で、盛大な会を催《もよお》すことに白い目を向ける者もいるだろう。

しかし、世間の悪評など構わない。こういう時こそ日本人の強さを見せてやるのだ。特に中国の関係者に、日本は必ず復興するというところを見せないと、これからの中国事業に支障をきたすではないかと、喜八郎は考えた。米寿の祝いを行うと発表したところ、右翼《うよく》が大倉組や出席予定者に圧力をかけてきたが、喜八郎は構うことなく祝宴を挙行した。

宴は、十月二十日から二十三日まで帝国劇場で催された。内外から三千余名もの人が招待され、素晴らしい料理と酒、そして歌舞伎《かぶき》、梅蘭芳の京劇に酔いしれたのだった。

喜八郎は、この宴で、大倉組の頭取《とうどり》の地位を譲った息子の喜七郎《きしちろう》を招待客に披露《ひろう》するとともに、大倉組、大日本麦酒《ビール》、日清製油、東京電燈など四十三社の役職を全《すべ》て辞任した。

いったん握った権力は死ぬまで決して放さないと思われていたから、喜八郎の行動は驚きをもって迎えられた。

この結果、大倉組や日本土木改め大倉土木、大倉鉱業、大倉商事、本渓湖煤鉄公司《ばいてつこうし》などは大倉喜七郎をトップとする新しい組織に生まれ変わった。

「八十八　下からみても　八十八　中からよめば　国を出た年」

喜八郎は、原点に帰った思いだった。

「やっと自由になったぞ。常吉《つねきち》、昔に戻ったような爽快《そうかい》さだ」

喜八郎は、向島の別荘の庭に立ち、空を見上げた。

澄みきった晩秋の空に、常吉のひょうきんな笑顔が見える。

〈旦那《だんな》、肩書きをみんな捨てちまって、せいせいされましたでしょう〉

「ああ、いつのまにやら数え切れないほど背負っていたからな」

〈これから如何《いかが》なされるおつもりなんですか？〉

「いよいよ中国に力を入れるつもりだ」

〈へえ、のんびり釣りでもなさるのかと思っていましたが、やっぱり中国ですか？〉

「孫文さんも頑張っておられるが、中国はまだまだ混乱している。俺の助けが必要なんだよ」

〈滔天さんもお亡くなりになったとか？〉

「そうだ。大震災の前の年だ。五十三歳だよ。まだまだ若いが、燃え尽きてしまわれたのだろうかね。革命というのは、激しすぎて人を老いさせるのかもしれない」

〈旦那だけですね。まだまだ意気盛んなのは〉

常吉の笑い声が聞こえた。

「旦那様、何を笑っておいでなのですか」

たま子が近づいてきた。

「常吉と話していたんだよ」

喜八郎はほほ笑んだ。

「それはまた楽しゅうございましたね」

「これからも中国で仕事をすると言ったら、多少呆れていたな」

「そりゃあ、常吉さんじゃなくても呆れますよ」

たま子は笑みを浮かべた。

4

「なに、孫文さんが亡くなった？」

喜八郎は驚き、その場に力なく崩れ落ちた。

秘書が、外電《がいでん》を知らせて来た。

大正十四年（一九二五年）三月十二日、孫文は北京で同志に看取《みと》られながら死んだ。享年《きょうねん》六十。肝臓癌《かんぞうがん》だった。

三年前に滔天も亡くなっているから、これで喜八郎の目を中国に向けてくれた恩人は、二人とも亡くなってしまったことになる。いずれも早すぎる死だ。

「孫文さんは共産主義者ではなかった……」

喜八郎は呟《つぶや》いた。

陰になり、決して表に出ることなく孫文を支えてきたのは、いずれ彼が中国を治め、日本と友好的な関係を築くだろうと思っていたからだ。

孫文は、軍閥との戦いを有利に推《お》し進めるために、中国共産党と手を結んだ。そうせざるをえなくしてしまったのは、日本政府だ。日本政府が、二十一カ条の要求を掲《かか》げ、中国を植民地化しようとする動きをやめなかった。そのために都合の悪い孫文を排除した。

去年十一月二十四日に神戸で大アジア主義の講演をし、「西洋覇道の走狗《そうく》となるのか、東洋王道の守護者となるのか」と聴衆に叫んだが、その声は日本政府には届かず、東京に行くことは許されなかった。

日本を頼りにできない孫文は、社会主義政権を樹立したソ連と組み、支援を受けるようになった。それが国共合作《こっきょうがっさく》に繋《つな》がった。

孫文を共産主義との共闘に走らせたのは、日本の中国政策だったのだ。

「孫文がいなくなった中国はどうなるのだろうか？　また日本を批判しながらも、日本のよき理解者であった孫文がいなくなったら、日本の中国政策はどうなるのか」

喜八郎は自問した。そして導き出した答えは、中国との関係はより悪化するだろうということだった。孫文という大きな歯止めがなくなった今、日本はさらに力ずくで中国の植民地化を進めるに違いない。

「自分はその先兵ではないのか」

喜八郎は、自分に向けられる世評について考えていた。

「いや、断じてそうではない」

世間は、戦争屋、死の商人、軍と一緒になって利権漁りをする政商と、あざけりを含んだ名で自分のことを呼ぶ。

しかし、自分の信念は、孫文に言った通り、中国と共に栄えることだ。必ず本渓湖の開発は、中国の人々のためになる。中国の人々が力をつけた時には、あっさりと自分の財産を投げ出したっていいのだ。どうせ黄泉《よみ》の世界には持って行くことはできないのだから。喜七郎は喜七郎で、自分の事業をすればよい。俺の事業なんて、後生大事に守ることはないんだ。

大正十四年五月十二日、喜八郎は、満州、蒙古《もうこ》、華北《かほく》の旅に出かけた。これで七回目になる満州、本渓湖の旅だった。八十九歳にもなった身体《からだ》には、やや過酷な旅だったが、喜八郎は終始機嫌が良かった。

下関《しものせき》から船で釜山《プサン》に着き、多くの人の歓迎を受ける。それからソウルに入り、自分が創立した善隣《ぜんりん》商業学校の卒業生らと懇談する。

そして汽車で本渓湖に行く。かつて五、六十人しかいなかった寒村《かんそん》が、今や三万人が住む大都会になっている。

苦難の道ではあったが、やってきたことに間違いはないと確信した。

喜八郎は、中国への投資で利益は挙げていない。むしろつぎ込んでもつぎ込んでも、金を吸い取られるような国だと思っていた。それでも中国は、喜八郎の冒険心を駆り立てる何かがあったのだ。だから国内事業の利益を中国に投入し続けた。三井や三菱なども中国投資を行っていたが、高いリスクを考え、商業的な事業にとどめていた。しかし喜八郎は、直接投資事業が中心だった。

最初は、製鉄業だった。明治三十六年（一九〇三年）に漢陽《かんよう》鉄政局の借款《しやつかん》に応じたところから喜八郎の中国投資は始まった。

いったいどれくらい金をつぎ込んだのだろうか。

喜八郎は、黒煙をあげる製鉄工場を眺めながら考えた。正確な数字は把握《はあく》していない。次から次へと投資し、金を貸した。

昭和三年（一九二八年）の時点ではあるが、株式投資した事業や借款先を列記してみる。

本渓湖煤鉄公司、銅鉄公司、安東製煉所《あんとうせいれんじよ》、順済鉱業有限公司、華寧《かねい》公司、南定炭鉱株式会社、鴨緑江《おうりよくこう》製紙、鴨緑江製材公司、興林造紙公司、豊材股份有限公司、裕元紡織《ぼうしよく》有限公司、裕津製革《せいかく》有限公司、青島《チンタオ》冷蔵株式会社、華興《かこう》公司、中華匯業

銀行、金福鉄路公司など二十五事業に及び、投資額は千五百八十五万円になる。

また借款という形で投資したものは、中国財政部国庫証券、同九六公債、同臨時借款、喀喇沁《カラチン》王借款、粛親《しゅく》王借款、奈曼《ナイマン》王借款、正豊煤鉱《ばいこう》公司、順済鉱業公司、水口山《すいこうざん》借款、濛江林業局借款など十六件、借款額は二千三百二十八万円になる。

株式投資、借款の合計で三千九百十三万円にもなる。

「数千万円にもなるだろうな」

喜八郎はぼそりと呟いた。

大工の一日の手間賃が三円程度の時代だ。

「この本渓湖以外は、上手《うま》くいっていないのも多い。馬鹿なことよなぁ」

喜八郎は、休業したり、回収不能になったりしたものが多いことを、自嘲《じちょう》気味に笑った。

実際、銅鉄公司、安東製煉所などは休業したり、解散したりしている。これらへの株式投資額だけで四百万円になる。また正豊煤鉱公司、順済鉱業公司、水口山などへの借款は焦《こ》げ付いており、回収不能になっている。その額は七百五十二万円にもなる。

「投資や借款の利回りは、二分か三分程度にしかならんだろう」

喜八郎は呟いた。

「だが、多くの人たちの役に立ったことは認めても良いだろう」

革命派の孫文や黄興《こうこう》、軍閥の袁世凱、段祺瑞《だんきずい》、張作霖《ちょうさくりん》、馮国璋らの顔が浮かぶ。

「主義主張の違う男たちばかりだ。なんと見境もなく付き合ったのかと、人は陰口をたたくだろう。彼らに渡った金は、彼らの戦いに使われた。日本政府に相談もせずに彼らと付き合い、金を出した。日本政府は俺のことを、手綱《たづな》を締めることができない奔馬《ほんば》のように思っていたことだろう。しかし……」と喜八郎はにやりとして、「日本政府も俺の名義を借りて、彼らに金を貸したり、渡したり、上手く使ったことも多い。どっちもどっちだ」とひとりごちた。

喜八郎は本渓湖を離れ、奉天《ほうてん》に向かった。ここでは張作霖と数回会い、共に中国の将来について語った。

大連《だいれん》では、新潟県人会の人々の歓迎を受けた。そこから汽車で山海関《さんかいかん》、秦皇島《しんこうとう》、灤州《らんしゅう》などを通過する際、各駅で張作霖の軍の師団長らが数百人も整列し、捧《ささ》げ銃《つつ》をし、君が代を吹奏《すいそう》するという国賓《こくひん》級の待遇を受けた。

喜八郎は、汽車から降り、慣れない手つきで敬礼をしたが、熱いものが胸の奥から込み上げてくるのを抑えることができなかった。

天津《てんしん》では、北京を追われた清朝の宣統帝《せんとうてい》溥儀《ふぎ》と皇后に謁見し、日本に来てほしいと申し出た。

北京に行き、そこから河北省《かほく》張家口《ちょうかこう》に向かう。西北督弁公署に馮玉祥《ふうぎょくしょう》を訪ねた。

馮は、反日派の巨頭と言われた人物だった。最初は袁世凱が組織した新建国軍に入り、その後は張作霖や段祺瑞らに従っていたが、その後は馮国璋の傘下《さんか》に入った。しかし、彼と袂《たもと》を分かち、今は奉天派の張作霖と手を結んでいる。

馮の執務《しつむ》している公署は、土でできた屋根に土間という簡素な建物だった。供された食事は固いパンにレモン水。寝具は、絹ではなく、質素な布製。

「君は偉い。北支《ほくし》の実権を握っているのに、この質素な生活だ。まだまだ君は偉くなるだろう。私はもう少し早く君に会いたかったなぁ」

喜八郎は、感激した。

「私は、多くの日本の有力者と会ったが、あなたに会って初めて知己《ちき》を得た。自分の管轄《かんかつ》内であれば、あなたの望むものは全て提供したい」

馮も喜びに顔を紅潮《こうちょう》させた。

馮は、旅行中、貧しい食べ物が続き、喜八郎が痩《や》せたとの話を聞き、北京から樽《たる》一杯の鰻《うなぎ》を取り寄せ、喜八郎に持たせた。喜八郎やその同行者たちは、その日から毎日鰻を食べることになった。

喜八郎は、どんな立場の人間であろうと懐《ふところ》に飛び込んで行った。

それが、中国における人脈の拡大につながった。喜八郎は、中国の統一に命をかける人間たちに、かつて明治維新で戦った維新の志士たちの面影《おもかげ》を重ねていたのではないだろうか。

大久保利通《としみち》、木戸孝允《たかよし》、西郷隆盛《さいごうたかもり》、伊藤博文《ひろぶみ》、山縣有朋《やまがたありとも》、大隈重信《おおくましげのぶ》――。喜八郎が幕末、明治、そして今日まで生き抜くことができたのは、彼らの懐に飛び込んだからだ。

「もう誰もいない……」

喜八郎は、命がけで突っ走った若き日々を思い出し、一瞬、目頭《めがしら》を熱くした。

張家口からゴビ砂漠に挑む。これは二回に及んだ。

一回目は、張家口から馮玉祥の軍に守られて自動車で庫倫《クーロン》街道を約二百キロも走り、張北県《ちょうほく》に行き、モンゴル料理を食べる。

二回目は、張家口から約六百四十キロも離れた包頭《ほうとう》に行き、ゴビ砂漠まで行き、オルドス、アラゼンに入った。

見渡す限り、どこまでも続く砂漠。波のようにうねり、時には風に乗せて、波しぶきではなく砂のしぶきが飛んでくる。

荒涼《こうりょう》とした景色だ。

「我ながら　思えば遠くに　来ぬるかな　眺めはてなき　戈壁《ゴビ》の砂漠地」

確かに遠くに来てしまった。初めて江戸に出て来た時は、ここまで遠くに来るとは想像もしていなかった。喜八郎は、目の前に広がる砂漠を飽くことなく眺めていた。

七月になり北京に戻った。反日の動きがある中で準国賓の待遇を受け、最高勲《くん》章《しょう》の勲一等大綬禾章《だいじゅかしょう》を贈られた。

北京を発ち、天津、大連経由で門司《もじ》に着き、東京に戻ったのは八月十日。ほぼ三カ月にも及ぶ長旅だった。

5

大正十五年（一九二六年）十二月二十五日、大正天皇が薨去《こうきょ》し、摂政裕仁《せっしょうひろひと》親王が即位して昭和となる。

喜八郎は、全てを喜七郎に譲り、引退することにした。一月六日、男爵《だんしゃく》の爵位を喜七郎に譲ることを、宮内省に願い出たのだ。

新しい昭和という時代には、若い大倉喜七郎が天皇に仕えるべきだと考えたからだ。

昭和三年一月二十日、喜八郎は、天皇から直接、勲一等旭日大綬章《きょくじつだいじゅしょう》を受ける。

これは実業家としては初めてのことだった。勲章好きの喜八郎だったが、これには大いに喜んだ。

この頃から下痢《げり》、下血《げけつ》が続くようになった。大腸癌《だいちょうがん》だった。それでも元気な顔を見せ、人々を驚かせていたが、四月二十二日、前日の夜から危篤《きとく》状態に陥り、同日の午後二時十分に死去した。徳子が唇に末期《まつご》の水を含ませると、静かにほほ笑《え》んだかのように見えた。

享年九十二。見事な大往生だった。戒名《かいみょう》は「大成院殿禮本超邁鶴翁大居士」。危篤の報に接した昭和天皇は、破格の計らいで位二級を進め、従三位《じゅさんみ》に昇叙《しょうじょ》する命を発せられた。

生涯を共にした渋沢栄一《しぶさわえいいち》は、「私たちは趣味も性格も全く相反していたが、それでも気が合い一度も喧嘩《けんか》したことがない。いかにも押しが強く、機を見るに実に敏《びん》だ。そして何事をなすにも打算が徹底し、算盤《そろばん》に合うと見たら、遮二無二《しゃにむに》押し切って奮闘するところは見上げたものであった。学問も随分、あらゆるものを漁って片っぱしから読書したもので、仏書でも漢籍でも美術でも何でも一応はかじっているが、しかしどれといってまとまったものをもたない。商人の大倉さんはいかなる大官に対しても畏縮《いしゅく》することなく、その押しの強さといったら話以上で……」と語った。

渋沢の評価は、随分と辛辣《しんらつ》ではあるが、温かみに満ちている。もし泉下《せんか》の喜八郎が聞いていれば、苦笑《にがわら》いを浮かべるだろう。

渋沢は打算が徹底していたというが、少なくとも中国に関してはそうではない。

それが証拠に、四月二十八日に行われた葬儀には、反日運動が燃え盛る中、中国国内で対立している要人からの弔旗《ちょうき》が九十一本も並んだ。

中でも驚くのは、張作霖、張学良《がくりょう》、馮玉祥、段祺瑞らに交じって蔣介石《しょうかいせき》の弔旗が並んだことだ。

蔣介石は、喜八郎がひそかに応援していた孫文の後を継ぎ、南京政府、国民党のリーダーとなり、馮玉祥を味方に付け、張作霖、張学良、段祺瑞らを追い詰める北伐を戦っている最中だった。

ひときわ風にはためく弔旗を見て、先に亡くなった孫文が、蔣介石に弔旗を捧げるように命じたかのようだと囁《ささや》き合う参列者もいた。

「きな臭い、火薬の臭いがぷんぷんするような弔旗の列ですな」

葬儀に参列していた渋沢が呟いた。

「さすがと言うべきでしょう。戦争屋、元鉄砲商人の喜八郎さんにふさわしいではありませんか」

三井財閥の大番頭、鈍翁益田孝《どんおうますだたかし》が楽しそうな笑みを浮かべた。

「くそ度胸《どきょう》と機知で、人の人生の二倍も面白おかしく生きられたのでしょうな。商人としては、まさに怪物でしたな」

渋沢も笑みを浮かべた。

「あの、四月八日の最後の感涙会《かんるいかい》での歌はなんでしたか?」

益田が聞いた。感涙会とは、喜八郎が仲間を集めて向島の別荘で行っていた宴《うたげ》のことだ。

渋沢は目を閉じ、少し考えていたが、はたと目を開き「感涙も　嬉《うれ》し涙と　ふりかはり　踊《おど》れや踊れ　雀《すずめ》百まで……、でしたな。いつも明るい歌ばかりだった」としみじみと言った。

「そしてどれもこれも、あまり感心したできではなかったですな」

趣味人でもある益田が皮肉っぽく言った。

「そうでしたな」

渋沢が、くくくと小さく含み笑いをした。

葬儀も終わった六月、大阪朝日新聞に馮玉祥は、「私には多くの敵がいる。敵は、私のことを赤化《せっか》の親分として喧伝《けんでん》している。しかし、大倉喜八郎翁のごときは真に私を理解し、激励《げきれい》していただいた」と記者に語り、その死を惜しんだという。

喜八郎が、その人生をかけて投資した本渓湖煤鉄公司は、第二次世界大戦における日本の敗戦とともに大倉組の手を離れた。あれだけ巨額な投資をしたが、大倉組としては、中国投資は全てゼロになってしまったのだ。

しかし本渓湖煤鉄公司は、戦後、中華人民共和国誕生とともに本渓鋼鉄公司として新中国の重工業の中心となった。今や本渓鋼鉄公司の銑鉄《せんてつ》は世界的な高品質を誇り、本渓市の人口も喜八郎の時代の三万人から百五十万人を超え、中国屈指の大都市となった。

戦後、大倉組を中心とした大倉財閥は解体され、中心的企業だった大倉土木は大成建設として再出発した。喜八郎の戒名から名づけられた名前だ。その他の企業の多くは、盟友安田善次郎が創立した旧富士銀行（現みずほ銀行）の親密取引企業として再出発し、今日も日本経済を支えている。

〈了〉

あとがき

大倉喜八郎《きはちろう》を書こうと思ったのは、拙書『成り上がり』（ＰＨＰ研究所刊）で金融王安田善次郎《ぜんじろう》を書いている時だった。二人は、盟友だった。二人とも庶民の出身ながら幕末から明治の混乱を生き抜き、世に出た。こんな例は珍しい。

私は、ややひねくれている。どうも忘れられたり、低い評価に甘んじている人物に共感を覚える性質らしい。

拙書『我、弁明せず』（ＰＨＰ研究所刊）で描いた三井の大番頭池田成彬《せいひん》は、太平洋戦争の苦しい時代に日銀総裁や大蔵大臣を歴任しながら、今や全く忘れ去られている人物。安田善次郎は金融王と言われながら「ケチ」と誹謗《ひぼう》され、これまた評価されていない。

大倉喜八郎も同じだ。戦争屋、死の商人などと呼ばれ、戦争で財を成したと悪口の言われ放題だ。確かにそういう面はある。しかし、〝薩長《さっちょう》でなければ人にあらず〟と言われた時代に、コネもカネもない人間が世に出るためには、相当な努力が必要だったに違いない。大倉喜八郎の努力を正当に評価してやってもいいではないか。それが格差社会といわれる現在に生きる若者への応援メッセージになるのではないか。それが大倉喜八郎を書こうと思った大きな動機だ。

大倉喜八郎には、あまり知られていない事実がある。それは孫文《そんぶん》を陰ながら支援した人物だということだ。孫文を支援した財界人は梅屋《うめや》庄吉《しょうきち》があまりにも有名だが、大倉喜八郎も大いに支援している。「それは大陸進出のための打算であった」と言う人はいるだろう。それもきっと間違いではない。しかし、私は小説家だ。それだけだとは思わない。大倉喜八郎は、孫文に、自分と同じ匂《にお》いを嗅《か》ぎ取ったのだ。それは時代を変える強い意志を持つ男の匂いだ。そして今風に言えば、孫文とともに「グローバル」に生きたいと願ったのだ。

その夢の一部を大倉喜八郎は中国大陸で叶《かな》えた。そして日本の敗戦とともにその全《すべ》てを失った。中国に投資したものは中国に返すのが当然とばかりに実に潔い。日中関係に暗雲が漂う今日、こんな日本人がいたことを中国の人にも知ってもらいたいと思った。それも執筆の動機の一つだ。

平成二十五年八月吉日　自宅にて

江上　剛

【参考文献】

『大倉喜八郎の豪快なる生涯』砂川幸雄著　草思社
『財界人思想全集1　経営哲学・経営理念（明治大正編）』中川敬一郎、由井常彦編集・解説
ダイヤモンド社
『財界人思想全集8　財界人の人生観・成功観』小島直記編集・解説　ダイヤモンド社
『大成建設社史』社史発刊準備委員会編　大成建設株式会社
『大恐慌を駆け抜けた男 高橋是清』松元 崇著　中央公論新社
『孫文の辛亥革命を助けた日本人』保阪正康著　ちくま文庫
『逆光家族 父・大倉喜八郎と私』大倉雄二著　文藝春秋
『鯰 大倉喜八郎 元祖〝成り金〟の混沌たる一生』大倉雄二著　文春文庫
『孫文（上・下）』陳 舜臣著　中公文庫
『大倉財閥の研究 大倉と大陸』大倉財閥研究会編　近藤出版社
『やがてなりたき男一匹 大倉喜八郎狂歌集』砂川幸雄編　新潟日報事業社
『稿本 大倉喜八郎年譜第3版 および　増訂版』東京経済大学史料委員会編　東京経済大学
『心学先哲叢集』大倉喜八郎撰　東京経済大学史料委員会編　東京経済大学
『東京経済大学の100年』東京経済大学100年史編纂委員会編　東京経済大学
『現代日本記録全集4 文明開化』瀬沼茂樹編　筑摩書房
『金儲けが日本一上手かった男 安田善次郎の生き方』砂川幸雄著　ブックマン社
『成り上がり』江上 剛著　ＰＨＰ文芸文庫

本書は二〇一三年十月にＰＨＰ研究所より刊行された
作品を、加筆・修正したものである。

著者紹介
江上　剛（えがみ　ごう）
1954年、兵庫県生まれ。早稲田大学政治経済学部卒業。77年、第一勧業銀行（現みずほ銀行）入行。人事、広報等を経て、築地支店長時代の2002年に『非情銀行』で作家デビュー。03年に同行を退職し、執筆生活に入る。
主な著書に、『失格社員』『銀行支店長、走る』『会社という病』『庶務行員 多加賀主水が許さない』『我、弁明せず』『成り上がり』『翼、ふたたび』『天あり、命あり』などがある。

PHP文芸文庫　怪物商人

2017年1月20日　第1版第1刷
2017年5月11日　第1版第7刷

著者　江上　剛
発行者　岡　修平
発行所　株式会社PHP研究所
東京本部　〒135-8137 江東区豊洲5-6-52
文藝出版部　☎03-3520-9620（編集）
普及一部　☎03-3520-9630（販売）
京都本部　〒601-8411 京都市南区西九条北ノ内町11
PHP INTERFACE　http://www.php.co.jp/
組版　朝日メディアインターナショナル株式会社
印刷所　図書印刷株式会社
製本所　東京美術紙工協業組合

©Go Egami 2017 Printed in Japan
ISBN978-4-569-76660-7
※本書の無断複製（コピー・スキャン・デジタル化等）は著作権法で認められた場合を除き、禁じられています。また、本書を代行業者等に依頼してスキャンやデジタル化することは、いかなる場合でも認められておりません。
※落丁・乱丁本の場合は弊社制作管理部（☎03-3520-9626）へご連絡下さい。送料弊社負担にてお取り替えいたします。

PHP文芸文庫

我、弁明せず

江上 剛 著

明治・大正・昭和の激動の中、三井財閥トップ、蔵相兼商工相、日銀総裁として、信念を貫いた池田成彬。その怒濤の人生を描く長編小説。

定価 本体八〇〇円（税別）

PHP文芸文庫

成り上がり

金融王・安田善次郎

江上剛 著

ハダカ一貫から日本一の金融王へ！　挫折、失敗の連続を乗り越えて成功をつかんだ安田善次郎の、波瀾万丈の前半生に光を当てた長編。

定価　本体八三八円（税別）

PHPの「小説・エッセイ」月刊文庫

『文蔵』

毎月17日発売　文庫判並製（書籍扱い）　全国書店にて発売中

◆ミステリ、時代小説、恋愛小説、経済小説等、幅広いジャンルの小説やエッセイを通じて、人間を楽しみ、味わい、考える。
◆文庫判なので、携帯しやすく、短時間で「感動・発見・楽しみ」に出会える。
◆読む人の新たな著者・本と出会う「かけはし」となるべく、話題の著者へのインタビュー、話題作の読書ガイドといった特集企画も充実！

年間購読のお申し込みも随時受け付けております。詳しくは、弊社までお問い合わせいただくか（☎075-681-8818）、PHP研究所ホームページの「文蔵」コーナー（http://www.php.co.jp/bunzo/）をご覧ください。

文蔵とは……文庫は、和語で「ふみくら」とよまれ、書物を納めておく蔵を意味しました。文の蔵、それを音読みにして「ぶんぞう」。様々な個性あふれる「文」が詰まった媒体でありたいとの願いを込めています。